LE PARRAIN DU
« 17 NOVEMBRE »

(Pages à découper ou à copier)

Je souhaite recevoir :

Le catalogue complet
Les volumes ci-dessous cochés au prix de € 6 l'unité, soit :
.... livres à € 6   =........ ....
+ frais de port
(1 vol ; : € 2,50; 2à 3 vol. : € 3,70;
4 vol. et plus : € 4,70)   =.................

Total : .. ..

NOM ....

PRÉNOM ....

ADRESSE ....

....

CODE POSTAL ....

VILLE ....

TEL. : ....

Paiement par chèque à l'ordre de :

ÉDITIONS GÉRARD DE VILLIERS
14, rue Léonce Reynaud
75116 PARIS

DU MÊME AUTEUR
Aux éditions Gérard de Villiers
(* titres épuisés)

- N° 1 S.A.S. A ISTANBUL
- * N° 2 S.A.S. CONTRE C.I.A.
- N° 3 S.A.S. OPÉRATION APOCALYPSE
- N° 4 SAMBA POUR S.A.S.
- * N° 5 S.A.S. RENDEZ-VOUS A SAN FRANCISCO
- N° 6 S.A.S. DOSSIER KENNEDY
- N° 7 S.A.S. BROIE DU NOIR
- * N° 8 S.A.S. AUX CARAIBES
- N° 9 S.A.S. A L'OUEST DE JÉRUSALEM
- * N° 10 S.A.S. L'OR DE LA RIVIÈRE KWAI
- N° 11 S.A.S. MAGIE NOIRE A NEW YORK
- N° 12 S.A.S. LES TROIS VEUVES DE HONG KONG
- N° 13 S.A.S. L'ABOMINABLE SIRÈNE
- N° 14 S.A.S. LES PENDUS DE BAGDAD
- N° 15 S.A.S. LA PANTHÈRE D'HOLLYWOOD
- * N° 16 S.A.S. ESCALE A PAGO-PAGO
- * N° 17 S.A.S. AMOK A BALI
- * N° 18 S.A.S. QUE VIVA GUEVARA
- * N° 19 S.A.S. CYCLONE A L'ONU
- * N° 20 S.A.S. MISSION A SAIGON
- * N° 21 S.A.S. LE BAL DE LA COMTESSE ADLER
- * N° 22 S.A.S. LES PARIAS DE CEYLAN
- * N° 23 S.A.S. MASSACRE A AMMAN
- * N° 24 S.A.S. REQUIEM POUR TONTONS MACOUTES
- * N° 25 S.A.S. L'HOMME DE KABUL
- * N° 26 S.A.S. MORT A BEYROUTH
- * N° 27 S.A.S. SAFARI A LA PAZ
- * N° 28 S.A.S. L'HÉROINE DE VIENTIANE
- * N° 29 S.A.S. BERLIN CHECK POINT CHARLIE
- * N° 30 S.A.S. MOURIR POUR ZANZIBAR
- * N° 31 S.A.S. L'ANGE DE MONTEVIDEO
- * N° 32 S.A.S. MURDER INC. LAS VEGAS
- * N° 33 S.A.S. RENDEZ-VOUS A- BORIS GLEB
- * N° 34 S.A.S. KILL HENRY KISSINGER!
- * N° 35 S.A.S. ROULETTE CAMBODGIENNE
- * N° 36 S.A.S. FURIE A BELFAST
- * N° 37 S.A.S. GUÊPIER EN ANGOLA
- * N° 38 S.A.S. LES OTAGES DE TOKYO
- * N° 39 S.A.S. L'ORDRE RÈGNE A SANTIAGO
- * N° 40 S.A.S. LES SORCIERS DU TAGE
- * N° 41 S.A.S. EMBARGO
- * N° 42 S.A.S. LE DISPARU DE SINGAPOUR
- * N° 43 S.A.S. COMPTE A REBOURS EN RHODÉSIE
- * N° 44 S.A.S. MEURTRE A ATHÈNES
- * N° 45 S.A.S. LE TRÉSOR DU NÉGUS
- * N° 46 S.A.S. PROTECTION POUR TEDDY BEAR
- * N° 47 S.A.S. MISSION IMPOSSIBLE EN SOMALIE
- * N° 48 S.A.S. MARATHON A SPANISH HARLEM
- * N° 49 S.A.S. NAUFRAGE AUX SEYCHELLES
- * N° 50 S.A.S. LE PRINTEMPS DE VARSOVIE
- * N° 51 S.A.S. LE GARDIEN D'ISRAËL
- * N° 52 S.A.S. PANIQUE AU ZAÏRE
- * N° 53 S.A.S. CROISADE A MANAGUA
- * N° 54 S.A.S. VOIR MALTE ET MOURIR
- * N° 55 S.A.S. SHANGHAI EXPRESS
- * N° 56 S.A.S. OPÉRATION MATADOR
- * N° 57 S.A.S. DUEL A BARRANQUILLA
- * N° 58 S.A.S. PIÈGE A BUDAPEST
- * N° 59 S.A.S. CARNAGE A ABU DHABI
- * N° 60 S.A.S. TERREUR A SAN SALVADOR
- * N° 61 S.A.S. LE COMPLOT DU CAIRE
- * N° 62 S.A.S. VENGEANCE ROMAINE
- * N° 63 S.A.S. DES ARMES POUR KHARTOUM
- * N° 64 S.A.S. TORNADE SUR MANILLE
- * N° 65 S.A.S. LE FUGITIF DE HAMBOURG
- * N° 66 S.A.S. OBJECTIF REAGAN
- * N° 67 S.A.S. ROUGE GRENADE
- * N° 68 S.A.S. COMMANDO SUR TUNIS
- * N° 69 S.A.S. LE TUEUR DE MIAMI
- * N° 70 S.A.S. LA FILIÈRE BULGARE
- * N° 71 S.A.S. AVENTURE AU SURINAM
- * N° 72 S.A.S. EMBUSCADE A LA KHYBER PASS
- * N° 73 S.A.S. LE VOL 007 NE RÉPOND PLUS
- * N° 74 S.A.S. LES FOUS DE BAALBEK
- * N° 75 S.A.S. LES ENRAGÉS D'AMSTERDAM
- * N° 76 S.A.S. PUTSCH A OUAGADOUGOU
- * N° 77 S.A.S. LA BLONDE DE PRÉTORIA
- * N° 78 S.A.S. LA VEUVE DE L'AYATOLLAH
- * N° 79 S.A.S. CHASSE A L'HOMME AU PÉROU
- * N° 80 S.A.S. L'AFFAIRE KIRSANOV

* N° 81 S.A.S. MORT A GANDHI
* N° 82 S.A.S. DANSE MACABRE A BELGRADE
* N° 83 S.A.S. COUP D'ÉTAT AU YEMEN
* N° 84 S.A.S. LE PLAN NASSER
* N° 85 S.A.S. EMBROUILLES A PANAMA
* N° 86 S.A.S. LA MADONE DE STOCKHOLM
* N° 87 S.A.S. L'OTAGE D'OMAN
* N° 88 S.A.S. ESCALE A GIBRALTAR
  N° 89 S.A.S. AVENTURE EN SIERRA LEONE
  N° 90 S.A.S. LA TAUPE DE LANGLEY
  N° 91 S.A.S. LES AMAZONES DE PYONGYANG
  N° 92 S.A.S. LES TUEURS DE BRUXELLES
  N° 93 S.A.S. VISA POUR CUBA
* N° 94 S.A.S. ARNAQUE A BRUNEI
* N° 95 S.A.S. LOI MARTIALE A KABOUL
* N° 96 S.A.S. L'INCONNU DE LENINGRAD
* N° 97 S.A.S. CAUCHEMAR EN COLOMBIE
  N° 98 S.A.S. CROISADE EN BIRMANIE
  N° 99 S.A.S. MISSION A MOSCOU
  N° 100 S.A.S. LES CANONS DE BAGDAD
  N° 101 S.A.S. LA PISTE DE BRAZZAVILLE
  N° 102 S.A.S. LA SOLUTION ROUGE
  N° 103 S.A.S. LA VENGEANCE DE SADDAM HUSSEIN
  N° 104 S.A.S. MANIP A ZAGREB
  N° 105 S.A.S. KGB CONTRE KGB
  N° 106 S.A.S. LE DISPARU DES CANARIES
* N° 107 S.A.S. ALERTE AU PLUTONIUM
  N° 108 S.A.S. COUP D'ÉTAT A TRIPOLI
  N° 109 S.A.S. MISSION SARAJEVO
  N° 110 S.A.S. TUEZ RIGOBERTA MENCHU
  N° 111 S.A.S. AU NOM D'ALLAH
* N° 112 S.A.S. VENGEANCE A BEYROUTH
* N° 113 S.A.S. LES TROMPETTES DE JÉRICHO
  N° 114 S.A.S. L'OR DE MOSCOU
  N° 115 S.A.S. LES CROISÉS DE L'APARTHEID
  N° 116 S.A.S. LA TRAQUE CARLOS
  N° 117 S.A.S. TUERIE À MARRAKECH
* N° 118 S.A.S. L'OTAGE DU TRIANGLE D'OR
  N° 119 S.A.S. LE CARTEL DE SÉBASTOPOL
  N° 120 S.A.S. RAMENEZ-MOI LA TÊTE D'EL COYOTE
  N° 121 S.A.S. LA RÉSOLUTION 687
  N° 122 S.A.S. OPÉRATION LUCIFER
  N° 123 S.A.S. VENGEANCE TCHÉTCHÈNE
  N° 124 S.A.S. TU TUERAS TON PROCHAIN
  N° 125 S.A.S. VENGEZ LE VOL 800
  N° 126 S.A.S. UNE LETTRE POUR LA MAISON-BLANCHE
  N° 127 S.A.S. HONG KONG EXPRESS
  N° 128 S.A.S. ZAÏRE ADIEU
  N° 129 S.A.S. LA MANIPULATION YGGDRASIL
  N° 130 S.A.S. MORTELLE JAMAÏQUE
  N° 131 S.A.S. LA PESTE NOIRE DE BAGDAD
  N° 132 S.A.S. L'ESPION DU VATICAN
  N° 133 S.A.S. ALBANIE MISSION IMPOSSIBLE
* N° 134 S.A.S. LA SOURCE YAHALOM
  N° 135 S.A.S. CONTRE PKK
  N° 136 S.A.S. BOMBES SUR BELGRADE
  N° 137 S.A.S. LA PESTE DU KREMLIN
  N° 138 S.A.S. L'AMOUR FOU DU COLONEL CHANG
  N° 139 S.A.S. DJIHAD
  N° 140 S.A.S. ENQUÊTE SUR UN GÉNOCIDE
  N° 141 S.A.S. L'OTAGE DE JOLO
  N° 142 S.A.S. TUEZ LE PAPE
  N° 143 S.A.S. ARMAGÉDON
  N° 144 S.A.S. LI SHA TIN DOIT MOURIR
  N° 145 S.A.S. LE ROI FOU DU NÉPAL
  N° 146 S.A.S. LE SABRE DE BIN LADEN
  N° 147 S.A.S. LA MANIP DU KARIN A
  N° 148 S.A.S. BIN LADEN : LA TRAQUE

AUX ÉDITIONS VAUVENARGUES

* L'IRRÉSISTIBLE ASCENSION DE MOHAMMAD REZA, SHAH D'IRAN
* LA CHINE S'ÉVEILLE
  LA CUISINE APHRODISIAQUE DE S.A.S.
* PAPILLON ÉPINGLÉ
* LES DOSSIERS SECRETS DE LA BRIGADE MONDAINE
* LES DOSSIERS ROSES DE LA BRIGADE MONDAINE
  LA MORT AUX CHATS
  LES SOUCIS DE SI-SIOU

* LE GUIDE S.A.S. 1989

GÉRARD DE VILLIERS

LE PARRAIN DU
« 17 NOVEMBRE »

Photo de couverture : Thierry Vasseur
Maquillage : Lucie Musci
Arme fournie par : Armurerie Courty et fils,
44, rue des Petits-Champs — 75002 Paris

Le Code de la propriété intellectuelle n'autorisant, aux termes de l'article L. 122-5 2° et 3° a), d'une part, que les « copies ou reproductions strictement réservées à l'usage privé du copiste et non destinées à une utilisation collective », et d'autre part, que les analyses et les courtes citations dans un but d'exemple ou d'illustration, « toute représentation ou reproduction intégrale ou partielle, faite sans le consentement de l'auteur ou de ses ayants droit ou ayants cause, est illicite » (article L.122-4).
Cette représentation ou reproduction, par quelque procédé que ce soit, constituerait donc une contrefaçon sanctionnée par les articles L. 335-2 et suivants du Code de la propriété intellectuelle.

©Éditions Gérard de Villiers, 2003.
ISBN : 2 84267 224 0

CHAPITRE PREMIER

Panos Gavras savourait le calme et le confort relatif de la chambre de l'hôpital Evangelistos où il venait d'être transféré le matin même. Après la cellule qu'il partageait avec son frère à la prison de Korydallos, c'était Byzance. La fenêtre de sa chambre, au sixième étage – celui des VIP – donnait sur un jardin. Bien qu'on soit en plein Athènes, le silence était absolu. Hélas, il ne devait rester là que quarante-huit heures, le temps de subir une intervention chirurgicale à l'œil. Presque aveugle, aux trois quarts sourd, Panos Gavras avait l'impression de se trouver dans une bulle cotonneuse, très loin, dans le silence et l'obscurité des espaces intersidéraux. Deux mois et demi plus tôt, l'explosion accidentelle du détonateur qu'il était en train de relier à son système de mise à feu lui avait arraché trois doigts de la main droite, ne laissant que le pouce et l'index, et lui avait également crevé les tympans, décollé la rétine gauche et déclenché une cataracte dans les deux yeux. Sans compter de graves brûlures à la poitrine. Mais si l'explosion s'était produite *après* qu'il eut relié le détonateur à la charge explosive destinée à faire sauter le bureau des Hellas Flying Dolphins, il ne serait resté de lui que de tout petits morceaux.

Ce séjour à l'hôpital était une parenthèse délicieuse entre la prison et un avenir qui risquait de ne pas lui apporter de grandes satisfactions. Membre du groupe terroriste du 17 Novembre, responsable de vingt-trois meurtres et d'une centaine d'attentats commis en Grèce depuis vingt-sept ans, il ne se faisait guère d'illusions sur son sort. Identifié comme l'un des principaux tueurs de l'organisation au cours des dix dernières années, Panos Gavras risquait environ cent cinquante ans de prison, la peine de mort étant abolie en Grèce. Il fallait l'optimisme invétéré de son saint homme de père – un pope orthodoxe, père de dix enfants élevés à la dure – pour estimer qu'il avait eu de la chance dans son malheur. En effet, avec les deux doigts restants de sa main droite, il pourrait encore tenir un pinceau et reprendre en prison son métier de peintre d'icônes.

Pour l'instant, il entendait profiter de ce break de quarante-huit heures. Pas question de s'évader : l'étage était provisoirement interdit à tous, deux policiers armés veillaient devant une cloison hâtivement érigée dans le couloir pour isoler sa chambre, et son poignet gauche était menotté au lit, au cas où il aurait eu des velléités de suicide. Il avait quand même droit à la télé, dont les programmes le déprimaient encore plus. Pour se remonter le moral, il se mit à penser à la femme qui partageait sa vie depuis dix ans, Dolorès Ribeiro. Une *pasionaria*, aussi fougueuse en amour que déterminée dans l'action. Lorsqu'elle avait découvert la partie secrète de sa vie, elle avait tout de suite exigé d'y participer. Petite fille d'un combattant du POUM de la guerre d'Espagne, elle était viscéralement d'extrême gauche.

Longtemps, elle n'avait été utilisée par l'organisation que pour des repérages. Et puis, huit ans plus tôt, en 1994, alors qu'il devait abattre un diplomate turc, Haluk Sipahioglou, elle avait obtenu de conduire la voiture servant à leur fuite. Après avoir assassiné le diplomate, du tan-sad d'une Yamaha conduite par un de ses complices, Panos Gavras avait retrouvé Dolorès qui attendait à côté d'une Opel blanche. Elle l'avait accueilli, les yeux brillants, et brièvement étreint, murmurant à son oreille :

— Bravo ! J'ai tout le temps pensé à toi.

Il était prévu qu'ils s'enfuient tous les trois dans l'Opel, mais Dolorès s'était tournée vers le conducteur de la moto et lui avait lancé d'un ton sans réplique :

— Il vaut mieux que vous vous sépariez ici. Prends le bus.

Le conducteur de la moto n'avait pas discuté : après avoir jeté son casque de motard sur le siège arrière de l'Opel, il s'était éloigné sans un mot.

— Pourquoi l'as-tu renvoyé ? avait demandé Panos Gavras, étonné.

— Je voulais être seule avec toi.

Au volant, elle avait pris la direction de Kolonaki, conduisant vite et bien. La nuit tombait rapidement et Panos Gavras se sentait en sécurité. Personne ne les avait suivis.

Soudain, il avait senti la main droite de Dolorès enlever avec douceur de sa ceinture le Walther calibre 38 avec lequel il venait de commettre le meurtre. Sans cesser de conduire, la jeune femme avait enserré le canon de ses doigts, comme si c'était le sexe d'un homme, et murmuré :

— Il est encore chaud.

Arrivés à l'avenue cernant le mont Lycabette, une colline boisée, au cœur d'Athènes, dominée par un monastère et un théâtre antique, Dolorès avait brusquement tourné dans un des sentiers serpentant vers le sommet.

— Où vas-tu ? avait demandé Panos Gavras.

Dolorès lui avait adressé un drôle de sourire et il avait immédiatement compris pourquoi elle s'était débarrassée de leur copain. Ses prunelles semblaient illuminées de l'intérieur.

Glissant le pistolet entre les deux sièges, elle avait posé la main sur le jean de son jeune amant et crispé sur lui ses doigts réchauffés par le contact de l'acier encore chaud du pistolet.

— On va s'arrêter là, avait-elle dit d'une voix encore plus rauque que d'habitude.

Elle avait stoppé devant la barrière en bois d'une allée piétonnière. À peine la voiture arrêtée, elle s'était jetée contre lui avec une telle violence que leurs dents s'étaient entrechoquées lorsqu'elle avait écrasé sa bouche contre la sienne. Il avait éprouvé un véritable choc électrique, flambant d'un coup comme un collégien en manque. Ses mains étaient parties à la rencontre du corps de sa maîtresse. Comme d'habitude, Dolorès ne portait pas de soutien-gorge, accessoire petit-bourgeois, et Panos avait immédiatement senti les pointes dressées de ses seins sous le T-shirt. Les doigts crispés sur les seins durcis, il avait arraché un gémissement à Dolorès . C'est alors qu'il avait réalisé que, pour une fois, elle ne portait pas son éternel jean, mais une courte jupe de cuir noir. Lorsqu'il avait glissé une main entre ses cuisses, les jambes de Dolorès s'étaient écartées autant que le permettait l'étroitesse du vêtement et elle lui avait mordu la lèvre inférieure.

Puis elle avait soulevé son bassin pour qu'il puisse faire glisser sa culotte le long de ses jambes. Déchaînée, elle se frottait à lui, l'embrassant furieusement, arrachant pratiquement son pantalon pour dégager son sexe. Heureusement que l'endroit était désert. Comme il se contentait de la caresser, Dolorès avait arraché sa bouche de la sienne pour exiger d'une voix cassée ;

— Baise-moi.

Panos Gavras n'avait jamais fait l'amour dans une voiture et ne savait trop comment s'y prendre. Devant son hésitation, Dolorès avait achevé de faire glisser sa culotte jusqu'à ses chevilles et d'un mouvement décidé, était sortie de la voiture. Contournant le capot, elle avait ouvert la portière de droite et s'était glissée sur les genoux de Panos, le dos au pare-brise, le chevauchant, la jupe relevée sur ses hanches. Sans perdre une seconde, elle s'était empalée avec un cri étouffé sur le sexe raidi. Puis, les bras noués autour du cou de Panos, elle avait commencé à se balancer d'avant en arrière, la bouche entrouverte, le regard fixe.

En voulant la prendre aux hanches, Panos avait heurté la crosse du Walther glissé entre les deux sièges et une onde de terreur avait brutalement douché son désir. Si la police les surprenait, elle découvrirait l'arme. Comme si elle avait deviné ses pensées, Dolorès avait sifflé, bouche contre bouche :

— Si quelqu'un vient, on le tue.

Elle ne plaisantait pas. En cette seconde, rien n'aurait

pu l'empêcher d'atteindre son plaisir. Panos Gavras s'était soulevé pour mieux l'empaler et avait glissé les deux mains sous le T-shirt, s'emparant de ses seins. Cela avait déclenché l'orgasme de Dolorès. Elle avait poussé un cri et s'était rejetée si violemment en arrière que sa tête avait heurté le pavillon. Panos l'avait sentie couler sur lui, puis se tasser dans ses bras comme une poupée cassée. Le visage enfoui dans son cou, elle respirait très fort et il percevait les battements de son cœur. Le sang cognait dans ses tempes à lui. Son sexe encore dur était toujours fiché dans le ventre de sa maîtresse. Il avait encore dans les oreilles les détonations sourdes du Walther. Il voyait sa victime chercher à lui échapper en plongeant. Il s'était senti envahi d'une bouffée d'immense fierté. Il était le maître du monde.

Dolorès s'était décollée de lui et avait rouvert la portière. Après avoir fait le tour de la voiture, elle s'était glissée derrière le volant, avait remis sa culotte et lissé sa jupe.

Jamais Panos Gravas n'avait oublié cet intermède brûlant.

Dolorès avait redémarré et proposé :

— On va chez *Avli* ?

C'était une petite taverne du quartier d'Exarchia – le coin des anarchistes et des gauchistes – où ils avaient leurs habitudes. Les membres du 17 novembre s'y retrouvaient régulièrement. Il avait approuvé.

— D'accord, mais avant je m'arrête rue Patmou.

L'adresse de l'une des planques de l'organisation où les armes étaient stockées entre deux attentats. Dolorès l'avait attendu en bas, fumant une cigarette en écoutant les informations de radio Alpha qui relataient l'attentat. Ensuite, ils avaient mangé et bu jusqu'à trois heures du matin, terminant dans une boîte de musique « rebetiko ». Cet épisode les avait encore rapprochés. Depuis douze ans, ils vivaient une véritable lune de miel. Dolorès admirait Panos Gavras pour sa participation à la lutte armée clandestine et quand ils avaient besoin d'argent, c'est elle qui allait proposer les icônes peintes par son amant aux marchands de souvenirs. Son allure sexy et délurée l'aidait beaucoup, mais elle ne se serait jamais permis un écart. Panos Gavras était le seul homme de sa vie…

Soudain, le hurlement d'une ambulance dans la rue Alapakis arracha Panos Gavras à sa rêverie. Cette réminiscence érotique lui avait donné une furieuse envie de vivre. Or, à part ses doigts déchiquetés par l'explosion, ses blessures n'étaient pas trop graves. Il retrouverait la vue, au moins partiellement. Évidemment, si c'était seulement pour contempler les murs d'une cellule le restant de ses jours, c'était du gaspillage. Il repensa alors à ce que son avocat lui avait conseillé. Grâce à une toute nouvelle loi, la justice grecque pouvait manifester de très bonnes dispositions envers les « repentis », ceux qui étaient prêts à collaborer et à balancer leurs copains, comme cela s'était fait en Italie pour les membres des Brigades rouges ou de la mafia.

Grâce au trousseau de clefs trouvé sur lui et à ses aveux obtenus alors qu'il était encore sous le choc, l'organisation opérationnelle du 17 novembre avait été décapitée. Dix-neuf arrestations s'en étaient ensuivies. Mais Panos Gavras savait qu'il restait des gens dehors. Déjà, l'homme qui lui avait remis, dans la soirée du 29 juin, une charge explosive, le fameux détonateur, un réveil, un dispositif de mise à feu et une pile de 9 volts, était toujours en liberté… Son nom n'avait même pas été prononcé depuis deux mois et demi, ni par la police ni par la presse. Certes, Panos Gavras ne connaissait de lui, outre son physique, que son pseudonyme, Sadarnapoulos. Il possédait aussi un numéro de téléphone à n'utiliser qu'en cas d'urgence, un répondeur où on pouvait laisser un message. Mais depuis plus de dix ans qu'il faisait partie du 17 novembre, il savait aussi qu'Alexandros Stavropoulos, leur chef opérationnel, avait des gens au-dessus de lui. C'était un secret de Polichinelle à Athènes que le 17 novembre bénéficiait de protections politiques. Aussi, avant d'être transféré à l'hôpital, Panos Gavras avait-il eu une longue et fructueuse conversation avec son avocat. Il lui avait communiqué le numéro de téléphone de Sadarnapoulos pour lui faire transmettre un message clair : il fallait le sortir de là, sinon il révélerait tout ce qu'il savait sur la structure encore intacte du 17 novembre. Et, grâce à la méfiance innée de Dolorès, il possédait même un document photo qui pouvait se révéler explosif.

L'avocat avait promis d'effectuer la démarche et Panos Gavras devait le revoir dès son retour en prison. Comme il allait retrouver Dolorès, autorisée à lui rendre visite une fois par semaine, à travers la glace épaisse du parloir de la prison de Korydallos. Il avait entendu dire qu'en France, les prisonniers pouvaient recevoir au parloir leurs visiteurs sans aucune séparation, mais n'arrivait pas à croire qu'un tel pays de cocagne puisse exister.

Plus son état physique s'améliorait, plus il avait envie de serrer Dolorès dans ses bras. Cette image de retrouvailles l'apaisa et il s'assoupit.

*
* *

Les gardes de sécurité postés à l'entrée de l'hôpital Evangelistos, rue Marasli, virent une Citroën Xantia blanche stopper devant la grille coulissante de l'entrée réservée aux ambulances. Trois hommes en émergèrent. Un civil en complet gris, le visage sévère, une calvitie prononcée, une grosse serviette à la main, encadré par deux hommes en combinaison noire marquée « police » dans le dos, un gros pistolet et une radio à la ceinture. L'uniforme de la nouvelle police spéciale antiterroriste. Un quatrième homme en civil était demeuré au volant de la Xantia, arrêtée sur le couloir des bus, comme souvent le faisaient les voitures de police, la rue étant en sens unique.

Les trois hommes se présentèrent à l'entrée des piétons et le civil annonça :

— Je suis le procureur Diotis et je viens voir le détenu Panos Gavras.

C'était le magistrat chargé du dossier du 17 novembre. Impressionnés, les gardes écartèrent le portail et regardèrent les trois hommes gagner l'entrée de l'hôpital, au milieu de la cour.

Ils traversèrent le hall pour emprunter l'ascenseur. Au sixième étage, le policier de garde à l'entrée du couloir salua respectueusement le procureur et lui indiqua la chambre où se trouvait le détenu. Ses deux collègues veillant sur la séparation isolant la chambre de Panos Gavras du reste de l'étage s'empressèrent de déplacer la chicane. Un des policiers antiterroristes leur jeta :

— Allez prendre un café. On en a pour une bonne heure.

Trop contents d'échapper à leur garde statique, les deux policiers filèrent vers la cafétéria située au troisième. Un des policiers en tenue noire ouvrit la porte de la chambre du détenu, fit entrer le procureur et son collègue, puis referma, restant à l'extérieur.

*
* *

Le policier en combinaison noire secoua légèrement Panos Gavras par l'épaule et ce dernier sursauta, demandant :
— Qui est là ?
— Le procureur Diotis. Je viens vous auditionner.

Le terroriste se redressa sur ses oreillers et souleva le pansement de son œil gauche, apercevant deux silhouettes indistinctes.

— Où est mon avocat ? demanda-t-il.
— Nous l'avons prévenu, il va arriver, affirma aussitôt le procureur. C'est d'ailleurs à son instigation que je suis ici. Il m'a laissé entendre que vous auriez des révélations à faire.

Panos Gavras, déçu, se dit que Sadarnapoulos avait refusé de venir à son secours, et que, logiquement, son avocat était passé à la phase suivante : la négociation avec la justice.

Pourtant, méfiant, il fit l'idiot.

— Des révélations ? répéta-t-il. Sur quoi ? Vous savez déjà tout.

— Il a parlé d'un homme que vous pourriez identifier,

précisa le magistrat. Qui aurait joué un rôle *très* important. Un certain Sadarnapoulos.

— Je ne vois pas, prétendit Gavras.

— Vous savez que vous risquez une très lourde peine ? insista le procureur. Vous pourriez la réduire considérablement en collaborant avec la justice.

— De beaucoup ? ne put s'empêcher de demander Panos Gavras.

— De beaucoup. Vous pourriez même être libéré très vite après votre procès.

Le fantôme de Dolorès traversa la pièce, mais Panos Gavras avait encore peur.

— Je veux bien parler de tout cela, dit-il, mais seulement quand mon avocat sera là.

— Très bien, accepta le procureur sans insister. Nous allons l'attendre.

Il ouvrit sa serviette de cuir et, sans quitter le prisonnier des yeux, en sortit un pistolet automatique noir au long canon prolongé par un énorme silencieux. Les mains croisées sur la poitrine, Panos Gavras semblait s'être endormi. Il ne vit pas le canon s'approcher de sa tête et n'entendit même pas le léger *clic* de la détente. Il y eut un *plouf* sourd et, sous le choc du projectile qui venait de pénétrer dans la tempe, la tête de Panos Gavras partit vers la droite.

Le bras tendu, le procureur tira encore deux fois dans l'oreille du détenu et un filet de sang en suinta aussitôt. C'étaient des projectiles de petit calibre, mais leur chemise d'acier leur permettait de se frayer facilement un chemin dans le cerveau. Foudroyé, Panos Gavras n'avait pas eu un geste. Le procureur remit l'arme dans sa serviette, referma celle-ci et se leva. Le faible claquement des détonations n'avait pas franchi la cloison.

Les deux hommes ressortirent et s'éloignèrent dans le couloir avec le troisième, saluant au passage le policier de faction près de l'ascenseur.

CHAPITRE II

Athènes n'était plus qu'un immense chantier semé de déviations, d'échafaudages et de travaux, en vue des Jeux olympiques de 2004. Pour un résultat nullement garanti... Le taxi de Malko qui filait le long de la nouvelle autoroute reliant l'aéroport Venizelos flambant neuf à la ville ralentit brutalement : l'autoroute s'arrêtait là, à plusieurs kilomètres du centre. Aussitôt englué dans un monstrueux embouteillage, le taxi continua sa progression à trois à l'heure, descendant l'interminable avenue Messogion. Le balbutiant métro, tout neuf lui aussi, n'arrivait pas à absorber le trafic avec ses trop rares stations.

Pour tuer le temps tandis qu'il se traînait dans l'avenue Messogion à la vitesse d'un fleuve de lave, Malko appela de son portable le chef de station de la CIA qui devait l'attendre à l'ambassade. Un certain John Hill qui avait remplacé Chuck Logan, celui qui se trouvait en place lors de l'affaire Öcalan [1]. Nommé par George W. Bush en récompense de sa fidélité au Parti républicain. Un « faucon ». Dès que Malko se fut présenté, l'Américain lança chaleureusement :

— *Welcome in Athens!* Où êtes-vous ?

— En haut de Messogion.

John Hill eut un soupir résigné.

— O.K., vous en avez encore pour une heure et demie

---

1. Voir SAS n° 135 : *SAS contre PKK*.

à cette heure-ci. Le mieux est de se retrouver pour déjeuner. À la taverne *Diogène*, à Plaka. Allez-y en taxi. J'y serai à partir de deux heures et demie. Vous avez une réservtion au *Saint-Georges*, au pied du mont Lycabette. C'est ce qu'il y a de mieux en ce moment. Le *Hilton* et le *Grande-Bretagne* sont en pleine réfection pour les Jeux. *Good luck.*

Malko se replongea dans la contemplation du morne paysage urbain, se demandant pourquoi la CIA l'avait fait venir à Athènes. La veille au soir, il était encore au château de Liezen en train de partager une bouteille de Taittinger Comtes de Champagne Rosé 1996 avec sa fiancée, la comtesse Alexandra. Prélude à un petit festival érotique. Seulement, l'hiver approchait, avec son cortège de factures, et il ne pouvait refuser un *assignment*. À la mauvaise saison, le château était un gouffre financier.

Certes, il avait suivi depuis trois mois le démantèlement du groupe terroriste du 17 Novembre dont les membres étaient arrêtés les uns après les autres, dans un grand déploiement de forces et de médias. Une nouvelle qui devait réjouir les Américains : le premier meurtre revendiqué par le 17 Novembre était celui du chef de station de la CIA Richard Welsh, abattu le 23 décembre 1975, dans le quartier de Psychico, sous les yeux de son épouse. Meurtre sur lequel il avait enquêté à l'époque [1]. Vingt-sept ans plus tôt !

Entre-temps, l'organisation du 17 Novembre avait revendiqué vingt-trois meurtres et cent quarante attentats ! La plupart motivés par le même idéal : chasser l'impérialisme et la présence américaine de Grèce. Un peu comme Bin Laden voulait bouter les Américains hors d'Arabie Saoudite. Le taxi continuant à se traîner à la vitesse d'un escargot malade, Malko se plongea dans une revue grecque en langue anglaise, *Odissey*, détaillant les suspects arrêtés. Un « pack » hétéroclite. Un peintre d'icônes, Panos Gavras, et ses frères, Christodoulos, fabricant d'instruments de

---

[1]. Voir SAS n° 44 : *Meurtre à Athènes*

musique, et Vassilis, sans profession ; un musicien de rock, Dyonisis Giorgiadis, un apiculteur, Dimitris Koufodinas et aussi Vassilis Tzorzatos, électricien, Théologios Psaradellis, imprimeur, Iraklis Castaris, agent immobilier comme son complice Karatsolis.

Dans cet inventaire à la Prévert, il y avait aussi Thomas Serifis, conducteur de bus, Constantine Telios, instituteur, Pavlos Serifis, standardiste dans un hôpital, Nikos Papanastasiou, céramiste de son état et deux chômeurs, Patroklos Serentis et Sotiris Condylis.

Plus l'intellectuel du groupe : Alexandros Stavropoulos, 58 ans, qui se disait professeur, sans jamais avoir enseigné.

Un seul point commun soudait cette « bandera de cloportes », dont l'énumération aurait prêté à sourire si on oubliait la liste de ses forfaits : le trotskisme.

Alexandros Stavropoulos était le fils d'un célèbre militant de la IVe Internationale et tous les membres du 17 Novembre ne se connaissaient que sous leur pseudonyme, vieille règle trotskiste. Pourtant, en dépit de ces précautions, il était difficile de comprendre comment cette organisation avait pu sévir pendant vingt-sept ans sans rencontrer le moindre problème, dans un pays en théorie doté d'une police et de services de renseignements.

Le taxi accéléra légèrement. Ils avaient enfin atteint l'avenue Vassilissis Sofias. Un quart d'heure plus tard, le taxi abordait les rues étroites qui escaladaient la colline de Kolonaki, le Saint-Germain-des-Prés athénien. L'hôtel *Saint-Georges* était juste au pied du mont Lycabette. Malko regarda sa Breitling Crosswind : deux heures et demie pile depuis l'aéroport !

Le temps de s'installer dans une chambre minuscule, offrant quand même une vue magnifique sur le Parthénon et le mont Lycabette, il sautait dans un autre taxi.

Les ruelles de Plaka n'étaient guère plus praticables que celles de Kolonaki. Le *Diogène* se trouvait sur une petite place ombragée. Malko inspecta sa terrasse d'un coup d'œil. Une seule table était occupée par un homme seul, élégant dans un costume rayé, les cheveux gris assez longs. Malko s'approcha et l'homme leva sur lui de grands yeux très bleus. Les rides profondes encadrant sa bouche le vieillissaient. L'édition anglaise de *Kathimerini*, retenue de s'envoler par un Zippo orné d'un superbe dragon doré à l'or fin, était posée à côté de lui. Il se leva, la main tendue.

— Malko Linge ! Enfin ! Je commençais à mourir de faim. Vous buvez quelque chose ?

— Un ouzo, demanda Malko, pour se mettre dans la couleur locale.

Le garçon le lui apporta, ainsi qu'un nouveau Defender Success pour le chef de station de la CIA et les menus. Ils commandèrent rapidement. John Hill abandonna le Defender pour du vin blanc et demanda :

— Je suppose que vous avez lu les journaux... À propos du 17 Novembre.

— Évidemment, fit Malko. Richard Welsh est enfin vengé. Cela tient du miracle après plus d'un quart de siècle.

John Hill manqua s'étrangler avec sa féta. Après avoir fait passer le fromage avec une gorgée de vin blanc, il se pencha en avant et martela, d'un ton qui contrastait avec son allure policée de diplomate :

— *This is not a fucking miracle*[1] ! Ce sont les « Cousins »[2] qui se sont fâchés très fort. Le 6 juin 2000 – il y a un peu plus de deux ans – ces fous furieux du 17 novembre ont assassiné le général de brigade Stephen Saunders, l'attaché de défense britannique en Grèce. Le 8 juin, l'ambassadeur de Grèce à Londres a été convoqué au Foreign Office où on lui a tenu un langage très clair : si les assassins du général Saunders n'étaient pas arrêtés, il n'y aurait pas d'athlètes britanniques aux Jeux olympiques de 2004, et la Grande-Bretagne ferait savoir pourquoi... Le message a été reçu cinq sur cinq par le gouvernement Simitis, pourtant de gauche. Le lendemain, un *team* du *Special Operations Department* de Scotland Yard

---

1. Ce n'est pas un putain de miracle !
2. Les Britanniques.

débarquait et s'installait dans les bureaux de la HNP[1]. Pour rouvrir tous les dossiers des forfaits du 17 Novembre. À l'*invitation* du gouvernement grec...

Malko ne put s'empêcher de sourire.

— Si je me souviens bien, après le meurtre de Richard Welsh et ceux qui ont suivi, les États-Unis *aussi* ont fait pression sur les Grecs pour qu'ils se remuent.

— Exact, reconnut John Hill. Seulement, depuis vingt ans, le Pasok, parti de gauche qui dirige la Grèce depuis 1981, prétendait qu'il n'y avait pas de problème terroriste en Grèce. Mieux : alors qu'en 1978 et en 1990, le gouvernement de droite de la Nouvelle Démocratie avait fait voter deux lois antiterroristes, aussitôt revenus au pouvoir, les socialistes du Pasok les ont fait abolir, sous prétexte qu'il s'agissait de « lois scélérates » destinées à terroriser le peuple grec...

— Et vous n'aviez rien tenté d'autre ?

— Si, le FBI a formé des policiers grecs, mais dès qu'ils étaient de retour dans leur pays, on les affectait à la circulation...

Un ange passa, horrifié. Voilà un pays qui pratiquait les droits de l'homme jusqu'au bout des ongles...

— Alors, comment les « Cousins » sont-ils parvenus à un résultat ?

— Par la peur du scandale, à cause des Jeux Olympiques, expliqua John Hill. Mais le gouvernement socialiste a quand même essayé de saboter leurs investigations. Certains quotidiens inféodés au Pasok, comme *Eleftherotypia* qui a toujours publié les revendications du 17 Novembre, ont publié des fuites sur l'enquête, permettant d'alerter les terroristes sur l'état des recherches. Et dans la presse grecque, on a continué à faire allusion aux « exécutions » pour qualifier les assassinats commis par le 17 Novembre. Tout cela a contribué à créer un climat favorable à ces terroristes. Lors du meurtre de Saunders, Scotland Yard avait répertorié quarante témoins. Pas un

---

1. Hellenic National Police.

d'entre eux n'a voulu déposer : ils avaient peur.

Malko attaqua son poisson grillé sec comme un coup de trique, intrigué. Quelque chose manquait à la démonstration du chef de station.

— Apparemment, les « Cousins » ont fait du bon travail ! Dix-neuf arrestations. Tout le 17 Novembre paraît démantelé. Alors, pourquoi suis-je ici ?

— Bonne question, approuva John Hill, la bouche pleine. Il y a deux réponses. D'abord, c'est *vous* qui avez mené la première enquête sur le meurtre de Richard Welsh. Ensuite, contrairement aux apparences, nous pensons que le 17 Novembre n'est pas *vraiment* démantelé.

— Expliquez-vous, demanda Malko.

John Hill se reversa du vin blanc avant de continuer.

— Il y a quarante-huit heures, Panos Gavras a été assassiné. C'est le terroriste du 17 Novembre qui s'est blessé en manipulant un détonateur, a été arrêté et a parlé, ce qui a permis l'arrestation de dix-huit membres de l'organisation...

— Il était en liberté ?

— Non, il avait été transporté à l'hôpital Evangelistos, en plein centre d'Athènes, pour quarante-huit heures, afin d'y subir une intervention chirurgicale. Trois policiers veillaient sur lui en permanence. Il a reçu la visite d'un homme se faisant passer pour le procureur chargé de son instruction, escorté de deux policiers des Forces spéciales en uniforme. Ils se sont rendus dans sa chambre et l'un d'eux l'a abattu de trois balles tirées par une arme munie d'un silencieux. Personne n'a rien entendu. Ils sont ensuite repartis comme ils étaient venus.

— Étrange, reconnut Malko. Ce seraient ses complices, pour le punir d'avoir parlé ?

— Je ne crois pas, dit l'Américain. Théoriquement, il n'y avait aucun risque, puisque la police assure que tous les membres du 17 Novembre sont sous les verrous. De plus, ce meurtre a été une opération sophistiquée. Très peu de gens savaient qu'il devait être transféré à Evangelistos pour deux jours. Il a fallu se procurer des uniformes de policiers antiterroristes... Les assassins ont agi à visage découvert, avec un sang-froid impressionnant. Ils sont venus dans une voiture du type de celles utilisées par la police, une Xantia, et n'ont laissé ni indice ni revendication. Ce ne sont sûrement pas des complices subalternes qui ont pu organiser cette expédition meurtrière.

— Alors, quelle est votre hypothèse ? demanda Malko.

John Hill prit le temps d'allumer une cigarette avec son Zippo au dragon doré qu'il reposa ensuite sur son journal plié.

— À l'Agence, dit-il, nous avons une théorie. Les hommes qui ont été arrêtés ne représentent que la branche *opérationnelle* du 17 Novembre. Ceux que Lénine appelait « les idiots utiles ». Des utopistes manipulés.

— Par qui ?

Le regard bleu de l'Américain se fixa sur Malko.

— Par celui ou ceux qui ont fait abattre Panos Gavras pour qu'il ne parle pas.

— Il avait déjà parlé, objecta Malko.

— Exact. Mais nous avons appris qu'il avait promis à son avocat d'autres révélations. Beaucoup plus importantes. Or, il y a en Grèce, depuis l'année dernière, une loi concernant les « repentis », comme en Italie. En échange d'une coopération avec la justice, un accusé peut bénéficier de réductions de peine importantes et même de l'impunité... D'après ce que nous savons, Panos Gavras était très amoureux de sa compagne, une certaine Dolorès, avec qui il vivait depuis dix ans. Il n'avait peut-être pas envie de ne la voir qu'une demi-heure par semaine à travers une vitre blindée, pour le restant de ses jours.

— Ce serait intéressant de rencontrer cette Dolorès. Elle est en liberté ?

— Bizarrement, oui. La police grecque n'a pas de preuves formelles contre elle. *Nous* sommes persuadés qu'elle est mouillée jusqu'au cou dans les crimes du 17 Novembre. Mais, jusqu'ici, elle est restée muette comme une carpe.

— Vous avez une idée de la personnalité et des motivations du ou des « parrains » de l'organisation du 17 Novembre ?

— Un peu plus qu'une idée, précisa le chef de station. Grâce aux colonels. Alors qu'ils étaient encore au pouvoir, en 1974, ils nous ont communiqué une note sur l'organisation trotskiste LEA, dont la plupart des membres étaient à cette époque réfugiés à Paris.

— Quel est le lien entre la LEA et le 17 Novembre ?

— De l'avis des spécialistes, le 17 Novembre est né d'une scission de la LEA, au début 1975. Dans cette note, ils nous signalaient les membres de la LEA qui leur semblaient les plus dangereux. Seulement, ils ne possédaient que leurs pseudonymes...

— Leurs pseudonymes ?

— Oui, chez les trotskistes, c'est une règle absolue. Ils ne sont connus de leurs camarades que par un pseudonyme. Donc, l'informateur des colonels n'avait pu obtenir que cinq pseudos : Pablo, Nikitas, Loukas, Sadarnapoulos et Lambros.

— Ce n'était pas très utile...

John Hill recommanda un café et se pencha en travers de la table.

— Si. Parce qu'au cours des années, nous avons pu en identifier trois. D'abord « Pablo ». Il s'appelait en réalité Michaelis Raptis. C'était un trotskiste rescapé de la guerre d'Espagne, proche d'Andréas Papandréou, le patron du Pasok. Il était sorti de la clandestinité depuis une dizaine d'années. Il est mort. « Loukas » a été tué par la police. Il s'appelait Christos Tsoutoukis. Et, depuis les arrestations du mois de juillet, nous savons qu'Alexandros Stavropoulos, le chef opérationnel du 17 Novembre, se dissimulait sous le pseudo de « Nikitas ».

— Il en reste donc deux non identifiés, souligna Malko. Sadarnapoulos et Lambros.

— Exact, acquiesça John Hill. Ce sont aujourd'hui des hommes d'une soixantaine d'années. Des spécialistes aguerris de la « lutte armée », doublés d'idéologues fanatiques. Je pense que ce sont eux qui sont à la base de la création de l'organisation du 17 Novembre. Aucun des terroristes arrêtés n'a assez d'envergure pour concevoir une organisation comme le 17 Novembre. Certains ne l'ont rejointe que des années après les premiers meurtres. En plus, il est évident que pour avoir joui de l'impunité depuis si longtemps, le 17 Novembre a bénéficié d'une protection passive ou active. Les responsables de la police ou de l'EYP[1] changeaient souvent. Il a donc fallu quelqu'un qui reste au cœur du pouvoir pendant toutes ces années. Un politique assez bien placé pour tirer des ficelles. Or, après la chute des colonels il y a eu le gouvernement Caramanlis, de droite modérée, jusqu'en 1981 où le Pasok a pris le pouvoir.

— Sadarnapoulos et Lambros auraient fait une carrière politique ?

L'Américain sourit.

— Ce n'est pas impossible. En France, un trotskiste de longue date n'a fait son « coming out » contraint et forcé qu'après avoir été nommé Premier ministre. Le 17 Novembre est né immédiatement après la fin de la dictature des colonels, en 1974. La résistance grecque englobait alors toutes les nuances de la gauche, qui devint ensuite le Pasok d'Andréas Papandréou, lequel a régné sur la politique grecque depuis lors, avec quelques courtes interruptions. Les politiciens du Pasok tirent la plupart des ficelles en Grèce. Or, de nombreux trotskistes ont rejoint le Pasok après la chute des colonels et s'y sont fondus en faisant oublier leurs origines. On en connaît certains, mais pas tous. J'ai aussi été frappé, en étudiant les vingt-trois meurtres commis par le 17 Novembre, de découvrir un élément troublant. Beaucoup d'entre eux sont clairement explicables par l'idéologie d'extrême gauche de cette organisation : les policiers, nos gens, des Turcs, des Britanniques. Mais parmi eux, cinq victimes sont des industriels ou des banquiers grecs, dont l'un était plutôt à gauche. Je pense donc qu'il y a eu un changement de choix dans les cibles. Et ce changement n'a pas été décidé par Alexandros Stavropoulos. On le lui a sûrement suggéré. « On », c'est-à-dire ce ou ces « parrains » qui ont sûrement un fort ascendant sur ces utopistes sanglants.

---

1. Services de renseignements grecs.

— Dans quel but ce changement de cible ?

L'Américain eut un sourire ironique.

— Dans beaucoup de pays, d'anciens trotskistes ont pris goût au capitalisme. Certains sont devenus directeurs de journaux, businessmen, hommes politiques du « système ». Si ma théorie est exacte, Sadarnapoulos ou Lambros ont pu être tentés de donner un coup de pouce à des amis ou à eux-mêmes pour éliminer un problème. C'est tentant d'avoir à sa disposition des tueurs à gages disposant d'un alibi idéologique.

— Donc, dit Malko, les idéologues allumés du 17 Novembre auraient cru lutter contre le capitalisme alors qu'ils protégeaient des hommes politiques ou des businessmen corrompus.

On était très loin de la guerre révolutionnaire.

— C'est un peu cela, admit John Hill.

— Les « Cousins » n'ont rien découvert à ce sujet ?

— Les « Cousins » s'en moquent, rétorqua l'Américain. Ils voulaient venger le général Saunders et montrer qu'on ne s'attaquait pas impunément à un officier britannique. Seuls les exécutants les intéressent. Les Grecs ont collaboré jusqu'à un certain point, mais je pense qu'au-delà, ils auraient freiné des quatre fers. Le meurtre de Panos Gavras montre qu'il y a encore des membres du 17 Novembre bien placés et prêts à tout pour se protéger.

— Ainsi, conclut Malko, les tueurs du 17 Novembre dansaient sur une musique qu'ils n'avaient pas écrite...

— *Right*, approuva l'Américain.

Il commençait à pleuvoir et ils durent se réfugier à l'intérieur de la taverne. Devant des espressos presque bons. Sous la pluie, Athènes était encore plus sinistre.

— Pourquoi voulez-vous à tout prix retrouver ce « parrain » ? demanda Malko. Puisque, apparemment, les Grecs tiennent les assassins de Richard Welsh.

John Hill ne se démonta pas.

— Je suis persuadé que, *depuis le début*, c'est le « parrain » qui désigne les cibles. Pour tendre un piège à Welsh, il a fallu beaucoup d'informations précises qui ne pouvaient venir que de l'Establishment. Très peu de gens connaissaient son appartenance à l'Agence et il était très prudent. L'enquête a montré que ses agresseurs connaissaient pourtant parfaitement ses habitudes…

— Qu'attendez-vous de moi ? demanda Malko.

— Une enquête indépendante, répliqua aussitôt le chef de station de la CIA. *Sans* la participation des Grecs. Sinon, ils vous mettront des bâtons dans les roues.

— Ça va être difficile. Je n'ai plus beaucoup de contacts à Athènes. Par où commencer ?

— J'ai une petite idée, avoua l'Américain. À l'ambassade, nous utilisons régulièrement comme interprète une Gréco-Américaine, totalement bilingue, Martha Adonis. Elle est professeur d'anglais à l'université américaine d'Athènes. Je lui ai demandé d'étudier le dossier de l'extrême gauche grecque depuis quarante ans et elle est revenue avec des idées intéressantes.

— Lesquelles ?

— D'après son étude, tous les groupuscules anarchistes, trotskistes et communistes étaient regroupés à Paris entre 1960 et 1974. En 1967, au moment du coup d'État des colonels, les Grecs liés aux partis de gauche s'y sont réfugiés, accueillis par leurs amis trotskistes et gauchistes français et ont lancé la résistance armée contre les colonels. Dernier avatar d'un pays qui a connu au XXe siècle une succession de guerres, de coups d'État, de dictatures, de guerres civiles. Curieusement la *première* revendication du meurtre de Richard Welsh a été envoyée au quotidien d'extrême gauche français *Libération* dont le directeur, Serge July, est un ancien maoïste.

— Et comment lui était parvenue cette revendication ?

— Elle avait été remise à son journal par une jeune Grecque, Eleni, qui était à l'époque la maîtresse de Jean-Paul Sartre. Vous savez, le philosophe qui proclamait que tous les anticommunistes étaient des chiens. Encensé par toute la gauche parisienne.

— Jean-Paul Sartre est mort, remarqua Malko. Qu'est devenue cette Eleni ?

— Nous l'ignorons. Pendant très longtemps, nous avons soupçonné Jean-Paul Sartre et Serge July d'être liés au 17 Novembre, mais ce n'était pas exact. C'est cette Eleni qui était leur contact à Paris.

— Si elle a disparu, la piste s'arrête là, conclut Malko.

— *Cette* piste, rétorqua John Hill, mais il y en a d'autres. Martha Adonis a retrouvé un Grec qui se trouvait à Paris à cette époque et militait contre la dictature des colonels. Un trotskiste, lui aussi, Dimitri Kochilas. Il est revenu à Athènes quand la démocratie y a été rétablie et a quitté la politique pour le journalisme et l'enseignement. Maintenant, il a pris sa retraite dans l'île d'Égine, à une heure et demie du Pirée. Si nous voulons identifier le « parrain » du 17 Novembre, il faut remonter à cette époque. Ce Kochilas sait peut-être qui se cache derrière Sadarnapoulos et Lambros.

— Vous croyez qu'il parlera ? demanda Malko, sceptique.

L'Américain eut une moue dubitative.

— Ça vaut la peine d'essayer. Martha Adonis l'a déjà eu au téléphone. Elle lui a dit qu'elle servait d'interprète à un universitaire américain préparant une thèse sur la politique grecque. Il est prêt à vous recevoir.

Malko esquissa un sourire.

— Martha Adonis croit *vraiment* que je suis un universitaire ?

— Oui. Je ne suis pas apparu. J'ai fait intervenir le conseiller culturel. Vous la paierez cent euros par jour. En ce moment, elle doit vous attendre dans le *lobby* du *Saint-Georges*, pour organiser votre voyage à Égine.

— Comment vais-je la reconnaître ?

John Hill lui adressa un sourire complice et émoustillé.

— Elle a les plus beaux yeux d'Athènes, une chute de reins comme vous les aimez, paraît-il, et des cheveux blonds courts.

*
* *

Effectivement, on ne pouvait pas passer à côté de Martha Adonis sans remarquer ses yeux. En dépit de ses courts cheveux blonds et de sa poitrine modeste, la jeune femme était extrêmement séduisante. À peine Malko avait-il pénétré dans le hall du *Saint-Georges* qu'il l'avait repérée, sagement installée sur un canapé, vêtue d'un pull rouge échancré en V et d'un jean moulant.

Il s'approcha.

— Miss Adonis?

La jeune Grecque leva sur lui des yeux magnifiques, d'un vert incroyable, comme chez certaines Afghanes, et qui contrastaient avec sa grosse bouche rouge.

— Oui, c'est moi, dit-elle. Vous êtes Malko Linge?

— Tout à fait.

— Je vous attendais. Voulez-vous que nous commencions à bavarder?

— Avec plaisir. Allons prendre un verre au bar.

Elle le précéda et il put admirer à loisir la chute de reins annoncée par John Hill. Le bar, en contrebas, assombri par des boiseries, était désert, à part le barman. Malko décida de fêter son arrivée en Grèce et commanda une bouteille de Taittinger, tandis que Martha Adonis l'observait, les mains croisées sur ses genoux, sage comme une image.

— C'est la première fois que vous venez en Grèce? demanda-t-elle.

— Non, dit Malko.

— Voulez-vous que je vous parle de Dimitri Kochilas que nous allons rencontrer demain?

— Bien sûr.

— C'est un homme très gentil, très affable. Il vit en partie dans l'île d'Égine et ne vient plus que rarement à Athènes. Il connaît la politique grecque sur le bout des doigts.

— C'est un gauchiste?

Martha Adonis sourit.

— *Tous* les intellectuels sont à gauche, en Grèce. À cause d'abord de la Deuxième Guerre mondiale, puis de la guerre civile de 1946-1949 et ensuite de la dictature des colonels. Bien sûr, M. Kochilas a participé à la résistance comme tout le monde, entre 1969 et 1974, mais ensuite, il est redevenu professeur et journaliste. C'est quelqu'un de très pacifique… Et de très bien informé.

— Je serai ravi de le rencontrer, affirma Malko, pour ma thèse.

— Demain, j'ai prévu que nous partions pour Égine vers dix heures. Il y a des ferries tout le temps à partir du Pirée. Il vaudrait mieux louer une voiture, parce qu'il habite assez loin du port.

— Pas de problème, affirma Malko. Je m'en occupe tout de suite.

Il leur reversa un peu de Taittinger, ils bavardèrent de choses et d'autres et, finalement, Martha Adonis se leva et lui tendit la main un peu cérémonieusement.

— À demain.

Resté seul, Malko s'occupa de trouver une voiture puis regarda le soleil se coucher sur l'Acropole. Une brume due à la pollution flottait sur la ville, étouffant le concert de klaxons. Il remonta dans sa chambre. Le téléphone sonna. Il répondit mais il n'y avait personne au bout du fil. Il prit alors le dossier préparé par John Hill et s'appliqua à le lire.

Au bout de deux heures, les noms grecs lui sortaient par les yeux… De sa lecture et des aveux des présumés coupables du 17 Novembre, il retira une certitude : les tueurs de cette organisation avaient toujours agi avec un sang-froid extraordinaire et ne manifestaient aucun remords. Ils avaient tué des hommes comme on tire sur une cible à la foire. Seul leur chef, Alexandros Stavropoulos, se murait dans un silence farouche, prétendant qu'il n'avait rien à voir avec tout cela. Pourtant, on avait trouvé ses empreintes digitales dans une cache d'armes du 17 Novembre. La police grecque avait également trouvé d'autres empreintes dans une des planques et dans sa villa de Lipsi, mais leur propriétaire n'avait pas été identifié.

Malko se coucha, sans même avoir dîné. Vu le niveau de la cuisine grecque, il ne perdait pas grand-chose.

La sonnerie du téléphone le réveilla en pleine nuit. Il

décrocha et, de nouveau, n'eut personne au bout du fil. Les aiguilles lumineuses de sa Crosswind indiquaient trois heures dix du matin. Il tenta de se rendormir, essayant de chasser de son esprit une idée désagréable : d'après les dossiers, dans deux cas au moins, les meurtres avaient été précédés d'appels anonymes.

Il ne pouvait quand même pas être *déjà* ciblé ! Il parvint enfin à se rendormir, se demandant s'il allait trouver à Égine une piste pour remonter au mystérieux « parrain » qui tirait les ficelles de l'organisation du 17 Novembre.

CHAPITRE III

Le gros ferry s'éloigna majestueusement du port du Pirée, après un dernier coup de sirène. La mer était d'huile, et Malko, après avoir garé son Opel de location dans la cale, était monté sur le pont rejoindre Martha Adonis. Dans le lointain, on apercevait déjà les contours de l'île d'Égine. La jeune femme, appuyée au bastingage, se tourna vers Malko.

— Vous avez bien dormi ?
— À peu près, dit-il, mais j'ai été réveillé par un coup de téléphone anonyme vers trois heures du matin.

Une lueur de surprise passa dans les magnifiques yeux verts de la jeune Grecque.

— Tiens, moi aussi !

Intrigué, Malko suggéra avec un sourire :

— C'est peut-être un de vos amoureux.
— Je n'ai pas d'amoureux, fit un peu sèchement Martha Adonis, et aucun ne se permettrait de faire cela...

Malko n'insista pas. N'en pensant pas moins. Dans son métier, il n'y avait pas de coïncidences et, brutalement, la théorie de John Hill concernant la partie souterraine du 17 Novembre lui parut plausible. Et inquiétante. Car si ces appels étaient ciblés, cela signifiait qu'on savait qui il était et ce qu'il faisait à Athènes. Évidemment, il n'était pas entré en Grèce en se cachant et l'EYP avait certainement repéré sa présence. Mais, en principe, l'EYP n'avait pas de lien avec le 17 Novembre...

Ils ne parlèrent plus beaucoup pendant la courte traversée, à peine une heure et demie. Martha Adonis semblait rêver, accoudée au bastingage.

Le ferry ralentit pour entrer dans le port. Égine ressemblait à toutes les îles grecques, avec son petit port, ses maisons blanches et son sol caillouteux. Malko récupéra sa voiture et, après s'être renseignée, Martha Adonis lui montra le chemin. Ils grimpèrent une modeste colline dominant le port, suivant des chemins encaissés, bordés de murs de pierres sèches qui délimitaient une lande aride piquetée de quelques maisons isolées. Ils durent à trois reprises demander leur chemin, avant de franchir enfin le portail ouvert d'une maison ancienne de plain-pied, dominant la mer du haut d'un promontoire. Elle semblait déserte et Martha Adonis dut appeler plusieurs fois avant qu'un homme vêtu d'une vieille chemise et d'un pantalon sans forme ne se montre, approchant d'un pas lent.

— C'est Dimitri Kochilas, annonça la jeune femme, après avoir échangé quelques mots avec lui. Il vous souhaite la bienvenue.

Dimitri Kochilas s'approcha de Malko, lui serra la main et demanda en français :

— Vous parlez français ?
— Oui, dit Malko.
— Eh bien, ce sera plus facile pour la conversation.

Il avait un visage plat de Slave, des yeux rieurs et des dents qui se chevauchaient sauvagement, semblant se battre pour sortir de sa bouche. Il invita Malko et Martha Adonis à prendre place à une table en bois installée sous un auvent, devant des volets fermés. Il disparut et revint avec une bouteille de vin blanc, trois verres et des biscuits. Aussitôt, plusieurs chats surgirent du jardin pour se mêler à leur conversation. La Grèce était pleine de chats, des milliers, souvent faméliques, mais plutôt bien traités.

Ils trinquèrent et Dimitri Kochilas reposa son verre.

— Martha Adonis m'a dit que vous écriviez une thèse sur la politique grecque. Que voulez-vous savoir ?

Frustrée de traduction, Martha Adonis sortit un paquet

de cigarettes et Malko lui en alluma une avec son Zippo armorié, avant de répondre.

— L'histoire récente de la gauche grecque. En avez-vous fait partie ?

— Absolument. Nous étions menacés par la dictature. Dans les années soixante, tout le monde cohabitait au Parti communiste grec. Il y avait même le roi Constantin.

— Comment est née l'extrême gauche grecque ? interrogea Malko.

— D'abord dans l'association des étudiants helléniques de Paris, au début des années soixante. Il y avait de tout : des communistes, des trotskistes, des anarchistes. Toutes les sensibilités de gauche. Et puis, les gens se sont regroupés par affinités. En 1967 a été créé le Mouvement du 29 mai. Très à gauche et avec beaucoup de trotskistes. Seulement, vous connaissez les trotskistes : ils se disputent toujours entre eux. Alors, deux ans plus tard, en 1969, il y a eu une scission et la naissance de deux entités différentes : EKKE et LEA. En même temps, un autre groupe de gauche, avec à sa tête celui qui est maintenant Premier ministre et chef du Pasok, Simitis, avait formé Dimokratiki Amyna. En 1969, ce groupe est devenu le Mouvement du 20 octobre, que j'ai rejoint.

— Vous étiez nombreux ?

— Une soixantaine.

Tout en parlant, le Grec sirotait tranquillement son vin blanc, l'air malin comme un singe, caressant distraitement les chats.

— Et que faisiez-vous ? demanda Malko.

Dimitri Kochilas sourit.

— Nous résistions. Je transportais et stockais des valises pleines d'explosifs, de détonateurs, de faux passeports, pour ceux d'entre nous qui repartaient en Grèce commettre des attentats contre la dictature des colonels.

Finalement, le vieil homme semblait ravi de raconter sa guerre. Mais jusqu'ici, il n'avait pas été question du 17 Novembre.

— Ensuite, demanda Malko, qu'est devenue cette extrême

gauche combattante ?

— En 1975, nous avons dissous notre mouvement et je suis revenu en Grèce, répondit Dimitri Kochilas. Il n'y avait plus de raison de prolonger la lutte armée.

— Pourtant, certains ont continué, remarqua Malko.

Dimitri Kochilas fit comme s'il n'avait pas compris.

— Lesquels ?

— Les membres du 17 Novembre.

Le vieux Grec demeura silencieux un long moment, perdu dans ses pensées, et but encore un peu de vin en caressant un chat, comme s'il n'avait pas envie de répondre. Martha Adonis semblait boire ses paroles. Malko se dit qu'il fallait le pousser un peu dans ses retranchements.

— Vous en avez fait partie ? demanda-t-il d'une voix égale.

Martha Adonis sursauta et lui jeta un regard horrifié, comme s'il avait proféré une incongruité. Mais Dimitri Kochilas se contenta de sourire

— On m'en a accusé, en 1976. Le chef du KYP[1] m'a convoqué et accusé d'avoir participé au meurtre d'Evangelos Mallios.

L'adrénaline de Malko ne fit qu'un tour. C'était trop beau pour être vrai.

— Qui était Evangelos Mallios ?

Martha Adonis répondit avec fougue, avant même que le vieil homme eût ouvert la bouche :

— Un des pires tortionnaires de la dictature des colonels. Il a été la deuxième personne exécutée par le 17 Novembre.

— Pourquoi avez-vous été accusé de son meurtre ? s'étonna Malko.

— À cette époque, expliqua Dimitri Kochilas, j'étais journaliste à *Te Vima*. J'avais couvert le meurtre de Mallios et on m'avait donné une photocopie de la revendication envoyée à mon journal par le 17 Novembre. Je l'avais dans une pochette avec tous mes papiers et, un jour, j'ai perdu

---

1. Organisation de contre-espionnage à laquelle a succédé l'EYP.

cette pochette en faisant des courses. J'ai été convoqué par la police et accusé d'avoir participé au meurtre de Mallios. Heureusement que j'avais auparavant signalé cette perte, ajouta-t-il en souriant. Mais mon téléphone a été longtemps sur écoutes. Le KYP était persuadé que j'appartenais au 17 Novembre.

— Pourquoi ?

Dimitri Kochilas éclata de rire, avec bonne humeur.

— Parce qu'ils sont idiots, laissa-t-il tomber. Depuis le début, la police a été persuadée que l'organisation du 17 Novembre avait été créée par des membres du Mouvement du 20 octobre, auquel j'appartenais. Alors qu'en réalité, elle a été créée par les rescapés de la LEA, un groupe trotskiste beaucoup plus radical. Auquel appartenait Stavropoulos.

— Vous l'avez connu ?

— Vaguement. À Paris, tout le monde se connaissait de vue, on participait aux mêmes manifs, aux mêmes réunions. D'ailleurs, quand j'ai eu entre les mains la revendication du meurtre de Richard Welsh, j'ai tout de suite su que le 17 Novembre était né à Paris.

— Pourquoi ?

Le Grec écarta le chat qui essayait de monter sur son épaule.

— Dans cette revendication, ils utilisaient le mot « tract ». Ce n'est pas un mot grec. Ils auraient dû dire *plakirixis*. Donc, c'étaient des gens qui avaient vécu à Paris. Comme ce n'était pas notre groupe, ce ne pouvait être que les autres, la LEA.

Malko était suspendu à ses lèvres. Cet homme était une mémoire vivante. Grâce à lui, il allait peut-être remonter enfin jusqu'au mystérieux parrain.

— Puisque vous êtes au courant de tant de choses, savez-vous qui a tué Richard Welsh ? demanda-t-il.

— Pour Welsh, d'après les aveux de Panos Gavras et de ses amis, ils étaient quatre. Stavropoulos, qui a tiré, Pavlos Serifis, qui faisait le guet, un certain Sadarnapoulos et Anna, une étrangère. Pour Mallios, on a une idée encore plus précise. Il n'est pas mort sur le coup et il a eu le temps de dire : « C'est o Psilo[1] qui m'a eu. »

— Qui était le Grand ?

Dimitri Kochilas eut un sourire malin.

— Alexandros Stavropoulos mesure un mètre quatre-vingt-quatre... Il n'était pas seul. Il y avait une femme avec lui, une grande femme blonde, très belle, « Anna », la même qui était présente lors du meurtre de Welsh.

— On l'a identifiée ?

— Personne ne connaît son vrai nom. C'était une étrangère, une Allemande paraît-il. On dit qu'elle était venue combattre avec la résistance grecque et qu'elle avait été capturée et torturée par Mallios. Elle serait revenue se venger. Mais c'est peut-être une légende, ajouta-t-il avec un sourire.

Il se tut et se reversa un peu de vin blanc. Malko cherchait comment poser la question qui l'intéressait. Visiblement, son interlocuteur connaissait beaucoup de choses.

— Dans ce groupe, la LEA, demanda-t-il, ils étaient nombreux ?

— Une vingtaine.

— Dont Alexandros Stavropoulos ?

— Oui.

— Et qui d'autre ?

— Je ne me souviens pas, prétendit Dimitri Kochilas. C'étaient surtout des trotskistes qui ne se mélangeaient pas avec nous.

— Stavropoulos était le chef ?

Il y eut un long silence, puis le Grec laissa tomber :

— Non, je ne crois pas, le vrai patron était un type qu'on ne voyait jamais et dont on ne connaissait que le pseudonyme : Lambros.

Le pouls de Malko monta en flèche. Cela recoupait le rapport communiqué à la CIA par les colonels.

— On n'a jamais su qui il était ? insista Malko.

1. Le grand.

Dimitri Kochilas eut un geste évasif.

— Personne ne s'en souciait... Bien sûr, en reprenant tous les documents de l'époque, par recoupements, on pourrait peut-être arriver à l'identifier. Mais à quoi bon ?

— Donc, insista Malko, c'est très probablement les activistes de la LEA qui ont formé le 17 Novembre ?

— Ils ont eu tort de continuer la lutte armée, fit Kochilas, répondant implicitement à sa question.

Malko commençait à comprendre de quelle matrice était sortie l'organisation terroriste. Un petit groupe de trotskistes durs et secrets, manipulant des âmes simples. Il regarda les yeux malins de son interlocuteur. Kochilas détenait probablement la clef qu'il recherchait... Mais comment la lui arracher ?

Martha Adonis arborait une attitude presque réprobatrice. Elle dit soudain :

— M. Kochilas doit être fatigué, vous lui avez posé beaucoup de questions...

— Il est passionnant, répliqua Malko.

Il se retourna vers le vieux Grec et dit en souriant :

— Je voudrais encore vous poser une dernière question.

— Vous voulez savoir qui est Lambros ? dit de sa voix chantante Dimitri Kochilas.

Il avait tout compris. Malko essaya quand même de noyer le poisson.

— Pas seulement lui, corrigea-t-il. Je voudrais connaître le nom de ceux qui formaient ce noyau dur. C'est d'un intérêt historique.

À l'expression de Dimitri Kochilas, il sentit que son interlocuteur ne croyait pas un mot de ce qu'il disait, mais ce dernier hocha la tête et promit :

— Je vais chercher. Dans mes souvenirs et mes vieux papiers. Revenez me voir demain, si vous le souhaitez. Mais je ne suis pas certain de pouvoir assouvir votre curiosité.

Ils échangèrent une longue poignée de main et Dimitri Kochilas les raccompagna jusqu'à la voiture, encadré de ses chats. Tandis qu'ils redescendaient vers le port, Martha Adonis demanda :

— Vous êtes satisfait ?
— Cet homme est fascinant, reconnut Malko.
Elle lui jeta un regard en coin.
— Vous vous intéressez beaucoup au 17 Novembre...
— Entre autres.
— Pourquoi ? C'est une histoire terminée. Ils ont tous été arrêtés. C'est terrible pour le pope Gavras d'avoir trois de ses fils en prison, dont un mutilé. J'ai vu sa photo dans les journaux, il a l'air d'un homme très bon.
— Ses fils étaient peut-être moins bons que lui, observa prudemment Malko.
— C'étaient des idéalistes, trancha la jeune femme d'un ton définitif. Et puis, ils n'ont peut-être pas fait tout ce que prétend la police. On a dû les torturer...

Malko sursauta intérieurement. Martha Adonis semblait absolument sérieuse. Et dire qu'elle travaillait pour l'ambassade américaine... Il demanda en souriant :
— Vous pensez qu'ils ont eu raison de tuer des gens ?
— Cela dépend desquels, laissa tomber Martha Adonis. Mallios était un bourreau sadique. Et les Américains ont beaucoup aidé les colonels. Ils méritaient d'être punis.
— Et les autres ? coupa Malko. Ils méritaient aussi de mourir ?

Cette fois, Martha Adonis ne répondit pas et demeura coite, renfrognée dans son coin. Ils n'échangèrent plus un mot jusqu'au ferry.

*
* *

Assis sur un banc placé au bord du promontoire qui terminait son jardin, Dimitri Kochilas contemplait la mer, sa bouteille de blanc posée à côté de lui, un chat sur les genoux. Il faisait encore très beau, mais il éprouvait une sensation de froid. Comme s'il avait été malade. Il savait très bien pourquoi la conversation avec cet inconnu l'avait profondément troublé, faisant remonter beaucoup de souvenirs à la surface. Ceux d'une époque où il était jeune, idéaliste et naïf. Les noms cités avec son visiteur en avaient évoqué d'autres. Vivants ou morts. Et surtout, cela avait réveillé le vieux dilemme qu'il avait cru pouvoir enfouir tout au fond de sa conscience. Lorsqu'il avait été accusé à tort du meurtre d'Evangelos Mallios, il s'était intéressé au 17 Novembre, cherchant à en savoir plus, pour sa gouverne personnelle. À l'époque, c'était facile. La résistance était encore toute fraîche et ceux qui s'étaient réfugiés à Paris gardaient des contacts les uns avec les autres. Il n'avait pas fallu longtemps à Dimitri Kochilas pour savoir qui avait tué Richard Welsh et Evangelos Mallios. Et aussi pour reconstituer le réseau de soutien qui avait permis ces deux exécutions.

Et ensuite, le problème s'était posé : que faire ? Un jour, dans une taverne du quartier d'Exarchia, il s'était trouvé par hasard à une table voisine de celle d'Alexandros Stavropoulos, en compagnie d'une femme. Ils ne s'étaient pas revus depuis Paris et étaient tombés dans les bras l'un de l'autre, avant d'échanger quelques informations. Kochilas avait expliqué qu'il était journaliste et Stavropoulos lui avait dit qu'il enseignait. La femme qui l'accompagnait était française. Avant de se séparer, les deux hommes avaient échangé leurs cartes.

Ce n'est qu'une fois Stavropoulos parti que Dimitri Kochilas avait regardé sa carte : elle était au nom de Michaelis Iconomou, 44 rue Voutza, Athènes.

Instantanément, les derniers doutes qu'il aurait pu avoir avaient été levés. Alexandros Stavropoulos était bien *o Psilo*, l'assassin de Welsh et de Mallios. Bien sûr, il aurait dû aller trouver la police, mais ne l'avait pas fait. Au nom d'une lointaine solidarité de la résistance.

Il n'avait pas cherché à revoir Stavropoulos mais au fil des « exécutions » revendiquées par le 17 Novembre, il avait été amené à soupçonner que cette « lutte armée » déjà choquante dans une démocratie subissait une dérive « mafieuse ». Mais, de nouveau, il avait préféré garder le silence. Pas par lâcheté, par lassitude. Ce n'était pas à lui de refaire le monde, même si les gens étaient décevants.

La visite de cet « historien » le remettait devant son dilemme. Et cette fois, il se demandait s'il n'allait pas franchir la ligne rouge. Dire ce qu'il savait, essayer d'identifier Lambros. À travers cette conversation, il avait compris que quelqu'un, quelque part, avait reconstitué la vérité. En parlant, il se soulagerait et ferait justice. Il avait horreur des gens qui ne demeuraient pas fidèles à leur idéal. Ceux qui reniaient leurs rêves de jeunesse.

Il termina sa bouteille de vin, chassa le chat de ses genoux et regagna sa maison sans se presser. Peut-être, après tout, que son visiteur ne reviendrait pas.

*
* *

— Si on dînait dans le coin? proposa Malko à Martha Adonis.

La nuit était tombée et ils venaient d'arriver au Pirée.

— Mais il est trop tôt! s'exclama la jeune femme.

C'est vrai qu'en Grèce, on ne dînait jamais avant dix heures du soir.

— Bon, alors allons boire un verre, suggéra Malko.

Ils se retrouvèrent une heure plus tard place Kolonaki au café *Likourici*. Martha Adonis ne semblait pas dans son assiette. Elle commanda du bout des lèvres un scotch whisky Defender avec de la glace.

— Vous êtes fatiguée? demanda Malko.

La jeune femme lâcha brusquement:

— Vous êtes vraiment un universitaire?

— Pourquoi?

— Vous posez de drôles de questions. Comme un policier... J'ai bien vu que vous ne vous intéressez qu'au 17 Novembre. Vous travaillez pour la CIA?

Malko, pris de court, demeura d'abord silencieux. Martha Adonis le regardait d'un air hostile. Il se dit que puisque sa fragile couverture avait volé en éclats, il était inutile de mentir.

— C'est vrai, je ne suis pas historien, avoua-t-il avec un

sourire. Je travaille pour le gouvernement américain.

Martha contemplait, sans y toucher, le scotch que le garçon venait de lui apporter.

— Je ne comprends pas ce que vous cherchez, dit-elle, visiblement perturbée. Tous les membres du 17 Novembre ont été arrêtés. Ils sont entre les mains de la justice.

— Un des leurs, Panos Gavras, a été assassiné il y a deux jours, sur son lit d'hôpital, remarqua Malko. Un meurtre audacieux qui a demandé de nombreuses complicités.

— Vous voulez retrouver son assassin? demanda la jeune femme. Il a mérité son sort, il a dénoncé tous les membres de son groupe, tous ses amis.

Évidemment, c'était un point de vue. Il essaya de désarmer l'hostilité de Martha Adonis.

— Martha, dit-il, je ne cherche pas à savoir qui a tué Panos Gavras, mais *pourquoi* on l'a tué.

Elle le regarda, butée.

— Mais je viens de vous le dire!

Malko sourit.

— Je ne crois pas à une vengeance. Je pense qu'il a été tué pour qu'il ne parle pas. Qu'il ne révèle pas *qui* il y avait au-dessus d'Alexandros Stavropoulos.

Martha Adonis haussa les épaules.

— C'est idiot! Si cette personne existe, Stavropoulos la connaît. Il pourrait donner son nom.

— Stavropoulos est un pur, expliqua Malko, un illuminé comme les kamikazes islamistes. Il ne parlera pas, il obéira à la vieille règle trotskiste du secret. Panos Gavras n'était pas trotskiste et beaucoup plus jeune.

— Qu'est-ce que ça change? s'emporta Martha Adonis. Même si cet homme existe, tous les autres sont en prison.

— Si vraiment dans l'ombre quelqu'un a désigné ses cibles à Stavropoulos, remarqua Malko, il doit *aussi* payer.

Martha, au lieu de répondre, but une gorgée de son Defender. Ses yeux verts avaient foncé et Malko ne put s'empêcher de remarquer en souriant:

— Vous êtes encore plus belle quand vous êtes en colère...

La jeune femme, surprise, rougit. Leurs regards se croisèrent fugitivement et elle détourna très vite le sien.

— Merci, dit-elle d'une voix mal assurée. Il va falloir que j'y aille. Demain, je ne pourrai pas vous accompagner, j'ai des cours, ajouta-t-elle très vite.

Après une brève poignée de main, elle se sauva comme si elle avait le diable à ses trousses.

Malko la regarda disparaître dans la foule sans se retourner. De toute évidence, elle réprouvait l'enquête de Malko. L'attaché culturel de l'ambassade américaine allait se faire traîner dans la boue. Il fallait espérer qu'elle n'aille pas répandre dans tout Athènes que la CIA était aux trousses de Lambros. Pour son rendez-vous du lendemain, il s'en passerait, n'ayant aucun mal à communiquer avec Dimitri Kochilas.

*
* *

Malko sentit une odeur de brûlé alors qu'il était presque arrivé à la maison de Dimitri Kochilas. Encore un virage et il aperçut le portail. Il était ouvert comme la veille, mais deux véhicules se trouvaient dans le jardin : une voiture de police et une de pompiers. Son pouls grimpa brusquement. Lorsqu'il s'arrêta et descendit de voiture, l'odeur de brûlé se fit encore plus forte.

Il regarda vers la gauche : la maison de Dimitri Kochilas avait brûlé. Une partie du toit s'était effondrée, des volets de bois se consumaient encore et, par une fenêtre béante, on apercevait l'intérieur dévasté par le feu et l'eau des pompiers. Des solives fumaient. Il s'approcha d'un policier et demanda en anglais :

— Où est M. Kochilas ?

Le policier lui jeta un regard embarrassé et annonça en mauvais anglais :

— La maison a brûlé cette nuit. M. Kochilas est mort. Il a été asphyxié. On a retrouvé son corps. Il devait dormir. Vous êtes un ami ?

Malko sentit son sang se glacer.
— Oui. Je peux jeter un coup d'œil à l'intérieur ?
— *Né*[1].
— On sait comment le feu a pris ?
Le policier secoua la tête.
— Probablement un court-circuit.

Malko s'approcha d'une des fenêtres. Il ne restait rien de l'ameublement. Tout avait brûlé, sauf les murs en pierre. Si Dimitri Kochilas possédait des archives, elles étaient parties en fumée. Malko repensa aux coups de fil nocturnes, chez lui et chez Martha Adonis. Cet incendie n'était pas un accident. Probablement la première mesure défensive de Lambros.

Et il risquait d'y en avoir d'autres. Cette fois dirigées directement contre lui.

1. Oui.

CHAPITRE IV

Malko allait raccrocher lorsqu'une voix fit enfin
« *né?* » sur un fond bruyant de musique et de conversations. Toute la journée, il avait essayé en vain de joindre Martha Adonis. Son portable était en permanence sur répondeur.
— Martha?
— *Né.*
— C'est Malko Linge. Je vous dérange?
Après une courte hésitation, la jeune femme, visiblement surprise, laissa tomber de mauvaise grâce :
— Non, mais...
— Je suis retourné à Égine aujourd'hui, dit Malko.
— Ça s'est bien passé? demanda Martha Adonis avec une indifférence ostensible.
— Non, fit Malko. Dimitri Kochilas est mort.
Il y eut un blanc à l'autre bout du fil, qui se prolongea plusieurs secondes avant que la jeune Grecque ne demande, d'une voix altérée :
— Mort! Mais comment?
— Sa maison a brûlé la nuit dernière. Il a été asphyxié.
— C'est horrible!
Elle semblait sincèrement bouleversée. Malko en profita.
— Je voudrais vous dire quelques mots sur ce qui est arrivé. C'est important. Où êtes-vous en ce moment?
— Place Kolonaki. Dans un café. Avec des amis.
— C'est tout près du *Saint-Georges*, remarqua Malko.

Vous pouvez m'accorder cinq minutes ?

— Si vous voulez, fit Martha Adonis, sans enthousiasme excessif. Je suis là où nous étions hier.

Malko, plutôt que de prendre sa voiture, décida d'y aller à pied. Le soir, il était rigoureusement impossible de se garer dans ce quartier. Arrivé devant le café, il repéra Martha Adonis en compagnie d'un groupe d'amis. Elle avait troqué son jean pour une longue jupe de daim et un débardeur noir plutôt sexy. Ses superbes yeux verts, soulignés de mascara, étaient encore plus spectaculaires, mais elle semblait contrariée.

— Pourquoi avez-vous tenu à me voir ?

Malko affronta son regard furibond.

— La mort de Dimitri Kochilas n'est pas un accident, dit-il.

Elle le regarda, ébahie.

— Comment ça, pas un accident ?

— C'est un meurtre, continua Malko. Même si c'est difficile à prouver. On a su que je lui avais rendu visite et que j'allais revenir. On l'a supprimé pour qu'il ne puisse pas me parler.

— Vous parler de quoi ?

— De Lambros. L'homme qui a créé le 17 Novembre.

Martha Adonis demeura silencieuse quelques instants, puis remarqua d'un ton à la fois détaché et sceptique :

— Même si ce que vous dites est vrai, cela ne me concerne pas. Pourquoi teniez-vous à me voir ?

— Afin de savoir si vous avez parlé de ce voyage à Égine à quelqu'un.

— Non, dit-elle sans hésiter.

— Bien, dit Malko. C'est tout ce que je voulais savoir. Mais vous vous trompez si vous pensez que ce meurtre ne vous concerne pas.

Martha Adonis sursauta.

— Que voulez-vous dire ?

— Vous avez reçu comme moi des coups de fil en pleine nuit. « On » peut penser que vous avez eu connaissance, à Égine, d'informations sensibles. Et donc, que vous représentez un danger. J'espère me tromper. Mais si quelque chose d'inhabituel se produisait dans votre vie, prévenez-moi. En appelant mon portable.

Martha Adonis le regarda, visiblement stupéfaite, puis lâcha :

— Comment pouvait-on être au courant de ce voyage à Égine ?

— Il n'est pas impossible que je sois surveillé depuis mon arrivée en Grèce, répondit Malko.

— Par qui ?

— L'organisation du 17 Novembre a sévi pendant vingt-sept ans, remarqua-t-il. Même si on a arrêté beaucoup de ses membres, il en reste forcément en liberté. J'ai vu avant-hier, sur un mur, juste en face de l'ambassade américaine, une inscription « Bon anniversaire, Mme Bakoyannis ». Or, son mari a été assassiné par le 17 Novembre il y a exactement treize ans.

Martha Adonis ne parut pas impressionnée.

— Ça ne veut rien dire...

— C'est vrai, reconnut Malko, mais le meurtre de Panos Gavras, lui, veut dire qu'il y a encore en liberté des membres du 17 Novembre capables de frapper. À visage découvert.

— Bon, O.K., fit Martha Adonis, visiblement agacée, mais, même s'il y a encore des gens du 17 Novembre en liberté, pourquoi s'attaqueraient-ils à moi ?

— Je viens de vous le dire. Pour vous faire taire définitivement, comme Dimitri Kochilas.

Martha Adonis le foudroya du regard.

— Même si je savais des choses, jamais je n'irais à la police, je ne suis pas une *nenekos*.

Elle avait des références historiques : Nenekos était un Grec qui avait trahi au profit des Turcs durant la guerre d'Indépendance de la Grèce contre la Turquie. Cela montrait nettement où allaient ses sympathies. Malko tenta un dernier effort :

— Ceux qui ont supprimé Dimitri Kochilas ne le savent sûrement pas.

Ils se toisèrent quelques secondes en silence puis, brusquement, la jeune femme lui lança :

— Je vais rejoindre mes amis.

Malko repartit vers le *Saint-Georges* par des ruelles coupées d'escaliers. Perplexe. L'idée de John Hill était bonne mais, apparemment, *trop* bonne. De plus, le chef de station n'avait pas envisagé que Malko ait pu être surveillé dès son arrivée à Athènes. Dimitri Kochilas mort, il ne lui restait pas grand-chose à part deux pseudonymes datant d'un quart de siècle, sur lesquels il était impossible pour l'instant de mettre une identité : « Lambros » et « Anna ».

C'était peu.

Mais apparemment assez pour avoir effrayé ceux qui, dans l'ombre, continuaient à faire vivre l'organisation du 17 Novembre. L'infrastructure invisible qui avait permis vingt-sept ans d'impunité. Mais comment progresser avec aussi peu d'éléments ? Il avait rendez-vous le lendemain pour prendre un *breakfast* avec John Hill. Le chef de station aurait peut-être une idée.

*
* *

Dolorès Ribeiro, allongée sur la couchette de son camping-car, fixait le plafond d'un air absent, essayant de combler avec de l'ouzo le vide qui s'était emparé d'elle depuis la mort de son amant, Panos Gavras. Un choc épouvantable. Depuis l'accident du 29 juin, elle avait réussi à le voir plusieurs fois au parloir de la prison et même à lui téléphoner. Il était aux trois quarts aveugle, encore très faible et sa main droite était entourée d'un énorme pansement. Ils restaient sans parler, la main dans la main, et elle n'avait jamais cessé de lui dire qu'elle l'attendrait, qu'elle était toujours amoureuse de lui.

Depuis dix ans, ses sentiments pour lui ne s'étaient jamais émoussés. Le côté utopiste révolutionnaire de Panos Gavras l'avait immédiatement attirée. Il lui rappelait son grand-père, engagé volontaire dans les Brigades internationales durant la guerre d'Espagne, fusillé par les Franquistes après la prise de Madrid, devant un mur où était encore tracé à la peinture rouge le fragile slogan « No Pasaran »[1]. Lorsque Gavras lui avait révélé son appartenance au 17 Novembre, Dolorès avait rejoint avec enthousiasme l'organisation. Elle n'avait pas reçu l'autorisation de participer aux exécutions car Alexandros Stavropoulos estimait que les « exécuteurs » devaient être grecs. Mais elle conduisait les voitures, effectuait les repérages et, armée, participait à la protection du commando. Hélas, elle n'avait jamais tiré un coup de feu. Depuis l'arrestation de son amant, la police l'avait interrogée mais elle avait nié toute connaissance de ses crimes. Comme ses empreintes n'avaient pas été trouvées dans les *yialkas*[2], tout en la soupçonnant, les policiers ne l'avaient pas arrêtée.

Elle sursauta en entendant un bruit à l'extérieur. S'arrachant de sa couchette, oubliant qu'elle n'avait qu'un T-shirt et une culotte, elle ouvrit la porte du camping-car et scruta l'obscurité du terrain en friche sur lequel elle s'était installée, à Paleo Psychico, dans la banlieue nord d'Athènes. Ne voyant rien ni personne, elle referma et regagna sa couchette, déçue. Depuis des semaines, elle attendait qu'« on » lui fasse signe, car elle savait qu'au-dessus de Stavropoulos, il y avait d'autres membres de l'organisation. Elle en avait même la preuve. Mais ses connaissances s'arrêtaient là : impossible de contacter qui que ce soit. Pas un téléphone, pas un lieu de rendez-vous. Rien.

Alors, à tout hasard, elle continuait à se rendre régulièrement dans le petit restaurant du quartier d'Exarchia où ils avaient leurs habitudes. Espérant un contact. Le logiciel interne de Dolorès avait un demi-siècle de retard : il y avait les bons, les « antifascistes », et les mauvais, tous les autres. Elle travaillait le lendemain, à sept heures du matin, et aurait dû dormir, mais n'y parvenait pas. Maquilleuse de

---

1. Ils ne passeront pas.
2. Planques. Terme utilisé par les communistes grecs pendant la guerre civile (1946-1949).

cinéma et de théâtre, elle vivait chichement, sans en souffrir, n'ayant pas beaucoup de besoins. Panos Gavras ne lui avait jamais donné d'argent. Pour se changer les idées, elle décida de vérifier sa boîte à maquillage. En soulevant un des casiers, ses yeux tombèrent sur un objet enveloppé d'un linge blanc. Elle défit le linge et contempla amoureusement le Mauser calibre 38 qu'il contenait. Un cadeau de Panos Gavras, une arme qu'il n'avait pas rapportée dans la planque de la rue Patmou après une « opération ». Le pistolet ne l'avait plus jamais quittée, ce qui était de la folie. Lorsque la police avait fouillé son camping-car, elle avait eu beaucoup de chance : sa boîte de maquillage était restée sur le plateau d'un film. Cette arme représentait tout ce qui lui restait de son amour et de sa vie passée. Elle se rallongea sur la couchette et la prit à deux mains, visant une cible invisible.

Une idée la taraudait : venger son amant. Elle était certaine qu'il avait été assassiné par les Américains, peu confiants dans la justice grecque, grâce à laquelle les « repentis » pouvaient s'en tirer facilement. Le chargeur contenait neuf cartouches : assez pour tuer un fasciste. Mais lequel ? Pour avoir participé à de nombreuses reconnaissances d'objectif, Dolorès savait qu'un meurtre doit être soigneusement préparé et exécuté. Ils avaient toujours été plusieurs sur un coup. Désormais, elle était seule : impossible de s'attaquer à un objectif institutionnel, comme un ambassadeur ou un officiel. Il fallait qu'elle trouve une cible isolée, facile, et qu'elle abandonne l'arme après avoir tué : cela ne mènerait nulle part, le pistolet ayant été volé dans une caserne.

Peu à peu, elle se focalisa sur ce projet, serrant si fort la crosse du pistolet que ses jointures en blanchissaient. Elle le tenait devant elle, visant la paroi arrière du camping-car, mais il était si lourd qu'elle abaissa finalement les bras et le canon de l'automatique se posa entre ses cuisses, juste au bas de son ventre, à la hauteur de son sexe. Elle était en T-shirt et en slip. Elle eut l'impression de recevoir une décharge électrique et frissonna de tout son corps. Elle revit le sexe de son amant s'enfoncer en elle, sentit ses muqueuses s'écarter et rejeta la tête en arrière, cambrant ses reins comme s'il la prenait. Inconsciemment, elle appuya encore plus le canon contre son ventre, faisant entrer dans son sexe le nylon de sa culotte.

Le sang battait à ses tempes, son ventre la brûlait, elle avait honte et affreusement envie de faire l'amour. Sans même s'en rendre compte, elle commença à frotter lentement le canon du pistolet contre elle, réchauffant l'acier à son contact. Son bassin commença à se balancer d'avant en arrière, tandis que le canon du Mauser frottait de plus en plus vite sa fente à travers le nylon. Elle respirait rapidement, sentant monter le plaisir. L'orgasme la balaya brutalement, lui tordant le ventre, la faisant crier, puis ses doigts se détachèrent de la crosse et le pistolet glissa entre ses cuisses disjointes, encore chaud de plaisir.

Comme pour excuser ce moment de faiblesse, elle se jura qu'il servirait bientôt à venger son amant assassiné par les fascistes.

*
* *

John Hill écoutait le récit de Malko, les sourcils froncés, concentré, griffonnant sur une feuille de papier. Il faisait un temps radieux et le soleil pénétrait à flots par la baie en verre à l'épreuve des balles donnant sur l'avenue Vassilissis Sofias. L'ambassade américaine, spécialement depuis le 11 septembre, était protégée par un réseau complexe d'alarmes électroniques qui s'ajoutaient à la molle protection de la police grecque et à celle du détachement de Marines confinés à l'intérieur de l'ambassade.

— Ces coups de téléphone m'inquiètent, remarqua le chef de station. Je n'ai pas prévenu mes homologues de l'EYP de votre venue. Même les « Cousins » ne sont pas au courant. Il reste la police des frontières...

— Ce qui implique de sacrées complicités, remarqua Malko.

L'Américain poussa un soupir résigné.

— Des complicités très *anciennes*, souligna-t-il. Cela a commencé avec le meurtre de Richard Welsh. Le 17 Novembre a *toujours* eu des sources au sein des services de sécurité et elles n'ont jamais été découvertes. Regardez ce qui s'est passé pour le meurtre de Panos Gavras. Très peu de gens savaient qu'il devait être opéré à l'hôpital Evangelistos, où il ne devait séjourner que deux jours avant de réintégrer sa cellule au fond de la prison de Korydallos, près du Pirée. Où il était évidemment intouchable. Ses assassins ont frappé à coup sûr.

— On les a identifiés ?

— Non. Mais ils ont été filmés par une caméra de surveillance. Les « Cousins » nous ont passé les photos. Tenez.

Il tendit à Malko une liasse de documents noir et blanc, de qualité moyenne. Pourtant, on distinguait les visages de trois hommes. Deux jeunes en uniforme et un civil d'une cinquantaine d'années, une serviette à la main.

— La police grecque a diffusé ces documents ? demanda Malko.

John Hill secoua la tête.

— Non. Ils ont dit aux « Cousins » qu'ils craignaient d'alerter les suspects. En réalité, ils ne veulent surtout pas qu'on les reconnaisse. Car, à ce jour, ils n'ont aucune piste. Les membres du 17 Novembre arrêtés n'avaient jamais été fichés par la police. Alors, ceux qui sont en liberté, encore moins. On ne risque pas de les retrouver dans des fichiers. Seuls des voisins ou des amis pourraient les reconnaître. En ne diffusant pas ces photos, on bloque l'enquête. Sauf miracle. Comme cela s'est produit pendant vingt-sept ans. Vous comprenez pourquoi je vous ai fait venir à Athènes ?

— Absolument, reconnut Malko, mais la moisson est maigre. Il n'y a rien sur dans les journaux sur l'incendie d'Égine ?

— Rien, quelques articles parce que Dimitri Kochilas était assez connu. Accident dû à un court-circuit.

Un ange passa et s'enfuit, écœuré, dans un nuage de fumée.

— Et si vous mettiez la pression sur les Grecs ? suggéra Malko.

John Hill sursauta comme s'il avait été piqué par une guêpe.

— Ce serait un moyen définitif de ne *rien* savoir, jamais. Les services grecs sont vérolés. Ou nous trouvons tout seuls, ou on échoue. Avec les « Cousins », les Grecs avaient peur, à cause des Jeux. Désormais, ils estiment avoir rempli leur contrat pour obtenir un brevet de bonne conduite. Ce qui, finalement, arrange tout le monde. Les opérationnels du 17 Novembre vont prendre quelques centaines d'années de prison, la Grèce redore son blason d'État légaliste et, surtout, les *vrais* responsables demeurent à l'abri. Si *vous* ne les trouvez pas, personne ne le fera.

— Une personne les connaît sûrement, remarqua Malko : Alexandros Stavropoulos. Il pourrait parler afin de diminuer sa responsabilité.

John Hill hocha la tête.

— C'est ce que j'avais espéré avant d'étudier la bio de Stavropoulos que m'ont communiquée les « Cousins ». Cela éclaire beaucoup de choses. Le père d'Alexandros Stavropoulos était le bras droit de Léon Trotski dans les années trente. Basé à Paris où *notre* Stavropoulos naquit en 1944. Deux ans plus tard, son père changea de camp ! Dans la guerre civile féroce qui en Grèce, de 1946 à 1949, opposa les communistes à un gouvernement de droite aidé par les Britanniques, il prit le parti de la droite ! Ce qui le fit mettre au banc de toute la gauche grecque, des communistes aux anarchistes en passant, bien entendu, par les trotskistes. Quand il mourut en 1965, son fils, *notre* Stavropoulos, avait vingt et un ans et souffrait d'un énorme complexe. Attiré viscéralement par la gauche, on lui jetait la trahison de son père à la figure et il était plutôt mal vu. C'est la prise de pouvoir par les colonels en 1967 qui lui a donné l'occasion de se racheter. Alors que la plupart des gauchistes grecs, exilés en France, se contentaient de protester et de défiler, lui prônait déjà la lutte armée. Visiblement, il tenait l'occasion d'enterrer le fantôme de son père une fois pour toutes. Il rejoignit le groupe du 29 mai, créé le 29 mai 1967, et très vite, prit la tête de la branche armée qui l'envoya à Cuba subir un entraînement militaire. Je pense que c'est à cette époque qu'il fut remarqué par un de ceux qui tiraient dans l'ombre les ficelles de la lutte antifasciste.

— Le mystérieux Lambros ?

— Oui, pour un révolutionnaire professionnel, Alexandros Stavropoulos avait le profil idéal : « un idiot utile et brûlant de se racheter ». Il fut poussé en avant et, le régime des colonels connaissant son action, le condamna par contumace à cinq ans de prison.

— Il s'est battu en Grèce ?

— Non. D'ailleurs, il se trouvait encore à Paris le 17 novembre 1973, lors de la révolte des étudiants de l'École polytechnique d'Athènes qui inspira le nom de l'organisation du 17 Novembre. Comme la plupart des gauchistes grecs repliés à Paris, il retourna dans son pays en 1975, lors de l'effondrement de la dictature des colonels. Là, on perdit sa trace, car il avait changé de nom, devenu Michaelis Iconomou... Et, à ce moment qu'il fut repris en main par Lambros, un authentique trotskiste estimant que la lutte devait continuer pour abattre le capitalisme en Grèce...

Le chef de station fixa longuement Malko et conclut :

— Voilà pourquoi je crois qu'Alexandros Stavropoulos ne parlera pas, mais s'il purge cinq cents ans de prison. Il n'a pas fait tout cela pour finir comme son père au banc de la gauche...

Un ange traversa la pièce, les ailes marquées d'une étoile jaune sur fond rouge, le drapeau du 17 Novembre...

L'Américain avait sûrement raison. Stavropoulos était un « idiot utile » et têtu.

— Cela ne nous laisse pas beaucoup de possibilités, fit Malko. Nous ignorons tout de ce Lambros et de cette mystérieuse blonde, Anna.

— Elle serait allemande ? demanda John Hill

— C'est ce qu'a dit Dimitri Kochilas. Mais ce n'est

qu'une rumeur.

— Je vais demander à la station de Berlin de se renseigner auprès du BND[1], promit l'Américain. Si c'est une activiste de gauche, elle doit être fichée.

— Ce serait miraculeux de la retrouver en connaissant seulement son pseudo. Et on n'est même pas certain qu'elle ait existé.

Le silence retomba. Malko leva la tête et demanda :

— En attendant qu'on retrouve Anna, qu'est-ce que je fais ?

Au regard absent de John Hill, il comprit aussitôt que l'Américain n'en avait aucune idée.

— Vous avez une idée ? demanda le chef de station.

Malko y avait réfléchi, depuis la veille.

— Peut-être, dit-il, mais c'est tiré par les cheveux et aléatoire. D'abord, je voudrais savoir à qui vous avez parlé de l'intervention de Martha Adonis, comme interprète ?

John Hill se rétracta.

— Mais à personne bien sûr.

— Comment l'avez-vous prévenue ?

— Je l'ai fait appeler par le conseiller culturel, à l'université ou chez elle, je ne me souviens plus. Elle travaille assez régulièrement pour l'ambassade quand il y a des visites de parlementaires ou de businessmen. Pourquoi ?

— Quelqu'un l'a appelée chez elle, quelques heures après qu'elle m'a vu au *Saint-Georges*. Vraisemblablement la même personne qui m'a également appelé au milieu de la nuit.

— Pourquoi ces appels ?

— Je n'en sais rien, avoua Malko. Intimidation ou repérage. Donc, on savait dès ma première rencontre avec Martha Adonis qu'elle allait travailler pour moi. Ce qui implique autre chose : il y a eu une fuite à l'ambassade. Quelqu'un a été prévenu de mon arrivée.

— À l'ambassade ! se récria John Hill, horrifié, mais c'est impossible.

---

1. Bundesnachrichtendienst : services de renseignements allemands.

— Pourquoi ? C'était une opération « ouverte ». Qui vous dit qu'une standardiste n'a pas de liens avec le 17 Novembre ? C'était le cas à l'ambassade de France, d'après le dossier. À partir de là, je suis pris en compte dès mon arrivée à Athènes et celui qui me surveille découvre l'existence de Martha Adonis. La suite est logique. Qu'auriez-vous fait à sa place ?

L'Américain réfléchit quelques instants et conclut :

— J'aurais essayé de la mettre sur écoutes, afin de suivre votre enquête.

— Bingo ! approuva Malko. C'est *peut-être* ce qui a été fait. Avant de vous exposer mon idée, je vais vous poser une question. Avez-vous ici quelqu'un de la T.D.[1] qui puisse tester la ligne de Martha Adonis ? Afin de vérifier s'il n'y a pas un *bug*[2] ?

— Pas ici, mais je peux faire venir dès demain un spécialiste de Francfort. Mais vous ne m'avez encore rien dit de votre idée...

Laissez-moi vous l'expliquer.

*
* *

John Hill posa son inséparable Zippo, avec lequel il avait joué tout le temps des explications de Malko, et reconnut :

— C'est astucieux.

— Merci, dit Malko, mi-figue mi-raisin. Évidemment, il faut convaincre Martha Adonis, mais j'espère y parvenir. Et, si le test est positif, il faudra être extrêmement prudent...

Si la manip' envisagée par Malko fonctionnait, cela pouvait déboucher sur une piste, mais également alerter l'organisation du 17 Novembre. Or, le passé avait montré que ses membres frappaient sans avertissement tout ce qui pouvait les menacer. Panos Gavras aurait pu en témoigner à titre posthume...

---

1. Technical Division
2. Une écoute

Le chef de station avait dû parvenir à la même conclusion, car il suggéra :

— Ce serait peut-être plus prudent de faire venir des « baby-sitters ». Chris Jones et Milton Brabeck seraient ravis de connaître la Grèce.

— À ce stade, il vaut mieux être discrets. Donnez-moi plutôt une arme. Que je ne me fasse pas tirer comme un lapin.

Depuis belle lurette, son pistolet extra-plat ne quittait plus le château de Liezen, régulièrement graissé par Elko Krisantem. Désormais, il était impossible d'emporter même un cure-dents dans un avion.

— Vous aurez cela dans une heure, promit John Hill. Je le ferai porter à votre hôtel par un de mes *case-officer*. J'appelle immédiatement Francfort pour avoir un « *bugbuster* »[1].

— Si ma manip' échoue, conclut Malko, je n'aurai plus qu'à reprendre l'avion.

---

1. Un détecteur d'écoutes.

CHAPITRE V

En équilibre sur un tabouret, l'homme qu'une poignée de gens connaissait sous le nom de Lambros nourrissait les poissons tropicaux de son aquarium. Observant particulièrement un poisson-chat qui se précipitait avidement sur la nourriture, bousculant ses congénères plus petits. Lambros avait toujours aimé les aquariums. Même quand il était jeune et pauvre, il avait réussi à en avoir un, de petite taille. Il pouvait rester des heures à contempler les évolutions des poissons qui s'esquivaient, jouaient, se battaient, dans un silence reposant. Comme lui, ils parlaient peu. Lambros avait toujours aimé le secret et les luttes clandestines. Il avait horreur de se mettre en avant. De parler en public, de faire des moulinets. Il était comme ces poissons : évoluant à toute vitesse et en silence, frappant sans avertissement.

Sa semoule épuisée, il descendit de son tabouret et s'installa sur un canapé, face à l'immense aquarium qui occupait tout un mur de son living-room, plus de cinq mètres de long. C'était fascinant. Et à peu près son seul luxe. Il mangeait peu — du poisson grillé, de la salade -, ne sortait pratiquement jamais, téléphonant beaucoup pour ses affaires et regardant une partie de la nuit des films grâce à son satellite. Certes, il avait une Mercedes 560 blindée, mais uniquement pour ne pas se faire remarquer. Tous les gens dans sa position en possédaient une, à cause du 17 Novembre. S'il s'était abstenu, cela aurait paru suspect. Quand il utilisait la Mercedes, il était accompagné de quatre gardes du corps, des armoires à glace graisseuses, toujours en noir, le poil ras, le micro dans l'oreille, armés. Mais cela aussi, c'était courant. Tous les riches utilisaient ce dispositif. Or, Lambros était riche. Immensément riche. Une fortune accumulée presque par hasard. Là où il s'était trouvé, il suffisait de se baisser. Et d'ailleurs, il avait fait profiter généreusement ses amis politiques de ses deniers, n'hésitant jamais à financer une campagne électorale. Parfois, il avait le vertige en pensant à ses millions de dollars accumulés un peu partout. Pour lui, c'était abstrait et il en profitait peu. Ses bureaux en ville, place Sintagma, en face du Parlement, étaient modernes et fonctionnels. Sa superbe villa, construite sur une colline dominant le nouvel aéroport, avec sa piscine, ses oliviers, et ses 1 000 mètres carrés de surface habitable, était son seul signe extérieur de richesse.

Il n'y donnait jamais de fêtes, dînant souvent seul avec ses souvenirs. Car son logiciel d'origine fonctionnait toujours. Dans le secret de son cœur, il était resté le camarade Lambros, qui consacrait le plus clair de son temps à faire avancer ses idées. Il était tombé dans le trotskisme au berceau et n'en était jamais sorti, déplorant seulement que ses idées ne triomphent pas. Comme un écureuil dans sa cage, il tournait inlassablement, sans se décourager. Il le ferait jusqu'à ce que son cœur s'arrête. Modestement, il considérait que l'aventure du 17 Novembre avait été la plus belle réussite de sa vie. Tenir tête pendant vingt-sept ans aux forces capitalistes, c'était extraordinaire. Ses derniers revers ne l'avaient pas découragé.

Terré, il attendait que l'alerte passe pour continuer. Il pensait à peine à ceux qui étaient tombés. On ne pleure jamais les morts dans les combats politiques. L'essentiel était d'en avoir encore de vivants, des militants qui pourraient transmettre la flamme.

Les meilleurs moments de sa vie, c'était quand il s'esquivait très discrètement pour un rendez-vous secret. Des rendez-vous extrêmement espacés: d'une prudence maladive, Lambros n'avait jamais fait confiance à personne.

Il avait très peu de contacts directs, fonctionnant à l'aide de boîtes aux lettres « mortes ».

Il cessa un moment de regarder les poissons, calculant mentalement combien de gens connaissaient la véritable identité du camarade Lambros. Cela pouvait se compter sur les doigts des deux mains. Au fil des années, beaucoup de ses camarades étaient morts. Le plus souvent dans leur lit. Certains avaient des doutes, mais ne diraient jamais rien : ils étaient, dans le fond de leur cœur, sur la même ligne politique que lui. Quant à l'homme qui savait tout de lui, depuis des dizaines d'années, Alexandros Stavropoulos, il aurait préféré avaler sa langue plutôt que de trahir celui qui lui avait rendu son honneur aux yeux d'une minuscule coterie. On ne torturait plus dans les prisons grecques, mais, même si on lui avait arraché les ongles, Stavropoulos n'aurait jamais révélé que Lambros existait. C'eût été d'abord se dévaluer aux yeux de ceux qui le considéraient comme le fondateur du 17 Novembre. Et ensuite et surtout, recommencer l'infamie paternelle. Celle qu'il lavait dans le sang des autres depuis plus d'un quart de siècle.

Lambros chassa de son esprit une pensée désagréable : il regrettait la mort de Dimitri Kochilas. Certes, ils n'avaient jamais été intimes, mais Kochilas avait toujours été du bon côté. Il n'avait jamais démérité. Pour une fois, Lambros avait peut-être agi trop vite. L'élimination de Panos Gavras n'était pas de la même nature. Derrières ses actes, il n'y avait aucune réflexion, seulement de l'aveuglement stupide, mais bien utile...

Un claquement de talons le fit se retourner.

— Tu regardes encore tes poissons !

Clio, sa seconde femme, le contemplait avec un sourire attendri. Avec ses escarpins, elle mesurait vingt centimètres de plus que lui. Siliconée jusqu'au bout des ongles, conservée par une culture physique féroce, les narines toujours palpitantes, très belle avec ses grands yeux bleus, et à peu près complètement idiote, c'était un superbe objet, dont Lambros usait modérément. Elle s'approcha, provocante, moulée dans une robe bleue boutonnée de haut en bas. Lambros l'avait connue lors d'un dîner célébrant la conclusion d'un deal. Celui avec lequel il l'avait négocié était arrivé avec Clio, tous seins dehors, pulpeuse à souhait, un fantasme matérialisé.

Après l'avoir placée à table en face de Lambros, il avait glissé à l'oreille de ce dernier :

— Je vous ai apporté un petit cadeau.

Le « cadeau » décolleté jusqu'au nombril lui avait adressé un sourire éblouissant et prometteur. Parfaitement consciente du rôle qu'elle avait à jouer, bien qu'elle ne fût pas une call-girl ordinaire, mais l'épouse d'un avocat très connu qui tirait le diable par la queue. Celui-ci fermait les yeux sur les prestations tarifées de sa femme, qui l'aidaient à boucler ses fins de mois. Ce soir-là, Lambros était rentré avec Clio qui s'était montrée très passionnée.

Il l'avait revue, toujours sur des bases financières, et, peu à peu, lui avait trouvé de grandes qualités : elle était performante au lit, discrète, gentille et le contraire d'une emmerdeuse. La femme de Lambros était morte d'un cancer du sein deux ans plus tôt, lui laissant une fille, Christina.

Alors, à la grande surprise de certains de ses amis, Lambros avait épousé Clio, devenue veuve elle aussi, car, en Grèce, on ne vivait pas avec une femme, on l'épousait. Bien entendu, Clio ne savait rien de la partie secrète de sa vie et se cantonnait à son rôle social de maîtresse de maison. Fournissant à Lambros, chaque fois qu'il en avait envie, des prestations sexuelles d'une qualité exceptionnelle. C'était quand même bien agréable d'avoir, à son âge, une créature de rêve, docile, silencieuse et d'humeur égale.

Clio se pressa gentiment contre lui.

— Tu n'en as pas assez de regarder tes poissons ?

Le visage pressé contre son ventre, Lambros éprouva une brusque pulsion. Sans un mot, il se mit à défaire les boutons de la robe bleue, en commençant par le bas. D'elle-même, Clio en fit autant par le haut. Quand tous les boutons de la robe furent défaits, Clio la fit glisser de ses épaules, ne gardant que son soutien-gorge et son slip de satin noir.

Toujours dans la même position, Lambros la caressait distraitement. Clio devina ce qu'il souhaitait et s'agenouilla en face de lui. Aussitôt, il se mit à malaxer les seins gainés de satin noir tandis que Clio le défaisait avec des gestes habiles d'infirmière, avant de le prendre dans sa bouche.

Lambros en oublia ses poissons tropicaux et ferma les yeux pour se concentrer sur son plaisir. Clio y mettait toute sa science, comme lors de leur première rencontre. C'était du pur plaisir physique, déconnecté de tout sentiment. L'idéal pour éloigner les soucis. À force, la langue et la bouche de Clio finirent par effacer de la mémoire de Lambros le souvenir de l'homme qui n'aurait pas dû mourir.

*
* *

Le spécialiste de la *Technical Division* ressemblait à un représentant de commerce, rougeaud, une cravate trop voyante, un léger embonpoint et de très vilaines chaussures aux énormes semelles. Seul son regard acéré, toujours en mouvement, tranchait avec son apparence bonhomme, un peu vulgaire. Il s'était présenté sous le nom de Frank. Assis sur le lit en face de Malko, il écoutait les explications de ce dernier, une mallette métallique posée à côté de lui.

— On va aller voir les lieux, suggéra-t-il. C'est facile d'entrer dans l'immeuble ?

— Je l'ignore, avoua Malko.

— S'il y a un code, on attendra la nuit, trancha Frank. J'ai de quoi ouvrir *tous* les codes. Un bidule électronique. Ensuite, il y a deux hypothèses : soit le branchement a été fait à partir de la boîte de raccordement du câble qui dessert l'immeuble, et c'est facile à voir, soit la bretelle se trouve dans le central desservant le quartier, et là, cela poserait des problèmes d'accès et de localisation.

— Le mieux est d'aller vérifier, suggéra Malko.

Un quart d'heure plus tard, il s'engageait dans la rue Perikleous, une voie étroite en sens unique, bordée de boutiques de fringues et de souvenirs, qui allait de la place Sintagma au cœur du quartier de Monastiraki, dans le vieil Athènes. Malko trouva miraculeusement une place non loin du numéro 26 et désigna à Frank l'immeuble où habitait Martha Adonis.

— C'est là, au troisième. Je vous attends au café.

Vingt mètres plus loin, se trouvait un café sympa, au coin d'une rue piétonnière. Frank bourra ses poches de quelques petites babioles et ils se séparèrent, Malko gardant la mallette contenant le gros du matériel. Installé à la terrasse du café, il vit Frank pénétrer dans l'immeuble, apparemment sans problème. Premier obstacle surmonté. Il n'y avait plus qu'à prier.

*
* *

Martha Adonis avait du mal à se concentrer sur sa leçon d'anglais. Ce que lui avait dit son « client » n'arrêtait pas de lui trotter dans la tête. Elle avait beau se répéter qu'il avait voulu lui faire peur, peut-être pour la revoir, une petite angoisse sournoise s'était nichée dans un coin de son cerveau. Elle s'accrocha à cette hypothèse, ayant très bien interprété certains regards : Malko Linge, faux universitaire, mais vrai espion, aurait bien couché avec elle.

— Mademoiselle, comment se traduit *eleftheros* ?

Son jeune élève la contemplait, le front plissé, ignorant son anxiété. Elle se dit que la meilleure chose à faire était de rayer cet épisode de son esprit et de ne plus accepter de l'ambassade américaine que des traductions officielles.

*
* *

Malko sentit son pouls grimper brutalement. Frank

venait de ressortir de l'immeuble de Martha Adonis et se dirigeait vers le café. Dès qu'il fut assis, il lança :

— Je peux avoir un scotch ?

Malko appela le garçon, lui commanda un Defender et ensuite se tourna vers l'Américain.

— Alors, vous êtes entré facilement ?

— Oui. Apparemment, le code est désactivé dans la journée, et la porte de la cave n'était fermée que par une serrure très simple. Après, c'était du nanan...

Le garçon apporta son scotch et il en but le tiers d'un coup, reposa son verre et laissa tomber :

— Il y a bien une « bretelle ». Du travail d'amateur.

Malko l'aurait embrassé. Son raisonnement se révélait juste et il tenait peut-être un fil ténu pour remonter jusqu'à Lambros.

— Où se trouve cette « bretelle » ?

— Dans le boîtier de raccordement. Une simple pince terminée par un fil lui-même relié à un émetteur radio dissimulé dans un coin de la cave. Un dispositif classique. Avez-vous besoin d'autre chose ?

— Oui. Je suppose que si vous ôtez cette pince, ceux qui l'ont placée vont s'en apercevoir.

Frank hocha la tête affirmativement :

— *Sure*. Ils n'entendront plus rien. Pourquoi ?

— Voilà, dit Malko. J'aurais besoin que cette écoute soit interrompue cette nuit, sans que ceux qui l'ont mise en place s'en aperçoivent. Et que vous remettiez la pince en place demain matin. Est-ce possible ?

Frank réfléchit un bon moment en pianotant de ses doigts boudinés sur la table, puis enfin opina de la tête.

— *Yeah*, c'est faisable. Il y a une boutique de souvenirs au rez-de-chaussée. Le numéro est sur la vitrine. Il n'est sûrement pas utilisé la nuit. Il suffit que je revienne ce soir et que je transfère la pince sur ce numéro-là. Et, demain matin, je la remettrai sur l'autre numéro, celui qui vous intéresse.

— Superbe ! approuva Malko.

L'Américain semblait moins enthousiaste.

— Ça me force à coucher à Athènes, ce n'était pas prévu.

— Je vais arranger ça avec John Hill, assura Malko. Ce soir, vers neuf heures, je vous ramènerai ici. En attendant, je vais vous prendre une chambre au *Saint-Georges*. Donc, si la personne qui m'intéresse reçoit des coups de fil cette nuit, ceux qui écoutent son téléphone n'en sauront rien et ne les intercepteront pas.

— C'est tout à fait correct, confirma Frank, avant de terminer son Defender d'un coup, hésitant visiblement à en commander un second.

— Fantastique ! fit Malko.

Sa manip' prenait tournure.

*
* *

Malko sursauta : en dépit de la télé allumée sur CNN, il s'était assoupi. Il jeta un œil sur les aiguilles lumineuses de sa Breitling. Quatre heures dix. Il décrocha le téléphone de sa chambre, fit le « 9 » et composa ensuite le numéro de Martha Adonis. À peine quelques secondes s'écoulèrent avant qu'il n'entende la voix de la jeune interprète lancer un « *né* » à la fois angoissé et furieux.

Il raccrocha aussitôt.

C'était le cinquième coup de fil qu'il donnait depuis minuit. Comme prévu, il était retourné la veille au soir avec Frank rue Perikleous et le technicien de la CIA s'était introduit sans difficulté dans l'immeuble de Martha Adonis, effectuant l'opération demandée par Malko. Il était convenu que celui-ci devait l'y ramener vers sept heures du matin.

Malko décida qu'il en avait assez fait, éteignit la télé et demanda à se faire réveiller à six heures et demie. Priant pour que son stratagème fonctionne.

*
* *

Cette fois, Malko faillit ne pas entendre le téléphone. Après son escapade matinale rue Perikleous, il s'était rendormi. Il décrocha, le cœur battant, et sa poitrine se dilata de joie en reconnaissant la voix de Martha Adonis.

— Monsieur Linge ?

— Oui, fit-il d'une voix endormie. Qui est à l'appareil ?

— Martha Adonis, votre interprète.

— Quelle bonne surprise ! Quel bon vent vous amène ?

— Il m'est arrivé des choses bizarres, annonça-t-elle d'une voix mal assurée. Je voudrais vous en parler.

— Avec plaisir. Voulez-vous qu'on déjeune ?

— Oui. Où ?

— Vous connaissez le *Café Armani*, rue Milliani ?

— Oui, mais je ne serai pas libre avant trois heures et demie.

Malko raccrocha, le cœur en fête, avec, quand même, une pointe d'inquiétude. Sa manip' pouvait devenir dangereuse, très dangereuse même pour Martha Adonis et lui-même. Autant prendre d'avance des contre-mesures.

*
* *

Malko entra dans l'ambassade américaine par la rue Kokali, plus discrète. John Hill, prévenu, l'attendait. Le chef de station l'écouta développer son plan, avec une réticence visible.

— Vous transgressez une des règles de base de l'Agence, remarqua-t-il. En mettant en danger une « civile ». S'il y a un problème, c'est *moi* qui en serai tenu responsable.

Toujours la CYA [1]...

— Je sais, reconnut Malko, mais c'est ça ou rien. Il faut simplement prendre des précautions. Vous avez bien des *case-officers* disponibles ?

— *En principe*, objecta le chef de station, ils ne peuvent

---

1. Cover Your Ass ! « Protégez votre cul. »

pas être engagés dans ce genre d'opération sans un feu vert de Langley. À condition qu'eux-mêmes acceptent.

Voilà pourquoi Oussama Bin Laden gambadait toujours joyeusement dans les pâturages verdoyants d'Afghanistan... La CIA était devenue une grosse machine administrative, percluse d'interdictions, ligotée par des règlements pointilleux... Le silence se prolongeait. Malko se leva, avec un sourire un peu forcé.

— O.K., je ne vais pas vous mettre dans l'embarras, je démonte.

John Hill sursauta.

— Non, non, attendez! Je vais trouver une solution. Après tout, il s'agit d'un *presidential finding*. L'opération Lambros est une priorité pour la Maison-Blanche.

Martha Adonis devait dormir avec son jean... Malko l'observa tandis qu'elle le rejoignait sur une des profondes banquettes du *Café Armani*. Sa silhouette altière et ses extraordinaires yeux verts faisaient tourner les têtes, sans parler de la chute de reins moulée par le jean trop étroit d'une taille. La jeune interprète se laissa tomber à côté de lui avec un sourire un peu contraint. Elle avait les yeux cernés et son regard se dérobait.

Malko lui tendit la carte.

— Vous devez avoir faim...

Ils commandèrent des spaghettis aux fruits de mer et une eau minérale avant qu'elle sorte une cigarette que Malko lui alluma avec le Zippo à ses armes. Il la laissa aspirer quelques bouffées avant de demander:

— Que s'est-il passé?

Martha Adonis tourna ses prunelles vertes vers lui. Elle semblait terrorisée.

— On m'a téléphoné toute la nuit! lança-t-elle dans un souffle. Je ne sais combien de fois. Je n'ai pas fermé l'œil et j'ai peur.

— Je comprends, dit Malko, mais qu'est-ce qui vous fait croire que ces appels sont liés à moi ?

— Avant de vous rencontrer, je n'en ai jamais reçu.

Malko prit le temps de touiller ses spaghettis avant de remarquer :

— Je ne veux pas être indiscret, mais il ne s'agirait pas de quelque chose en rapport avec votre vie privée ?

La jeune interprète se raidit imperceptiblement.

— Non. J'ai rompu avec mon copain depuis trois mois. Je l'ai appelé ce matin et il est tombé des nues. Je vais aller à la police.

Hypothèse fâcheuse que Malko n'avait pas envisagée.

— Je ne pense pas que ce soit la bonne solution, fit-il prudemment.

— Pourquoi ?

— Souvenez-vous de ce que je vous ai dit la dernière fois. Je pense que mon enquête sur l'extrême gauche grecque, et en particulier sur l'organisation du 17 Novembre, dérange beaucoup de gens. Je suppose qu'ils veulent vous décourager de travailler avec moi.

— Mais je ne travaille pas avec vous, protesta Martha Adonis qui n'avait pas touché à ses spaghettis.

— C'est exact, reconnut Malko. Mais ils ne le savent pas. Et ils pensent peut-être, comme je vous l'ai dit la dernière fois, que vous êtes entrée en possession d'informations sensibles.

Martha Adonis tira nerveusement sur sa cigarette.

— *Quelles* informations ?

— Aviez-vous entendu parler de Lambros avant notre rencontre ?

— Non. C'est important ?

— *Très*, souligna Malko. Ce Lambros est probablement le véritable fondateur de l'organisation du 17 Novembre, mais très peu de gens le soupçonnent et encore moins peuvent l'identifier sous son véritable nom. Dimitri Kochilas était un des rares à pouvoir le faire. C'est pour cela qu'il est mort.

— Vous croyez vraiment qu'il a été assassiné ? demanda

Martha Adonis d'une voix étranglée.

— Oui.

Le brouhaha du restaurant couvrait leur conversation, décalée dans cet endroit luxueux et tendance.

Un grand barbu exubérant venait de prendre place à la table voisine, après avoir salué la moitié de la salle pleine à craquer de jolies femmes, d'hommes d'affaires, de journalistes. Décor dépouillé et nourriture sobre. Les serveuses, venues de différents horizons, faisaient assaut de charme, souvent plus bandantes que les clientes. Martha se pencha vers Malko.

— Vous voyez le barbu ? C'est l'avocat d'une des victimes du 17 Novembre. Il devrait savoir tout cela. Pourquoi n'avoir rien dit ?

— Je l'ignore, avoua Malko.

Ledit avocat avait posé deux portables sur la table et hurlait dans un troisième, afin que la salle ne perde rien de sa conversation... Martha enroula sans enthousiasme quelques spaghettis autour de sa fourchette, glissant un regard en coin à Malko.

— Vous me faites peur. C'est à cause de vous que tout cela m'arrive. Et puis, je n'aime pas les Américains.

— Vous travaillez pourtant avec leur ambassade.

— J'ai besoin d'argent, avoua Martha Adonis avec simplicité. Je n'en gagne pas assez. Tout est très cher ici. Je voudrais m'acheter un scooter ou une moto.

Noble projet. Malko croisa son regard qui ne se déroba pas. Il la sentait agitée de sentiments contradictoires. En un clin d'œil, elle eut vidé son assiette et elle reposa sa fourchette avec un soupir.

— Je mange trop, c'est parce que je suis nerveuse. Il faut que je maigrisse.

— Vous êtes superbe ! rétorqua Malko. Tous les hommes vous regardaient quand vous êtes entrée. Y compris moi.

Elle ne répondit pas, regarda sa montre et dit :

— Il faut que je file. J'ai une leçon dans une heure. J'espère que je ne serai plus harcelée par ces coups de téléphone. Ne m'appelez plus, je vous en prie.

— Il y a une façon très simple de savoir si ces coups de fil sont liés à moi, lança Malko.

— Laquelle ?

— Je vais vous téléphoner ce soir ou demain matin. Et vous dire quelque chose qui *devrait* déclencher une réaction, si vous êtes sur écoutes.

Martha Adonis sursauta.

— Sur écoutes ! Mais c'est impossible, cela n'existe plus depuis la dictature. Nous sommes en démocratie. Et la police n'a aucune raison de m'écouter.

Belle candeur.

— Je n'ai pas dit que c'était la police, corrigea Malko. Il y a beaucoup de gens techniquement capables de le faire. Comment croyez-vous que le 17 Novembre obtenait ses informations ?

Martha demeura un long moment muette, jouant avec une boulette de pain, puis avec la petite croix orthodoxe qui pendait entre ses seins.

— Tout cela me fait horriblement peur ! soupira-t-elle. Et, vous aussi, vous me faites peur.

Malko retint un sourire, se disant que si elle tâtait le Beretta 92 bien au chaud dans sa sacoche posée sur la table, apporté par un *case-officer* de la CIA, elle se sauverait en courant. Il sentit que c'était le moment de porter l'estocade.

— Je vais vous faire une proposition, reprit-il. Si vous collaborez encore une fois avec moi, je vous offre votre scooter.

Martha Adonis en resta muette de stupeur avant de protester.

— Mais cela vaut très cher !

— Ce n'est pas un problème, assura Malko, je veux en avoir le cœur net. Savoir si je suis parano ou non. L'organisation qui m'emploie a de gros moyens financiers.

— Qu'est-ce que j'aurai à faire ? demanda Martha Adonis, alléchée, mais prudente. Rien d'illégal, j'espère.

— Absolument rien, assura Malko. C'est très simple.

Ce soir, je vais vous téléphoner, comme si vous travailliez toujours pour moi. Je vous dirai un certain nombre de choses. Vous vous contenterez d'approuver. Même si ce que je dis est entièrement inventé.

— C'est tout ?
— Oui.

Elle hésita, regardant son assiette vide, puis releva la tête.

— Bien, j'accepte, mais j'espère que vous ne m'entraînez pas dans une galère. Après, je ne veux plus entendre parler de vous.

— Promis, dit Malko.

Martha Adonis se leva.

— Je serai chez moi à partir de neuf heures.
— Attendez, précisa Malko, il y a encore une chose. J'aurai encore besoin de vous demain. Pendant deux heures environ.

— Pour quoi faire ?
— Je vous le dirai ce soir, au téléphone.

Elle n'insista pas et il la suivit des yeux tandis qu'elle gagnait la porte. Dommage qu'elle soit aussi distante. Il paya, ramassa la sacoche contenant le Beretta 92 et prit la direction de l'ambassade US afin de mettre en place les contre-mesures destinées à éviter une grosse bavure si sa manip' marchait un peu trop bien...

*
* *

Martha Adonis devait être assise face au téléphone car elle répondit dès la première sonnerie. Il était juste neuf heures et demie.

— Bonsoir, dit Malko. J'ai de bonnes nouvelles. J'ai retrouvé l'adresse de l'homme dont nous avait parlé Dimitri Kochilas. Celui qui peut identifier Lambros.

— Ah bon ! fit la jeune interprète, d'une voix un peu croassante, se forçant visiblement pour paraître naturelle.

S'ils étaient écoutés, cela serait mis sur le compte de l'émotion.

— Absolument ! confirma Malko, plein d'enthousiasme. Donc, j'ai besoin de vous pour aller lui rendre visite, dès que possible.

— Je ne peux pas demain matin, dit aussitôt Martha Adonis. J'ai des cours.

— Quand êtes-vous libre ?

Elle hésita à peine.

— À partir de trois heures

— Parfait. Je vous attends au *Saint-Georges*.

Il raccrocha pour ne pas lui laisser le temps de changer d'avis. Tout était en place. Il n'y avait plus qu'à attendre le lendemain. À tout hasard, il sortit le Beretta 92 de sa sacoche et le posa sur la table de nuit, une cartouche dans le canon, la sûreté enlevée. À partir de cet instant, il jouait avec le feu. Le mystérieux Lambros n'en était pas à un meurtre près pour protéger son anonymat.

*
* *

Martha Adonis était très pâle lorsqu'elle s'installa à côté de Malko dans l'Opel.

— Je n'aurais pas dû venir ! s'exclama-t-elle. Je suis complètement folle ! En plus, je n'ai rien compris à ce que vous m'avez dit, hier soir. Vous avez parlé d'une personne à rencontrer qui connaît Lambros, mais vous m'avez expliqué que cette personne n'existait pas. Alors, où allons-nous ?

— Ce n'est pas vrai, reconnut Malko, mais ceux qui ont peut-être écouté cette conversation ne le savent pas.

— Et que vont-ils faire ?

— Probablement nous suivre. Afin de découvrir l'identité de ce témoin.

Il sortit du garage du *Saint-Georges* et s'engagea dans les rues en pente de Kolonaki. Arrivé à Vassilissis Sofias, il tourna à gauche, remontant en direction de l'avenue Messogion. Il avait soigneusement étudié l'itinéraire en s'inspirant des actions passées du 17 Novembre. Et pudiquement omis de préciser à Martha Adonis qu'ils pouvaient être l'objet d'une filature, mais aussi d'une une action violente. Même anticipée, cela pouvait mal se terminer…

La circulation était assez fluide dans Vassilissis Sofias, mais il demeurait sur ses gardes, jetant de fréquents coups d'œil dans son rétroviseur. Martha Adonis avait allumé une cigarette et fumait, regardant droit devant elle. Ils passèrent devant l'ambassade américaine, puis le *Hilton* en pleine réfection. Malko s'engagea ensuite dans l'interminable avenue Messogion, à droite, montant vers le nord-est. Il franchit un premier passage souterrain sous le croisement avec l'avenue Fokiados puis dut stopper à un feu rouge. Le visage de Martha Adonis semblait s'être recroquevillé. Elle avait peur. Malko posa la main sur sa cuisse.

— Ça va ?

Elle inclina affirmativement la tête sans répondre. Et soudain, le portable de Malko sonna. Une voix avec un fort accent américain annonça d'un ton neutre :

— *Suspects on a red Yamaha fifty yards behind you*[1].

Un flot d'adrénaline se rua dans les artères de Malko. Il envoya la main en direction de la pochette posée sur le plancher de la voiture et ses doigts se refermèrent sur la crosse du Beretta 92. Il y avait une cartouche dans le canon, la sûreté était ôtée et il suffisait de presser sur la détente pour vider les quatorze cartouches du chargeur.

Martha Adonis poussa un cri en voyant surgir le pistolet.

— Qu'est-ce que…

Le regard glué au rétroviseur, Malko ne répondit pas tout de suite. Il venait d'apercevoir la moto rouge signalée par les « baby-sitters » de la CIA. La Yamaha se rapprochait sur sa gauche. Il tourna alors la tête vers Martha Adonis et avertit d'une voix calme :

— Attention, il va peut-être se passer quelque chose.

---

1. Suspects sur une Yamaha rouge, trente mètres derrière vous.

Baissez-vous.
Ce qui allait se passer, c'est qu'on allait essayer de les tuer.

CHAPITRE VI

Tétanisée, Martha Adonis demeura droite sur son siège. Le regard de Malko se reporta au rétroviseur dans lequel la Yamaha grossissait. Au moment où la moto arrivait à la hauteur de l'arrière de la voiture, il vit le passager protégé par son casque intégral plonger la main dans son blouson de cuir noir, d'un geste posé et en extraire un pistolet au très long canon. Apparemment, il ignorait que Malko était sur ses gardes.

Celui-ci n'attendit pas que la moto soit à sa hauteur. Impossible de faire courir un tel risque à Martha Adonis.

Alors que la moto était encore un peu en retrait, Malko pivota vers la gauche, menaçant le conducteur par la glace ouverte avec son propre pistolet. Le pilote de la Yamaha le vit et fit un brusque écart au moment où son passager tirait. À cause du bruit de la moto, on n'entendit pas la détonation, mais la balle, ratant la tête de Malko, traversa le haut du pare-brise, de l'intérieur vers l'extérieur. Martha Adonis hurla. La moto accéléra, les dépassant en trombe avant de virer brutalement sur la gauche, alors que le feu était encore au rouge, coupant la voie opposée puis repartant en direction du centre.

Tout s'était déroulé en quelques secondes.

Le feu passa enfin au vert et Malko démarra, traversa l'avenue en biais et s'arrêta un peu plus loin, le pouls à 150. La Yamaha rouge avait disparu et il n'avait même pas aperçu la moto des « baby-sitters » de la CIA. Ces derniers lui avaient très probablement sauvé la vie. Si la Yamaha des tueurs avait surgi sans qu'il en soit averti, il n'aurait pas eu le temps de réagir.

Il tourna la tête et affronta le regard de Martha Adonis. Ses lèvres tremblaient, elle était livide et dut s'y reprendre à plusieurs fois avant de balbutier:

— On a essayé de nous tuer!

— De *me* tuer, corrigea Malko.

Figée, elle regardait le trou étoilé du pare-brise. Visiblement, c'était son premier contact avec la mort. Malko se sentait vidé, une fois le danger écarté. Pourvu que la moto de la CIA puisse suivre celle des tueurs. C'était tout le but de l'opération.

— Vous le saviez! éclata soudain Martha Adonis. Vous le saviez! Vous vouliez qu'on nous tue...

— Ne dites pas de bêtises! protesta Malko, je vais tout vous expliquer.

Elle ne répondit pas et, après avoir fait demi-tour, il redescendit vers le centre. Sans trop savoir comment, il se retrouva en bordure du National Garden, non loin du stade. Martha Adonis, retrouvant sa voix, lui dit:

— Engagez-vous dans cette allée, on va aller à l'*Agli*.

Il se gara tout près d'un restaurant en plein air presque vide, équipé de haut-parleurs déversant une musique tonitruante et offrant une vue magnifique sur tout le centre d'Athènes. Martha se laissa tomber sur une chaise. Malko demanda au maître d'hôtel deux cognacs et celui-ci revint avec une bouteille de Otard XO. Martha Adonis vida son verre d'un coup, le tenant à deux mains tant elle tremblait, le regard dans le vide. Puis elle tourna la tête vers Malko.

— Vous êtes un monstre! lança-t-elle. Je vous hais.

Ses mains tremblaient toujours et elle eut du mal à prendre une cigarette dans son sac. Malko sortit son Zippo armorié et son regard tomba sur les quatres barres gravées dans le métal de la base, lui rappelant qu'il l'avait depuis 1966... Une fois la première bouffée tirée, elle reprit du même ton:

— Je ne veux plus jamais vous revoir! Jamais. Et je ne

veux même pas de ce scooter.

— Vous avez tort, répliqua Malko. Je vous le dois, vous avez eu très peur.

— Vous êtes un immonde salaud! fit-elle. J'aurais dû m'en douter. Vous *saviez* qu'on allait essayer de nous tuer.

C'est vrai, il s'était mal conduit. Pour la bonne cause. Il essaya quand même de se défendre.

— Ce n'était pas sûr, et j'avais pris mes précautions. Nous disposions d'une protection. De plus, c'est *moi* qu'on visait, pas vous. Je suis désolé que vous ayez eu si peur.

— Vous pouvez crever! lança Martha Adonis avec un regard étincelant de fureur.

Elle se leva et s'éloigna à grandes enjambées. Malko la vit disparaître au coin de l'allée et se leva à son tour, laissant son cognac intact. Il avait hâte de savoir ce que les deux *case-officers* de la C.I.A. avaient ramené. Il regagna sa voiture et démarra. Au moment où il allait prendre de la vitesse, Martha Adonis surgit devant son capot, le visage ruisselant de larmes. Elle ouvrit la portière à la volée et se laissa tomber à côté de lui, en pleine crise d'hystérie.

— Protégez-moi, supplia-t-elle, j'ai peur, ils vont me tuer...

Changement d'attitude inattendu... Malko passa un bras autour de ses épaules et dit doucement:

— Personne ne va vous tuer. Calmez-vous. Je vais vous déposer chez vous.

— Non, sursauta-t-elle, je ne veux pas rester seule, j'ai trop peur.

— Bon, fit-il, conciliant. Allons au *Saint-Georges*.

Vingt minutes plus tard, il pénétrait dans le garage. Martha Adonis le suivit dans l'ascenseur comme une automate et, à peine dans sa chambre, éclata en sanglots convulsifs, presque hystériques. Malko fonça au minibar, y prit une minibouteille de cognac Otard XO, la versa dans un verre et fit boire la jeune femme. Elle se calma peu à peu et il en profita pour lui dire:

— Je dois aller à l'ambassade. Je reviens très vite. En

attendant, n'ouvrez à personne.

Il s'éclipsa avant qu'elle puisse protester et fonça à l'ambassade US.

*
* *

Les yeux bleus de John Hill flamboyaient de fureur. À peine la porte de son bureau refermée, il explosa :

— Je vous avais prévenu, vous êtes fou ! Il s'en est fallu d'un cheveu pour que...

— Écoutez, fit Malko, excédé, je viens déjà de me faire traiter de tous les noms, alors, épargnez-moi vos états d'âme. Est-ce que vos deux *case-officers* ont réussi à suivre la Yamaha rouge ?

L'Américain se calma.

— Jusqu'à un certain point, annonça-t-il. La moto est redescendue vers le centre. Elle s'est arrêtée quelques instants sur Vassilissis Sofias et le conducteur est descendu et a pris le métro à la station Evangelistos. Il a laissé son casque au passager de la moto et mon *case-officer* a pu voir que c'était une femme !

— Une femme !

— Oui, en combinaison de cuir noir. Il l'a suivie dans le métro. Elle est descendue au terminus de la ligne Ethniki Amina. Et là, il l'a perdue.

— Pourquoi ?

— Elle a enfourché une *seconde* moto dont il a relevé le numéro. Lui était à pied.

— Et le passager de la Yamaha ?

— Mon autre *case-officer* l'a suivi jusqu'à Exarchion Square. L'autre s'est aperçu qu'il était suivi et a pris un sens interdit. Il a disparu dans le quartier d'Exarchia.

Ce n'était pas brillant. Ravalant sa fureur, Malko remarqua amèrement :

— Quand je pense que j'ai risqué ma peau pour ça ! La conductrice de la moto est peut-être Dolorès Ribeiro, la maîtresse de Panos Gavras. Il faudrait montrer ses photos à votre *case-officer*. Si on peut avoir une identification positive, ce serait mieux que rien.

— *No problem* ! affirma le chef de station, quand même un peu penaud. Et j'ai *quand même* une bonne nouvelle. Nous avons identifié « Anna » !

— Non ! fit Malko, incrédule.

— Si, jubila John Hill. Et nous avons même des photos transmises par le BND. Tenez, voilà tout le dossier.

Il tendit une chemise verte à Malko. À l'intérieur, il y avait une photo noir et blanc d'une blonde athlétique, avec un grand nez droit, une large bouche sensuelle et un regard direct. Et aussi un second document où la même blonde, en pied, avait les mains menottées derrière le dos, une queue-de-cheval et l'air mauvais. Elle était vêtue d'un blouson, d'un jean et de baskets. Malko lut la légende :

Sigrid Stroller-Ithaca, née le 12 juillet 1949 à Karlsruhe, père allemand et mère grecque. Celle-ci, membre du Parti communiste grec, se trouvait en exil en Allemagne. Vingt ans plus tard, sa fille rejoignait la *Rote Armee Fraktion* et militait dans la clandestinité pendant trois ans, participant à divers attentats en Allemagne. Après la prise de pouvoir par les colonels en Grèce, elle rentre clandestinement dans son pays, sous l'égide du Mouvement du 29 mai, pour se livrer à la résistance armée. Arrêtée en 1971, elle est torturée et condamnée à une peine de cinq ans de prison. Un commando de la RAF s'introduit à son tour clandestinement en Grèce pour tenter de la faire évader, sans y parvenir. Elle est libérée en 1974, à la chute de la dictature des colonels. Depuis, sa trace est perdue, en Allemagne comme en Grèce.

Malko reposa le dossier, perplexe.

— D'abord, le physique, fit John Hill. Une femme de ce type a participé aux meurtres de Richard Welsh et d'Evangelos Mallios. Grande, blonde, étrangère, mais parlant grec à la perfection. Ensuite, j'ai en ma possession un élément communiqué par la police grecque qui pourrait expliquer son implication dans ces deux meurtres. C'est Evangelos Mallios qui était le responsable de tous les interrogatoires « poussés » des gauchistes pendant la dictature des colonels. Donc, c'est vraisemblablement lui qui a torturé Sigrid Stroller-Ithaca.

— Et pour Richard Welsh ?

Le chef de station se rembrunit.

— Pendant la dictature, des *officers* de la station d'Athènes ont parfois assisté à certains interrogatoires. Non par curiosité malsaine, mais dans l'espoir d'obtenir plus rapidement des informations. Ce qui pourrait expliquer la haine de cette « Anna » envers l'Agence. Si c'est bien elle, ces deux meurtres n'étaient à ses yeux que des vengeances justifiées.

Un ange passa, les ailes dégoulinant de sang. On ne choisissait pas toujours ses alliés.

— En tout cas, conclut Malko, on ignore où elle se trouve aujourd'hui et ces photos ont près de trente ans.

— C'est vrai, reconnut l'Américain. Le BND n'a rien sur elle. Ils pensent qu'elle n'est plus en Allemagne, mais comme elle n'y est pas recherchée…

— Et les Grecs ?

— Depuis 1975, ils prétendent tout ignorer à son sujet. Il faut dire que dans ce pays, elle est considérée comme une héroïne de la lutte antifasciste.

Autrement dit Jeanne d'Arc.

Malko retourna la première photo et regarda la date : 4 mars 1970. « Anna », si c'était elle, avait aujourd'hui plus de cinquante ans et risquait d'avoir beaucoup changé.

— Bon, conclut-il. Il nous reste la piste Dolorès Ribeiro. Je vais remonter le moral de Martha Adonis.

*
* *

Martha Adonis, les traits tirés, fumait, assise sur le lit. Elle adressa à Malko un regard glacial.

— Maintenant, dit-elle, vous allez me dire la vérité. *Toute* la vérité, ou je vais à la police. D'abord, qui êtes-vous vraiment ?

— Un chef de mission de la CIA, répondit simplement Malko. Je recherche le vrai responsable de la mort de Richard Welsh, car nous sommes persuadés qu'Alexandros Stavropoulos n'était qu'un exécutant. Le reste, vous le savez. Nous voulons identifier Lambros. C'est lui la tête du serpent. Or, il a appris, j'ignore encore comment, que j'étais à Athènes pour le débusquer et m'a fait surveiller dès mon arrivée. Ensuite, lorsqu'il a su que vous alliez travailler pour moi, il a fait mettre votre téléphone sur écoute. Nous avons pu nous en apercevoir et nous leur avons tendu un piège. Qui n'a malheureusement pas fonctionné comme je l'espérais. Les gens chargés de ma protection ont, hélas, perdu les deux équipiers de la moto, mais on pourra probablement identifier le pilote, ou plutôt la pilote.

— C'était une femme ? s'exclama Martha Adonis, abasourdie.

— Oui. Peut-être la maîtresse de Panos Gavras. On va le savoir.

— Vous réalisez les risques que vous m'avez fait prendre ?

— Oui, dit Malko. Au début, je n'ai pas pensé que vous seriez en danger.

Il préférait ne pas lui dire que, désormais, tant que Lambros serait en liberté, le danger persistait.

La jeune femme ne répondit pas, puis s'ébroua.

— Ramenez-moi chez moi, dit-elle simplement.

Ils redescendirent et Malko prit le volant jusqu'à la rue Perikleous. Arrivé devant l'immeuble de Martha Adonis, il se tourna vers elle.

— Vous avez gagné votre scooter, fit-il avec un demi-sourire. Reprenez vos habitudes et ne pensez plus à tout cela. C'est un univers qui n'est pas le vôtre. Je vous ferai envoyer un chèque. Pardonnez-moi encore de vous avoir fait courir tous ces risques.

Alors qu'il s'attendait à ce qu'elle se jette hors de la voiture, elle resta là, la main sur la poignée. Brusquement, elle dit :

— Je meurs de faim. Je n'ai rien mangé depuis hier soir, j'étais trop stressée.

— Voulez-vous que je vous emmène dîner ? proposa Malko. C'est vraiment le minimum que je puisse faire.

— D'accord, accepta Martha dans un souffle. J'ai trop peur de rester seule ce soir. Revenez vers dix heures et sonnez à l'interphone.

*
* *

La jeune interprète avait troqué son jean contre une longue jupe portefeuille de daim et un débardeur noir porté sans soutien-gorge qui moulait une petite poitrine courageuse. La tenue dans laquelle Malko l'avait vue place Kolonaki. Des escarpins la grandissaient et ses magnifiques yeux verts, soulignés de mascara, brillaient encore plus. Elle se glissa dans l'Opel et Malko demanda aussitôt :

— Où voulez-vous aller ?

— Je connais un très bon restaurant, le *Dourabeis*, mais c'est un peu loin, à Microlimanos, près du Pirée.

Ils descendirent l'interminable avenue Singrou et, au bout, prirent à droite, longeant la mer en direction du Pirée. Microlimanos abritait un petit port bordé de dizaines de restaurants de poissons aux terrasses presque vides. Un voiturier se précipita, permettant à Malko de se garer juste en face du restaurant. Cinq minutes plus tard, ils étaient attablés devant une bouteille de blanc, des oursins et des fruits de mer. Malko, qui voulait remonter le moral de Martha, demanda s'ils avaient du Taittinger. Hélas, ils n'en avaient pas : les Grecs buvaient peu de champagne. Solennellement, on leur fit choisir leur poisson. Martha Adonis semblait enfin se détendre et Malko se dit qu'elle était très belle, en dépit de ses cheveux courts. Elle posa soudain la main sur la sacoche contenant le Beretta et demanda :

— Vous êtes toujours armé ?

— Non, affirma Malko avec un sourire rassurant, mais

à Athènes, je me sens en danger. Aujourd'hui, cela nous a sauvé la vie. Ce tueur à moto a eu peur quand il a vu mon arme.

Elle n'insista pas et ils attaquèrent leur dorade. Probablement par réaction, Martha n'arrêtait pas de vider son verre de blanc. Un groupe composé de plusieurs hommes mené par un monstre de cent cinquante kilos s'installa à la table voisine.

— C'est un député du Pasok particulièrement corrompu, souffla Martha à l'oreille de Malko. Sinon, il n'aurait pas les moyens de venir ici.

Tout en mastiquant sa dorade, Malko ne put s'empêcher de repenser à ses problèmes. Ce n'était pas brillant. La piste Dolorès était en pointillé. Le seul fil à tirer en direction de Lambros était l'homme qui avait piégé le téléphone de Martha Adonis. Malko pensa soudain à une ouverture. Après l'attaque ratée de l'après-midi, les responsables de cette surveillance chercheraient peut-être à faire disparaître les traces de cette écoute « sauvage ».

— La porte de votre immeuble est toujours fermée le soir? demanda-t-il.

— Oui, à partir de huit heures. Pourquoi?

— Je pense que celui qui a mis votre téléphone sur écoute va venir ôter son dispositif. J'aimerais bien l'intercepter.

Martha Adonis posa sa fourchette, très pâle.

— Vous voulez dire qu'on risque de venir m'espionner à nouveau?

— Non, justement, corrigea Malko, tentant de la rassurer. Mais ils vont certainement vouloir récupérer leur matériel. Vous ne les intéressez plus.

— Et si on essaie de me tuer?

Malko baissa la tête. Il ne pouvait rien garantir à 100 % après ce qui s'était passé avenue Messogion. Martha lui jeta un regard paniqué.

— Je ne peux plus rentrer chez moi!

— Il ne faut pas exagérer, corrigea Malko. C'est moi qui suis visé, je vous l'ai dit et répété.

Cela sembla calmer la jeune femme. Ils passèrent au dessert. Martha avait bu avec avidité le délicieux vin blanc et une taie commençait à recouvrir le vert de ses prunelles. Elle s'ébroua et Malko demanda :

— Vous voulez autre chose ?

— Un cognac, comme cet après-midi.

Elle y prenait goût. Malko commanda et le patron lui-même surgit avec une bouteille de Otard XO, réservé à ses meilleurs clients. Malko paya une addition monstrueuse, ravi de voir la jeune femme dans de meilleures dispositions. C'est en remontant l'avenue Singrou que Martha Adonis annonça d'un ton définitif :

— Je ne veux pas coucher chez moi, vous allez me payer l'hôtel.

— Aucun problème ! affirma Malko, un peu surpris.

Martha Adonis semblait reprise par ses angoisses. Du coup, Malko jetait de fréquents coups d'œil dans le rétroviseur, mais ils arrivèrent sans encombres au *Saint-Georges*.

Il gagna aussitôt la réception.

— Je voudrais une chambre pour mademoiselle, demanda-t-il.

L'employé consulta longuement l'écran de son ordinateur, jongla avec les réservations et finalement, hocha la tête, désolé.

— C'est impossible, *sir*, nous sommes absolument complet.

Martha Adonis, qui avait entendu, l'apostropha en grec. Sans plus de succès. Alors, brusquement, elle se tourna vers Malko, avec un regard furibond.

— Il faut me trouver une chambre !

À minuit et demi, dans une ville sans hôtels…

— Je peux dormir chez vous, proposa Malko.

Elle secoua la tête, furieuse, et se dirigea vers l'ascenseur. Malko l'y rejoignit.

— Où allez-vous ?

— Vous allez me donner *votre* chambre !

Il ne put s'empêcher de sourire : la galanterie avait des

limites... Arrivé au quatrième, il s'effaça pour la laisser entrer. Ils se retrouvèrent dans la chambre minuscule, plantés en face du lit. Martha semblait hésiter sur la conduite à tenir. Leurs regards se croisèrent. Celui de la jeune femme avait une expression nouvelle, trouble.

Soudain, elle jeta à Malko :

— Eh bien, puisque vous vouliez coucher avec moi, c'est parfait !

Le côté « victime consentante » exaspéra Malko.

— Effectivement, reconnut-il, c'est une idée qui m'a effleuré mais je ne suis plus à l'âge où on embrasse les filles de force...

Martha Adonis le fixait avec un drôle de regard. Il voyait ses seins se soulever sous le débardeur noir. Elle se rapprocha encore à le toucher, et dit d'une voix atone :

— Moi, j'ai très envie de *baiser*.

C'était tellement inattendu que le corps de la jeune femme se colla au sien avant qu'il ait même eu le temps de l'embrasser. Leurs lèvres se touchèrent, celles de Martha s'entrouvrirent et elle l'embrassa avec passion. Pendant un long moment, ils s'étreignirent debout, sans un mot. Le brutal revirement de Martha avait embrasé Malko. Il joua d'abord à effleurer les pointes des seins prêtes à trouer le débardeur et Martha se cabra avec un cri de plaisir. Malko saisit alors son sexe à pleines mains, à travers la jupe, lui arrachant un nouveau cri. Martha Adonis se mit à tirer furieusement sur la cordelière pour défaire sa jupe, tandis que Malko en profitait pour libérer son sexe tendu. Avec une exclamation agacée, elle tira si brutalement que la cordelière cassa.

Malko n'hésita pas. D'une main, il saisit la longue jupe et la releva jusqu'aux hanches, découvrant une culotte noire très échancrée. Puis il poussa la jeune femme contre le mur où elle s'appuya des deux mains pour ne pas tomber en avant, les reins cambrés en arrière. De la main gauche, Malko empoigna la culotte et l'écarta, découvrant le sexe. Puis de la droite, il guida son sexe et s'enfonça d'un coup au fond du ventre de Martha, clouée au mur comme un papillon. L'élan de Malko fut si fort qu'elle poussa un cri violent qui dut s'entendre dans tout l'hôtel. Déjà, il l'avait saisie aux hanches et se déchaînait dans son ventre. Elle était à la fois profonde, étroite et inondée.

Chaque fois que le membre de Malko s'enfonçait au fond d'elle, un cri rauque sortait de sa bouche. Quand il sentit qu'il allait jouir, il lâcha les hanches de Martha et empoigna ses seins au moment où il se vidait en elle dans un ultime et puissant coup de reins. Tout le corps de Martha trembla pendant quelques secondes, elle poussa une sorte de râle, ses mains glissèrent le long du mur et elle tomba par terre ! Malko la releva et l'allongea sur le lit.

— Il y a trois mois que je n'avais pas fait l'amour, dit-elle un peu plus tard. Avant, je le faisais presque tous les jours. C'est aussi la première fois que je me retrouve dans une chambre d'hôtel avec un homme avec qui je n'ai jamais fait l'amour. Ça m'a troublée.

Elle fit passer son débardeur par-dessus sa tête et s'allongea. Malko partit dans la salle de bains. Lorsqu'il revint, Martha dormait, allongée sur le ventre. Toujours vêtue de sa jupe.

Quelle fin de soirée inattendue... Malko se coucha à son tour. Pensant qu'il ne lui restait plus comme piste que l'homme qui avait installé la bretelle téléphonique.

Celui-là, il ne fallait pas le rater.

CHAPITRE VII

Martha et Malko prenaient leur *breakfast* sur la terrasse du sixième étage du *Saint-Georges*, avec à leur gauche l'Acropole et à leur droite le mont Lycabette et son monastère. Une horde de touristes bardés de caméras les entourait. Il était tout juste huit heures du matin. Ils avaient encore fait l'amour au réveil et Malko avait découvert que la petite poitrine de Martha avait une sensibilité extraordinaire. Celle-ci, son café terminé, posa sur lui ses grands yeux verts et remarqua pensivement :

— C'est curieux, j'ai l'impression de ne pas être moi-même. Jamais je n'aurais pensé me faire tirer dessus, faire l'amour avec vous, me retrouver dans cette chambre d'hôtel, plongée dans une histoire incroyable. (Elle soupira.) Du coup, je n'ai plus envie d'aller donner des leçons d'anglais.

— C'est compréhensible, fit Malko. Vous avez traversé un miroir, vous découvrez un monde parallèle. Un monde dangereux, où il y a aussi des femmes, comme celle qui conduisait la Yamaha hier. Probablement la maîtresse de Panos Gavras, Dolorès Ribeiro.

Martha Adonis posa son toast.

— Celle qu'on a vue dans les journaux ! Mais on a dit qu'elle n'était pas mêlée à tout cela.

— On verra, fit prudemment Malko.

— Où est-elle ?

— Elle a disparu à nouveau. Ceux qui étaient chargés

de la suivre l'ont perdue.

Martha Adonis baissa les yeux sur le *Kathimerini* du jour.

— Les journaux ne parlent pas de l'attaque contre nous.

— Ils ne sont pas au courant, expliqua Malko. Je n'ai pas porté plainte et, en ce moment même, on est en train de changer le pare-brise de ma voiture de location au garage de l'ambassade américaine. Ensuite, il n'y aura plus aucune trace de cet « incident ». Nous lavons notre linge sale en famille.

— Qui, « nous » ?

— Ceux qui appartiennent à la même organisation que moi. Deux d'entre eux nous suivaient en moto. On les appelle des « baby-sitters ».

— Ce sont des Américains ?

— Oui.

Elle fit la moue.

— Je n'aimais pas les Américains ; maintenant, je ne sais plus. Vous êtes américain, vous aussi ?

— Non, autrichien.

— C'est vrai ?

— Bien sûr.

Il y eut un silence prolongé, puis Martha Adonis termina son café et dit :

— Il faut que je m'en aille. J'ai une leçon à dix heures.

— J'espère que nous nous reverrons, dit Malko, en dehors de cette affaire.

Martha Adonis lui jeta un regard méfiant et surpris.

— Vous avez encore envie de faire l'amour avec moi ? Dans votre métier, vous devez croiser beaucoup de femmes libérées et plus belles que moi.

— Vous êtes belle et vous m'avez tout de suite attiré. Vous ne ressemblez pas à un professeur d'anglais.

— Ma mère était russe, remarqua pensivement Martha, c'est peut-être pour cela que je suis un peu folle.

— Vous n'êtes pas folle.

— Si, insista Martha, si je me retrouve très proche d'un homme pour lequel j'éprouve une certaine attirance, j'ai furieusement envie de faire l'amour. C'est pour cela que je suis froide et distante. Si nous ne nous étions pas retrouvés dans cette chambre, jamais vous ne m'auriez touchée. Mais là, j'ai eu l'impression d'être attirée comme par un aimant.

— Question de phéromones, conclut Malko.

C'est vrai que Martha était très belle avec ses immenses yeux verts et sa grosse bouche qui n'avait pas besoin de maquillage. Elle dégageait une sensualité animale et saine. Ils échangèrent un long regard et il vit ses seins pointer sous le débardeur noir. S'il l'avait entraînée dans la chambre, elle l'aurait suivi.

Mais elle s'ébroua et se leva.

— Il faut vraiment que j'y aille. Vous êtes sûr qu'il ne va rien m'arriver ?

— Je ne pense vraiment pas.

Martha Adonis se figea.

— Comment « vous ne pensez pas » ? Vous n'en êtes pas certain ?

— Honnêtement, non, avoua Malko. Ces gens du 17 Novembre sont extrêmement dangereux. Ils ont commis vingt-quatre meurtres déjà. J'ignore leur fonctionnement mental. Ils peuvent penser que vous représentez un danger pour eux et…

Il laissa sa phrase en suspens et Martha Adonis se rassit, de nouveau très pâle.

— Qu'est-ce que je dois faire ? Aller à la police ?

— Cela ne servirait à rien. La seule façon d'éliminer totalement le danger est de mettre Lambros hors d'état de nuire.

— Mais c'est *votre* travail, objecta Martha.

— Vous pourriez beaucoup m'aider dans mon enquête. Je ne parle pas grec et on me remarque comme étranger.

— Et si je me fais tuer…

— Vous avez raison, reconnut Malko. Oubliez ma proposition. Maintenant, prenez un taxi et allez à votre leçon. On fera le point ce soir, si vous voulez bien dîner avec moi…

— Oui, accepta Martha, après une petite hésitation.

Ils étaient déjà dans l'ascenseur lorsque Malko demanda soudain :

— Vous repassez chez vous maintenant ?

Elle sourit.

— Bien sûr. Je ne vais pas donner une leçon d'anglais dans cette tenue.

— Dans ce cas, conclut Malko, nous y allons ensemble. Je voudrais vérifier si votre ligne est toujours écoutée.

Elle se rembrunit.

— C'est vraiment utile ?

— Oui, dit Malko, cela signifiera qu'ils se désintéressent de vous.

Elle ne discuta pas et un quart d'heure plus tard, ils débarquaient rue Perikleous. Malko suivit la jeune femme dans l'immeuble.

— Vous montez avec moi ?

— J'ai besoin de la clef de la cave et d'une lampe électrique, fit-il.

Ils gagnèrent son appartement où il resta dans l'entrée, par discrétion. Elle revint avec une torche et un trousseau de clefs. Malko redescendit et fila à la cave. Grâce à la description de Frank, le technicien de la T.D., il trouva facilement la boîte de raccordement des lignes téléphoniques : le branchement était toujours là. Il n'y toucha pas et remonta sonner à la porte de Martha Adonis.

— Vous n'êtes plus écoutée, annonça-t-il avec un sourire rassurant.

Elle lui sauta au cou, se pressant de tout son corps contre lui, et de nouveau, il se dit qu'il aurait pu la prendre là, tout de suite, en dépit de sa leçon d'anglais.

— C'est merveilleux de sortir de ce cauchemar ! Je veux bien dîner avec vous ce soir.

Il lui baisa le bout des doigts et dit :

— J'essaierai de trouver une bouteille de Taittinger pour fêter cela. À ce soir.

Il dégringola les escaliers et, à peine dehors, appela John Hill sur son portable. L'Américain fut long à répondre et Malko ne perdit pas de temps.

— Vous êtes à votre bureau ?

— Non, je partais.

Comme ses prédécesseurs, il habitait Psychico.

— Débrouillez-vous, dit Malko. J'ai besoin de quelqu'un avec un téléobjectif. *Vite*. Nous avons encore une chance de réparer l'échec d'hier, mais il n'y a pas une minute à perdre.

— Un téléobjectif, c'est *tout* ? demanda le chef de station, méfiant.

— C'est tout, assura Malko. Il n'y a pas de feu d'artifice au programme. Envoyez un de ceux qui me connaissent physiquement. Je me trouve dans un café au coin de Perikleous et de Romvis.

— Je fais le nécessaire immédiatement, promit John Hill, mais, ensuite, je veux un compte rendu complet.

— Vous l'aurez, promit Malko.

Il gagna le café voisin et s'installa à la terrasse d'où il avait une vue imprenable sur la porte de l'immeuble de Martha Adonis. Son raisonnement était simple : après l'incident de la veille, celui qui avait posé la « bretelle » allait très probablement démonter le dispositif, au moins provisoirement. Le tout était de l'intercepter et de l'identifier. Cela ferait un très beau fil à tirer...

Quelques minutes plus tard, il vit Martha Adonis sortir de son immeuble. D'où il était, il ne pouvait pas rater celui qui viendrait retirer la « bretelle ».

*
* *

Lambros regardait Athènes de la terrasse de son bureau au dernier étage d'un immeuble de la place Sintagma, perdu dans ses pensées. Depuis une heure, il savait que l'exécution qu'il avait ordonnée n'avait pas réussi. Comme au bon vieux temps, il avait tapé lui-même sur une vieille Olympia la revendication de l'assassinat de l'espion de la CIA qui devait être envoyée aux journaux après le meurtre. Hélas, il y avait eu un contretemps : les Américains s'étaient méfiés et son équipe avait échappé de justesse à la capture.

Contrarié, il recommença à égrener entre ses doigts un chapelet d'ambre, habitude grecque empruntée aux musulmans, qui n'avait d'ailleurs aucune connotation religieuse. Une fois de plus, ce meurtre aurait été camouflé en action idéologique, alors qu'il s'agissait simplement de supprimer des gens potentiellement dangereux pour *lui*... Ceux qui avaient chevauché la Yamaha l'ignoraient. Ils pensaient continuer la croisade de leurs compagnons emprisonnés pour « libérer » la Grèce du capitalisme et de l'impérialisme. Comme leurs camarades qui avaient abattu des businessmen grecs en croyant lutter contre le « grand capital » et n'avaient fait qu'enrichir Lambros et ses amis, ou leur avaient évité des ennuis. Ce tricotage invisible et tordu avait permis de mener à bien les actions « utiles » en les noyant dans les *vrais* meurtres politiques. On n'était pas trotskiste pour rien...

Lambros retourna dans son bureau vide où il venait d'emménager, à l'endroit le plus cher d'Athènes. Pensant au chemin parcouru.

Ses meilleurs amis étaient des morts. Comme Pablo, fils d'un héros de la guerre d'Espagne ou Andréas Papandréou, qui avait oublié le trotskisme pour faire une carrière politique. Et tant d'autres, morts de diverses façons. Il se concentra pour passer en revue ceux qui pouvaient encore faire le lien entre le révolutionnaire Lambros et le businessman multimilliardaire à la réputation irréprochable qui se préparait à marier sa fille en grande pompe devant le Tout-Athènes.

Il y avait Alexandros Stavropoulos, qui ne parlerait jamais, et celui qui lui servait encore de courroie de transmission, le seul opérationnel, sous le pseudo de Sadarnapoulos. Celui-là aussi était à toute épreuve, durci par les luttes, en acier trempé. Et il y avait aussi Anna, une femme courageuse qui avait choisi de rester en Grèce, après avoir abandonné toute activité politique. Il la voyait de temps à autre à la terrasse d'un café, pour échanger quelques idées.

Elle aussi était quelqu'un de sûr. Encore belle femme, à plus de cinquante ans, Anna lui vouait une dévotion incroyable. C'était lui, Lambros, qui avait tenté de la faire évader, en 1973, en faisant venir en Grèce des camarades allemands. Elle ne l'avait jamais oublié.

Il égrena quelques perles d'ambre entre ses doigts. Les autres « idiots utiles » qui agissaient encore ne soupçonnaient même pas son existence. Il regrettait de ne pouvoir féliciter la jeune Dolorès : elle était du bois dont on fait les vrais révolutionnaires. Elle n'avait pas refusé de conduire la moto, grillant de participer activement à une action. Il se demanda soudain s'il n'avait pas eu tort de lancer ce train de contre-mesures. Les Américains ne pouvaient rien contre lui. Il n'était qu'une ombre, un nom chuchoté par des gens qui ne l'avaient jamais vu.

Quand même, l'acharnement de la CIA l'agaçait. Il se dit qu'il fallait lui donner une leçon, même si cela contrarierait les objectifs du gouvernement grec. Officiellement, le 17 Novembre était hors d'état de nuire et sa résurgence poserait de graves problèmes aux autorités censées donner une bonne image de la Grèce avant les Jeux Olympiques de 2004. Mais Lambros se moquait de ces contingences.

*
* *

Malko en était à son troisième café lorsqu'il vit un homme corpulent et chauve, arborant une grosse moustache et des lunettes noires, appuyer sur l'ouverture de la porte de l'immeuble de Martha Adonis. Dès qu'il fut à l'intérieur, Malko se précipita. Il y avait déjà eu quatre visiteurs depuis le début de sa planque et, chaque fois, il était allé vérifier. C'étaient des clients du dentiste installé au quatrième, ils avaient pris l'ascenseur.

À son tour, Malko pénétra dans l'immeuble et, immédiatement, vit l'ascenseur immobilisé au rez-de-chaussée... Il écouta : aucun bruit ne venait des vieilles marches en bois qui craquaient pourtant dès qu'on les effleurait. Il ressortit rapidement et se dirigea vers le *case-officer* qui planquait dans une voiture à une vingtaine de mètres, avec un téléobjectif de 300 mm.

— Je pense que c'est lui, annonça-t-il. Le type à la veste claire.

Il alla ensuite de rasseoir au café. Cinq minutes plus tard, l'inconnu moustachu ressortit et s'éloigna à pied dans Perikleous. Sans réaliser qu'il était copieusement mitraillé par l'agent de la CIA en planque. Malko le suivit à bonne distance. Dix minutes plus tard, l'inconnu s'engouffra dans la station de métro Monastiraki, Malko sur ses talons. Après quelques instants d'attente, il monta dans une rame allant vers le nord. Malko sauta dans le wagon voisin. À la station suivante, Omonia, il vit l'homme descendre et l'imita. Au lieu de sortir ou de se diriger vers une correspondance, l'inconnu resta sur le quai. Deux rames s'arrêtèrent et repartirent. De la troisième descendit, parmi d'autres passagers, un petit bonhomme d'une soixantaine d'années, avec une énorme moustache et des lunettes fumées, portant une chemise mauve sous un blouson de cuir élimé. Lui et l'homme que suivait Malko s'assirent sur un des bancs de la station et se mirent à bavarder.

Malko, planqué près de la sortie, les surveillait d'assez loin pour ne pas se faire remarquer. Il y avait gros à parier qu'il avait devant lui le commanditaire de l'opération « écoutes ». Maintenant, les deux hommes ne se parlaient plus. Une nouvelle rame entra en gare. Ils ne bougèrent pas. Mais, au moment où les portes se refermaient, le petit bonhomme à l'énorme moustache fonça avec une agilité inattendue et s'engouffra dans le dernier wagon. Malko se précipita mais il était trop tard : les portes se verrouillèrent sous son nez !

Furieux, il se retourna et vit le dos de l'homme à la veste claire qui s'enfuyait après l'avoir repéré. Il le perdit de vue dans le dédale des couloirs et lorsqu'il émergea place Omonia, il scruta en vain la foule : l'autre avait disparu. Ivre de rage, il se mit à la recherche d'un taxi. Il devait repasser au *Saint-Georges* pour récupérer sa voiture réparée. Et ensuite, il irait raconter ces bonnes nouvelles à John Hill. Coup sur coup, ils avaient raté trois occasions de remonter à Lambros. Il n'y en aurait peut-être pas une quatrième.

*
* *

Quand Malko débarqua dans le bureau du chef de station, une douzaine de photos étaient épinglées au mur. Grâce au numérique, dès son retour de mission, le *case-officer* les avait mises dans son ordinateur pour en faire des tirages papier. Les clichés étaient remarquablement nets.

— Vous êtes satisfait? demanda John Hill.

— Oui et non, avoua Malko, je l'ai perdu, ainsi que son commanditaire...

Il raconta sa poursuite au chef de station qui proposa aussitôt:

— Vous avez assez d'éléments pour établir un portrait-robot de ce nouvel intervenant. Je vais convoquer un spécialiste. Ensuite, on le soumettra aux « Cousins » et à notre banque d'informations.

Malko ne répondit pas: il n'avait guère confiance dans les portraits-robots. C'était rageant d'avoir eu *deux* cibles à sa portée et de les avoir perdues.

— Et Dolorès Ribeiro, demanda-t-il, il y a du nouveau?

— Oui, annonça John Hill, nous avons une identification positive. Le *case-officer* qui l'a suivie dans le métro est formel: c'est bien elle qui était sur la Yamaha.

Et une troisième cible dans la nature!

— Il n'y a aucune façon de savoir où elle loge, par la police grecque?

— *No way*, laissa tomber le chef de station. Ils ont dit aux « Cousins » qu'elle n'était pas inculpée et ils n'ont pas d'adresse fixe puisqu'elle se déplace avec son camping-car... Avant, on pouvait la piéger quand elle allait rendre visite à Gavras, à la prison de Korydallos. Désormais, c'est terminé.

Malko s'assit et but un café infect. Il n'arrivait pas à

s'avouer vaincu. Son regard tomba sur les photos épinglées au mur.

— On ne peut pas les montrer à la police ? suggéra-t-il. Sans tout leur raconter.

John Hill se renfrogna.

— Non, c'est imprudent. Cette affaire commence à sentir mauvais. Si Martha Adonis avait pris une balle, vous imaginez ma position ? Je sautais. Je me demande si je ne vous ai pas demandé une tâche impossible

— Attendez ! protesta Malko piqué au vif. Il n'y a *personne* qui pourrait identifier cet inconnu ?

— Peut-être, dit soudain le chef de station. Je connais un journaliste de *Te Vima*, Alexis Kasematis. Il est copain avec notre *P.R. officer*[1] et l'appelle souvent pour obtenir des infos. Je pense qu'on pourrait lui demander, sans lui dire pourquoi, bien sûr. Je vais aller voir Tim. Attendez-moi ici.

*
* *

— Kasematis vous attend, annonça John Hill. Vous venez de la part de Tim Miller. Vous savez où est *Te Vima* ?

— J'y vais, dit Malko.

Il replongea dans la circulation démente d'Athènes avec sa voiture au pare-brise tout neuf et trouva finalement une place sur un trottoir pas trop loin de *Te Vima*. Alexis Kasematis le reçut dans une grande salle de conférences, lui proposant tout de suite un café « grec », bien meilleur que ce qu'on pouvait boire à l'ambassade. Malko étala ensuite sur la table les photos de l'inconnu moustachu. Le journaliste les examina attentivement et conclut :

— Cela ne me dit rien, mais je vais appeler un de nos reporters qui s'occupe des faits divers et des histoires de flics.

Le reporter entra quelques minutes plus tard. Il ne parlait

---

[1] Officier de relations publiques.

que grec et son collègue lui expliqua de quoi il s'agissait. À son tour, il examina les photos, réfléchit quelques instants et sortit de la pièce. Il réapparut un quart d'heure plus tard, une vieille coupure de journal à la main. Un article, en grec bien sûr, encadrait une photo en pied d'un homme souriant. Incontestablement le même que Malko avait vu sortir de chez Martha Adonis.

— C'est lui ! exulta Malko. Qui est-ce ?
— Il s'appelle Christos Morfi, traduisit Kasematis. C'est un ancien employé des PTT grecs qui vit maintenant d'expédients. Il a une petite agence de détective privé. À l'époque, on a parlé de lui parce qu'il avait posé des micros au Pasok, pour le compte de Mitsotakis, le chef de la Nouvelle Démocratie.

Malko demeura bouche bée. Quel lien pouvait-il y avoir entre la Nouvelle Démocratie – parti de droite – et le 17 Novembre ?

CHAPITRE VIII

Abasourdi, Malko demanda :
— Ce Christos Morfi est lié à la Nouvelle Démocratie ?
Kasematis interrogea le reporter qui éclata de rire et se lança dans une tirade traduite au fur et à mesure.
— Non. Au début, il avait été recruté par l'équipe Mitsotakis, juste avant que celui-ci ne revienne au pouvoir. Ensuite, il a travaillé à la demande, un détective privé sans la moindre éthique. Du moment qu'on le paie... Il a même été en prison. Il ne se souvient plus pourquoi. D'après ce qu'il sait, en ce moment, Morfi survit en montant à la sauvette des petites maisons sur des terrains inconstructibles. Entre trois heures et huit heures du matin. Quand la police est alertée, la maison est debout et la loi grecque interdit de la démolir.
Bizarre façon de gagner sa vie.
— Donc, conclut Malko, il travaille pour n'importe qui...
— Absolument, confirma Kasematis. Mon collègue me dit qu'il est utilisé par certains avocats dans les dossiers de divorce. Pour des planques, des filatures ou des écoutes.
Profil réconfortant et plein d'espoir pour Malko. Avec une poignée d'euros, il remonterait peut-être au commanditaire qui avait fait piéger le téléphone de Martha Adonis.
— Vous savez où le joindre ? demanda-t-il.
Kasematis interrogea le jeune journaliste qui tendit un papier à Malko.
— Voilà le numéro du portable de Christos Morfi. Il faut

l'appeler de la part de maître Tsaravelis. En lui rappelant qu'il a travaillé sur l'affaire Cocoyannis... Ça vous va?

— Parfaitement, remercia Malko.

Au moins, il avait un fil à tirer. Martha Adonis allait pouvoir se rendre utile.

*
* *

— Mais qu'est-ce que je vais lui dire? s'exclama Martha Adonis, paniquée.

— Que vous avez besoin de lui pour faire surveiller votre mari, expliqua Malko. C'est votre avocat qui vous l'a conseillé... Il ne vous connaît pas et ne se méfiera pas. Fixez-lui un rendez-vous dans un lieu public.

— Et après?

— Après, j'interviendrai.

Ils finissaient de dîner dans une petite taverne de la rue Dimokritou, à Kolonaki. Martha Adonis avait retrouvé son jean. Ce n'était pas tous les jours dimanche... Malko sentit sa réticence et se pencha à travers la table :

— Ce n'est pas pour cela que je voulais vous voir ce soir, dit-il à voix basse.

Leurs bouches s'effleurèrent, Malko avança un peu et la langue de Martha vint à sa rencontre. Profitant de ces bonnes dispositions, il se hâta de régler et ils remontèrent à pied au *Saint-Georges*. Comme si c'était parfaitement naturel, Malko se dirigea directement vers l'ascenseur. Dans la cabine, il reprit son baiser là où il l'avait interrompu et, avant d'atteindre le quatrième étage, Martha fondait. Cette fois, c'est lui qui la déshabilla, la poussa sur le lit et enfouit son visage entre ses cuisses ouvertes, lui arrachant des gémissements de plus en plus forts. Elle haletait et soudain, son bassin se souleva et il la sentit couler dans sa bouche.

Il eut à peine le temps de reprendre son souffle qu'elle se jetait sur lui pour lui administrer une fellation aussi gourmande qu'efficace. Malko eut quand même assez de volonté pour s'arracher à temps et se planter jusqu'à la garde dans le ventre de la jeune femme...

Quand ils furent apaisés tous les deux, elle n'avait plus du tout envie de rentrer chez elle. Blottie contre Malko, c'est elle qui dit spontanément :

— Si cela rend *vraiment* service, je vais téléphoner à ce Christos Morfi. Mais, ensuite, il ne faut plus rien me demander.

— Tu es un amour, dit Malko.

Il s'était abstenu d'avertir John Hill qu'il allait de nouveau utiliser la jeune interprète de l'ambassade. Inutile de lui faire avoir un infarctus. D'une voix déjà endormie, Martha murmura :

— Tu m'as bien fait jouir.

Il y avait peut-être une relation de cause à effet.

*
* *

Malko, installé sur la terrasse du *Saint-Georges*, lisait l'édition en anglais de *Kathimerini*. Martha était partie donner ses cours et il ne la reverrait qu'à trois heures pour déjeuner au *Café Armani*. Comme tous les jours, l'affaire du 17 Novembre faisait la une des journaux grecs. Peu à peu, conseillés par leurs avocats, les suspects revenaient sur leurs aveux, prétendant qu'ils avaient été extorqués sous la torture. L'un d'eux, de sa prison, avait même donné une interview à *Eleftherotypia*, un journal de gauche. La chape de plomb était en train de se refermer. On sentait nettement que le gouvernement grec, après avoir fait un effort de relations publiques, retombait dans son apathie habituelle.

Sa lecture terminée, Malko gagna l'ambassade américaine pour mettre John Hill au courant de ses découvertes. Il le trouva d'une humeur massacrante.

— Je viens de voir mon homologue britannique, dit-il. Ils sont fous furieux. Les Grecs recommencent leurs conneries. Ils ont perdu des échantillons d'ADN qui auraient permis de confondre un des assassins du général Saunders. Tout cela va se terminer en eau de boudin.

— Rien de nouveau sur Lambros ?

— Rien. L'interrogatoire de Stavropoulos ne donne rien. Il est muré dans un silence total et prétend ne rien savoir, ne rien avoir fait. En dépit de ses empreintes trouvées dans les deux planques.

— Est-ce que la police grecque a trouvé des empreintes chez lui ?

— Dans sa villa, dans l'île de Lipsi. Mais on ne peut les rattacher à personne.

— Vous pourriez vous les procurer ?

— Je vais demander aux « Cousins ». En principe, ils ont eu communication de tous les éléments matériels de l'enquête. Pourquoi ? Vous avez du nouveau depuis hier ?

— Oui, dit Malko.

Il raconta comment il avait trouvé la piste de Christos Morfi et conclut :

— Peut-être que Lambros a rendu visite à Stavropoulos à Lipsi. Peut-être un jour les empreintes pourront-elles servir. Rien sur le meurtre de Panos Gavras ?

— Rien. Les Grecs refusent toujours de diffuser les photos des suspects.

On frappa à la porte et une secrétaire déposa une note sur le bureau du chef de station. Celui-ci la parcourut des yeux et sursauta.

— *Motherfuckers !* La commission des lois du gouvernement grec confirme qu'il ne pourra pas y avoir de poursuites contre Alexandros Stavropoulos pour le meurtre de Richard Welsh. La prescription est de vingt ans...

— De toute façon, remarqua Malko, il y a d'autres chefs d'inculpation contre lui. Il terminera sa vie en prison.

— Peut-être, mais Richard Welsh, lui, est dans son cercueil pour l'éternité. C'est insupportable de se dire que ses assassins resteront impunis. Il faut absolument retrouver ce Lambros.

— Je ne fais que cela, soupira Malko. Mais si je le retrouve, qu'en fera-t-on ?

John Hill demeura quelques instants silencieux avant de laisser tomber :

— Si nous avons une identification positive *absolue* pour Lambros, je pense que je n'aurai aucun mal à obtenir un *finding* du président George W. Bush pour liquider ce salaud. Comme vous le savez, il ne porte pas les terroristes dans son cœur et je ne pense pas qu'il veuille prendre des risques avec la justice grecque.

Autrement dit, Lambros serait assassiné... Après de longues années de légalisme tatillon, la CIA reprenait sa tradition d'élimination physique. Avec le soutien de la Maison-Blanche. D'ailleurs, Ari Fleischer, le porte-parole du président Bush, appelait ouvertement, dans ses conférences de presse, à assassiner Saddam Hussein en lui mettant une balle dans la tête. Sentant la réticence de Malko devant ces méthodes expéditives, le chef de station se hâta de préciser :

— Identifiez Lambros. Le reste ne sera pas de votre ressort.

Son Altesse Sérénissime le prince Malko Linge n'avait pas la réputation d'un tueur à gages, à la CIA, plutôt celle d'un samouraï à l'éthique sourcilleuse.

Malko était encore dans le parking de l'ambassade quand son portable sonna.

— J'ai rendez-vous ce soir, à six heures, avec Christos, annonça Martha Adonis. Au café de la place Kolonaki où nous nous sommes retrouvés.

*
* *

Debout à côté du kiosque à journaux de la place Kolonaki, Malko surveillait Martha Adonis attablée à la terrasse du *Likourici*. Il était six heures moins dix. Il avait fait monter une balle dans le canon de son Beretta 92 et se tenait prêt à intervenir au cas où ce rendez-vous aurait été un piège. Apparemment, Christos Morfi avait mordu à l'hameçon, rassuré par la référence à l'avocat, et avait fixé tout de suite un rendez-vous à Martha. Malko savait que la jeune femme ne saurait pas piloter un interrogatoire et attendait simplement de vérifier que Morfi arrivait seul.

Soudain, il vit une silhouette massive fendre la foule en direction du café. Un homme corpulent, à moitié chauve : celui qu'il avait vu dans l'immeuble de Martha Adonis. Celui-ci hésita un peu devant la terrasse, puis se dirigea vers la jeune femme qui avait déployé *Te Vima* en évidence devant elle. Il rejoignit la table et Malko les vit engager la conversation. Christos Morfi arborait un sourire commercial et égrillard. Visiblement séduit par la beauté de la jeune Grecque et à mille lieux de se douter de ce qui l'attendait.

*
* *

Mal à l'aise, Martha Adonis n'osait pas regarder en face son interlocuteur, songeant que c'était l'homme qui avait violé son intimité. Il lui répugnait avec ses gros doigts boudinés, sa grosse moustache et son air veule. Les boutons de sa chemise semblaient prêts à craquer sous la pression de son estomac. C'était tout ce qu'elle détestait chez un homme. Onctueux, patelin, Christos Morfi l'observait comme un chat surveille la souris qu'il va croquer. Visiblement ravi de se trouver devant une aussi jolie cliente.

— C'est Mᵉ Tsaravelis qui vous a parlé de moi ? demanda-t-il, après voir commandé un Defender.

— Oui, fit Martha dans un souffle. Qu'est-ce que vous savez faire ?

Il se rengorgea.

— Mais tout ! Absolument. Je peux suivre des gens, les surveiller, les photographier, les écouter même.

Il grillait de raconter ses exploits, mais se retint, ses yeux noirs vrillés sur le décolleté de Martha. Celle-ci dissimulait à peine son dégoût. Elle regarda autour d'elle, guettant anxieusement Malko.

Christos Morfi se pencha vers elle avec un sourire bien ignoble.

— Alors, madame Adonis, quel est votre problème ? Votre mari vous trompe ? Ou *vous* voulez vous en débarrasser...

Elle lui jeta un regard aigu.

— Vous voulez dire que...

Il se récria aussitôt.

— Ah non, moi, je ne suis pas violent ! Je n'ai jamais fait de mal à personne. Je suis seulement un technicien. Si c'est un tueur que vous cherchez, vous êtes à la mauvaise adresse...

Martha n'eut pas le temps de répondre. Malko venait de s'asseoir à la table. Christos Morfi le regarda, surpris.

— C'est un ami qui va vous expliquer ce dont j'ai besoin, dit aussitôt la jeune femme.

Malko lui adressa un sourire froid.

— Vous parlez anglais ?

— Un peu, répondit Christos Morfi, mais je préfère parler grec.

Malko ouvrit l'enveloppe qu'il avait à la main et en sortit deux photos qu'il posa sur la table, retournées. Christos Morfi suivait ses gestes attentivement, sur ses gardes. Malko lui adressa un sourire enjôleur.

— Monsieur Morfi, fit-il, vous pouvez gagner cinq mille euros facilement.

Le Grec esquissa un sourire crispé. Il *savait*, à travers quelques douloureuses expériences, qu'on gagne rarement de l'argent facilement. Pourtant, alléché, il demanda :

— Comment ?

Lentement, Malko retourna les deux photos. En se reconnaissant en train de sortir de l'immeuble de Martha Adonis, Christos Morfi se figea. Malko souriait toujours.

— Monsieur Morfi, je vous pose une question simple : qui vous a donné l'ordre de piéger le téléphone de Martha Adonis ? La jeune femme qui se trouve ici, en face de vous. Rassurez-vous, je n'ai pas de mauvaises intentions à votre égard. Je veux seulement une réponse à cette question ct personne ne saura jamais que vous me l'avez donnée.

Assommé, le détective privé mit plusieurs secondes à retrouver la parole, après avoir bu une grosse gorgée de son Defender. Malko pouvait lire l'affolement dans son regard. L'autre hésitait, sa pomme d'Adam montait et descendait à toute vitesse. Il finit par lâcher d'une voix étranglée :

— Je ne peux pas répondre à cette question... Le secret professionnel, n'est-ce pas ?

Dans son trouble, il avait parlé grec et Martha traduisit. Malko s'était attendu à cette réponse.

— Même pour cinq mille euros ? insista-t-il. En cash. Ici. Maintenant.

Il avait posé sur la table, à côté des photos, une enveloppe entrouverte où on pouvait voir les billets verts. Le regard de Christos Morfi semblait glué aux coupures, mais il secoua la tête.

— Non, non, c'est impossible.

— Vous avez peur ? demanda calmement Malko.

— Non, non. Mais c'est impossible, je n'ai jamais vu mon client. Tout s'est fait au téléphone. Il m'a appelé dans un café où je vais souvent et m'a laissé de l'argent.

— Il ne vous a pas donné un téléphone ?

— Non.

Il parlait à toute vitesse, terrifié et prêt à se lever. Brusquement, Malko se demanda s'il ne disait pas la vérité. Après tout, le rendez-vous qu'il avait eu sur le quai du métro n'avait peut-être rien à voir avec cette affaire. Il voulut le pousser dans ses derniers retranchements

— Vous mentez, fit-il. Je vous ai vu avec votre client à la station Omonia. Vous vous êtes enfui en me voyant.

Le regard de Christos Morfi bascula et il blêmit. Malko sut instantanément qu'il avait touché juste : le petit moustachu qui avait sauté dans le métro était bien son client, l'homme qui avait fait espionner Martha pour le compte de Lambros. Christos Morfi se leva brusquement.

— Je ne peux rien vous dire.

Malko se leva aussi. Sa veste était entrouverte et on

apercevait la crosse du Beretta 92 glissé dans sa ceinture. Le regard de Christos Morfi se glua dessus et il pâlit encore plus.

— Qui êtes-vous ? balbutia-t-il. Vous êtes de la police ?

— Non, fit Malko. Quelqu'un comme vous. Un enquêteur privé. Vous êtes sûr de ne pas vouloir gagner cinq mille euros ?

— Oui, oui.

Malko lui tendit une carte avec le numéro de son mobile et celui du *Saint Georges*.

— Si vous changez d'avis, appelez-moi.

Le Grec tourna les talons et Malko le regarda disparaître.

— On n'entendra plus parler de lui ! soupira Martha Adonis, mal à l'aise. Tant mieux, cet homme me dégoûte.

— Je crois qu'il me recontactera, dit Malko. Mais maintenant, parlons d'autre chose. Je t'ai préparé une surprise.

Ils remontèrent à pied jusqu'au *Saint-Georges*, gagnant directement la chambre de Malko.

— Voilà la surprise, annonça ce dernier.

Une bouteille de Taittinger Comtes de Champagne Blanc de Blancs 1995 attendait dans un seau à glace, à côté d'un assortiment de saumon fumé, de caviar et d'anguille fumée.

Martha Adonis se jeta au cou de Malko, émue aux larmes, et l'embrassa à perdre haleine.

— C'est merveilleux, dit-elle, j'ai l'impression d'être en voyage de noces.

Malko fit sauter le bouchon de la bouteille de Taittinger et remplit leurs deux flûtes.

*
* *

Allongés sur le lit, Martha et Malko flirtaient. La jeune femme n'arrivait pas à se rassasier de champagne. Ils en étaient à finir la seconde bouteille de Taittinger. Entre-temps, ils avaient dévoré et fait l'amour un peu partout dans la chambre. Martha prit le champagne qui restait dans sa flûte et le versa sur le sexe et le bas-ventre de Malko. Puis, elle se mit à le lécher comme un chat... Caresse innocente qui se transforma en quelque chose de beaucoup plus sexuel lorsqu'elle continua à lécher le champagne sur son membre. Même lorsqu'il n'y eut plus de champagne. Le Taittinger semblait lui avoir ôté toutes ses inhibitions de sage professeur d'anglais.

C'est à ce moment que le téléphone sonna. Malko réussit à décrocher sans s'arracher de la bouche de Martha.

— *Kyrie* Malko Linge[1]? demanda une voix d'homme.
— Oui.
— C'est Christos Morfi. J'ai réfléchi. Pour le double de ce que vous m'avez proposé, je vous donnerai un nom.
— *Le* nom?
— *Né.*
— Où et quand?
— Demain, au café *Aigon*, rue Anthemiou. À midi. N'oubliez pas l'argent.

Malko raccrocha et Martha interrompit son sacerdoce pour demander:

— Qu'est-ce que c'était?
— Devine...
— Ce salaud de Morfi!
— Tu as gagné.

Agenouillée face à lui, tenant son sexe à pleine main, elle lui adressa un regard furibond.

— Tu as quand même envie que je m'occupe de toi...

Sans lui répondre, Malko lui saisit la nuque et abaissa sa tête, la forçant à le reprendre dans sa bouche. Ce n'est que beaucoup plus tard, après que Malko s'y fut répandu, qu'il annonça:

— J'ai rendez-vous avec lui demain à midi.

Martha se leva, alla prendre une cigarette et son Zippo Slim guilloché, puis l'alluma, revenant s'asseoir à côté de lui.

— Tu crois qu'il va te parler?

---
1. Monsieur Malko Linge.

— Il va essayer de prendre l'argent sans *vraiment* parler. C'est à moi de ne pas me laisser faire.

— Et s'il te donne le nom de celui qui m'a fait espionner ?

— On verra. C'est probablement un intermédiaire. Il faudra recommencer la même manip'. Jusqu'à ce qu'on arrive à Lambros.

— Lambros, fit pensivement la jeune femme. Je me demande à quoi il ressemble. Ce doit être un de ces intellectuels barbus et sales qui traînent dans Exarchia à la terrasse des tavernes, en refaisant le monde avec leurs copains.

— Peut-être, concéda Malko, mais c'est un homme intelligent et structuré. D'abord pour avoir mis sur pied cette équipe de tueurs. Et surtout, pour être arrivé à rester dans l'ombre si longtemps. Quelque chose m'intrigue. Panos Gavras semble avoir été le seul des dix-neuf terroristes arrêtés à détenir une information sur Lambros, à part Stavropoulos. Que savait-il de plus que les autres ?

Il s'endormit sans avoir pu répondre à cette question, Martha Adonis serrée contre lui. Elle n'avait pas voulu rentrer chez elle, prétendant avoir peur alors qu'elle aimait tout simplement dormir avec son nouvel amant.

*
* *

Le café *Aigon* était divisé en deux parties inégales, de part et d'autre de la rue Anthemiou. D'un côté, un local minuscule à l'enseigne de « Wine and music bar » et quelques tables et, en face, une large terrasse ombragée pleine de charme, protégée du soleil par des tentes blanches. Malko, venu en voiture, était en retard, ayant eu un mal fou à trouver une place. Il était midi dix.

Au moment où il tournait le coin de la rue Anthemiou, il sursauta : deux coups de feu très rapprochés venaient de claquer, dans la direction du café *Aigon*. Il démarra comme un coureur de cent mètres, n'osant quand même pas sortir son pistolet. Tout de suite, il aperçut ce qu'il craignait. Un homme de dos, effondré sur une des tables du café, la main droite crispée sur le bord de la table, pour s'empêcher de tomber. En même temps, il vit un homme en jean et blouson, coiffé d'un casque intégral de motard, qui détalait dans la rue en sens unique.

Il n'eut pas besoin de regarder le visage de la victime pour l'identifier. La tache de sang s'élargissait sur la veste claire de Christos Morfi.

Son meurtrier venait de tourner le coin d'une petite rue. Malko entendit le grondement d'une moto et lorsqu'il arriva, vit l'engin s'éloigner à toute vitesse, avec le tueur sur le siège arrière. La moto tourna dans une rue à gauche et disparut. Malko revint sur ses pas en courant. Plusieurs personnes s'affairaient autour de Christos Morfi. On l'avait allongé sur le trottoir, à plat dos, et il avait les yeux ouverts. Une mousse rosâtre sortait de ses lèvres. Il n'était pas encore mort. Un des projectiles l'avait frappé en pleine poitrine, l'autre au cou. À son teint livide et à son regard déjà vitreux, Malko se dit qu'il n'allait pas vivre longtemps. Il avait vu trop de gens mourir pour se tromper. Se faufilant entre les badauds, il s'accroupit à côté du blessé et l'appela :

— Christos !

Le Grec tourna légèrement la tête et son regard se posa sur Malko. Déjà fixe, loin, très loin. Impossible de savoir s'il le reconnaissait. Malko se pencha et demanda en anglais :

— Christos, vous allez vous en sortir. Qui a tiré sur vous ?

Sa question mit longtemps à parvenir au cerveau du blessé. Ce dernier remua la tête et ses lèvres bougèrent. Puis il eut une quinte de toux et du sang jaillit de sa bouche. On essaya d'écarter Malko qui cria « *I am a doctor* ».

Penché sur le mourant, il reposa sa question et entendit dans un souffle un seul mot :

— Sadarnap...

Christos Morfi ne put continuer. À un imperceptible

raidissement de tout son corps, Malko comprit que la vie venait de l'abandonner. Il se releva. À côté de lui, un homme fit le signe de croix. Discrètement, il boutonna sa veste, afin qu'on ne puisse voir son pistolet. Puis il s'éloigna. Dépité. Une fois de plus, le mystérieux et féroce Lambros avait une longueur d'avance. Le dernier mot prononcé par le mourant ne pouvait lui apporter qu'une confirmation. « Sadarnap... », c'était Sadarnapoulos. L'homme déjà mentionné dans le document détenu par la CIA. Malko avait simplement avancé d'un tout petit pas : désormais il pouvait mettre un visage sur ce pseudo, celui de l'homme qui s'était enfui en métro, à la station Omonia.

C'était maigre et insuffisant pour poursuivre son enquête. Athènes comptait deux millions d'habitants. Il s'éloigna, frustré et amer.

CHAPITRE IX

Un silence pesant régnait dans le bureau de John Hill. Le chef de station de la CIA et Malko venaient de terminer un déjeuner frugal servi sur place, afin de ne pas interrompre leur conseil de guerre. Après le meurtre de Christos Morfi, il ne restait pas la moindre piste à se mettre sous la dent.

— C'est incroyable! remarqua Malko, on a vraiment l'impression que les autorités grecques offrent leur collaboration au compte-gouttes. Ils auraient dû ne pas lâcher Dolorès Ribeiro d'une semelle, rechercher activement Lambros et Sadarnapoulos. Leur refus de publier les photos des assassins de Panos Gavras peut s'assimiler à la protection de ces criminels. Même le ton de la presse de droite est parfois complaisant à l'égard des membres du 17 Novembre.

— Regardez le sourire arrogant d'Alexandros Stavropoulos! renchérit John Hill en brandissant une photo. Il n'a aucun remords. Sans la réaction des « Cousins », le 17 Novembre continuerait sa trajectoire sanglante. Il n'y a jamais eu en Grèce de consensus national pour la lutte contre le terrorisme. Elle a été minée par les luttes politiques intestines et le manque de coopération entre la police grecque et les Services. Très peu de gens ont analysé en profondeur l'action du 17 Novembre. On a cru longtemps que c'était le bras armé du Pasok, ce qui est faux. En réalité, comme tous les autres mouvements d'extrême gauche en Europe – RAF en Allemagne,

Brigades rouges en Italie, Action directe en France –, le 17 Novembre a toujours été contre tous les partis politiques classiques. D'abord contre le Parti communiste grec, accusé de trahir la cause des travailleurs. Ensuite, contre la droite grecque, soi-disant à la solde de l'Amérique et enfin, depuis 1983, contre le Pasok, accusé à son tour de trahir les intérêts du peuple grec. Parce que Andréas Papandréou avait adhéré à l'OTAN et autorisé des bases américaines en Grèce. Peu à peu, seul contre tous, le 17 Novembre a choisi le terrorisme pour le terrorisme, dans une course en avant sans espoir et sanglante.

— Moi aussi, j'ai étudié les documents que vous m'avez communiqués, enchaîna Malko. Le 17 Novembre a agi très habilement. Dans un premier temps, il a cherché à gagner la sympathie de la population en assassinant Richard Welsh, représentant de la CIA, puis deux tortionnaires, Mallios et Petrou. En même temps, il a proclamé son but : la transition vers le « socialisme ». Comme les partis « classiques », y compris le Pasok, en étaient incapables, il n'y avait que la violence pour changer la société...

— Exact ! approuva John Hill après avoir bu un verre d'eau. Ils se sont tenus tranquilles de 1981 à 1983, après l'arrivée au pouvoir du Pasok en octobre 1981. Lorsqu'ils ont vu que le Pasok restait sur la ligne de la social-démocratie, ils sont devenus fous furieux et ont choisi le terrorisme pour à la fois chasser les Américains de Grèce et déstabiliser la société grecque dans une guerre d'usure sans fin. Et ils ont plongé de plus en plus dans un délire paranoïaque en accusant dans un manifeste, en 1992, le gouvernement du Pasok d'avoir formé une conspiration avec le FBI et la CIA pour s'emparer de la Grèce.

Le silence retomba, et les deux hommes se regardèrent, conscients que cette analyse ne débouchait sur rien de concret. Malko redescendit le premier sur terre.

— En attendant, dit-il, nous sommes dans la merde.

Après le meurtre de Christos Morfi, il s'était éclipsé discrètement pour venir faire le point à l'ambassade. L'ancien employé des Télécoms grecs reconverti en privé avait dû être imprudent et trop gourmand. Il avait sûrement réclamé à son sponsor de le payer pour garder le silence. Désormais, il le garderait. Définitivement. Et cela n'avait coûté que deux cartouches.

La méthodologie était celle du 17 Novembre : une moto et un tueur. Qui n'avait même pas attendu Malko. Était-ce parce qu'on le savait armé ou tout simplement parce qu'il ne représentait plus un danger aux yeux de Lambros ?

— C'est vrai, nous sommes au point mort, reconnut le chef de station de la CIA.

Malko feuilletait le dossier. Il leva la tête.

— J'ai l'impression qu'une clef se trouve autour de Panos Gavras, dit-il. Il a fallu une raison sérieuse pour qu'on l'élimine de cette façon.

— O.K. Mais que faire ? Ses frères sont à Korydallos et Dolorès Ribeiro en cavale.

Malko s'arrêta sur une page du dossier.

— Et son père, le pope ! demanda-t-il. Il a été interrogé par la police grecque ?

— Je pense, fit John Hill, mais on n'en a pas parlé.

— Ce serait peut-être intéressant de lui parler, suggéra Malko. Vous savez où le trouver ?

— Non, mais demain, mercredi, il sera sûrement à la prison pour aller voir ses deux autres fils. Il y va deux fois par semaine.

— C'est une chance à courir, dit Malko. J'irai avec Martha Adonis. Sinon, je n'ai plus qu'à regagner l'Autriche et à laisser Lambros mourir de vieillesse dans son lit.

*
* *

Des batteries de caméras prenaient en enfilade les entrées des deux prisons de Korydallos, situées de part et d'autre de la rue Solomou. À droite, la prison des femmes, à gauche, celle des hommes. Les membres du 17 Novembre avaient été répartis entre les deux pour qu'ils ne puissent pas communiquer. Alexandros Stavropoulos était incarcéré dans celle des femmes, au secret. Les deux frères Gavras survivants étaient en face. Malko se gara un peu plus haut et Martha Adonis lui montra un enclos grillagé munis de bancs devant la prison des hommes, où plusieurs personnes patientaient Les familles des prisonniers. Malko regarda sa Breitling : midi moins cinq. La visite allait commencer.

— Voilà le pope Gavras, dit Martha.

Un religieux, coiffé du traditionnel *kalamafié*[1] et arborant une superbe barbe blanche, très digne, un sac de plastique à la main, venait de sortir de l'enclos pour entrer dans la prison. Une femme imposante l'accompagnait, de type slave prononcé, avec des épaules de docker. Celle qui lui avait donné dix enfants. Il disparut dans la prison, mitraillé par les caméras.

— Il vaudrait mieux attendre pour lui parler, suggéra Malko. On le suivra.

Ils attendirent sous le soleil brûlant et une demi-heure plus tard, le pope réapparut et s'éloigna au bras de sa femme vers le bas de la rue pour s'arrêter à un arrêt de bus, avenue Lamboraki. Sans voir qu'il était suivi. Cela leur prit plus d'une heure pour regagner le centre d'Athènes. Le bus déposa le couple sur une petite place enjambant une tranchée au fond de laquelle courait une voie de chemin de fer. Ils remontèrent la rue Ionias bordée d'immeubles plutôt coquets.

— Qu'est-ce qu'on fait ? demanda Martha Adonis.

— On va l'aborder tout de suite, décida Malko. Dites-lui que je suis un journaliste étranger.

Ils hâtèrent le pas et rejoignirent le pope et sa femme au moment où ils allaient entrer au numéro 26. Martha Adonis se lança à l'eau, improvisant un interminable discours. Malko se contentait de sourire. La femme les fixait d'un air hostile, mais le pope paraissait mieux disposé.

— Mes fils n'ont rien fait ! lança la femme d'un ton

1. Coiffure cylindrique noire.

hargneux. C'est une manipulation de la police. Ce sont de braves garçons...

Elle entra dans l'immeuble, les laissant seuls dans la rue avec le pope. Ce dernier, lorsqu'il fut seul, se lança à son tour dans une longue tirade. Il parlait d'une voix douce, traduit au fur et à mesure par Martha Adonis.

— Il dit que ses fils sont des idéologues. Qu'ils ont fait tout cela par idéalisme, pour changer le monde.

Comme s'il en avait trop dit, le pope se tut brutalement et entra dans l'immeuble, Martha Adonis et Malko sur ses talons. Ils pénétrèrent dans un appartement minuscule en désordre et s'installèrent sur un vieux canapé défoncé, recouvert d'un châle en loques. Cela ne respirait pas le luxe. Martha Adonis se mit à parler : elle se prenait au jeu. Le pope était attentif. Au bout d'un moment, il expliqua, par l'intermédiaire de Martha :

— Mes fils ont été entraînés par des gens sans scrupules qui se sont servis d'eux. Panos surtout. Il était le plus influençable. Et maintenant il est mort.

— Qui l'a fait assassiner ? fit demander Malko.

Il s'attendait à ce que le pope dise la CIA ou les Américains, mais le vieil homme laissa tomber :

— Stavropoulos.

— Mais Stavropoulos est en prison, objecta Malko, toujours par l'intermédiaire de Martha.

— Stavropoulos avait quelqu'un au-dessus de lui, lança le pope d'un ton ferme.

Malko retenait son souffle. La grosse femme réapparut, la mine adoucie, avec du thé et des biscuits, et s'assit en face de son mari. Ils étaient définitivement acceptés.

— Qui était au-dessus de Stavropoulos ? fit demander Malko.

— Quelqu'un de plus malin que lui, fut la réponse du pope.

— Qui ? insista Martha.

Le pope grignota un biscuit et dit :

— Je ne sais pas, mais Dolorès Ribeiro est au courant...

Malko crut avoir mal entendu.

— Dolorès ? Pourquoi Dolorès ? demanda-t-il.

Le vieux pope répondit longuement.

— Dolorès n'aimait pas Stavropoulos, traduisit la jeune femme. Elle trouvait qu'il avait pris trop d'influence sur Panos. Elle pensait qu'au-dessus de lui, il y avait d'autres gens. Alors, un jour que Panos avait rendez-vous avec Stavropoulos, quand ils se sont séparés, elle a suivi Stavropoulos. Un peu plus tard, ce dernier a rencontré un homme avec qui il est resté une heure dans un café. L'inconnu lui a donné des papiers qui ressemblaient aux revendications du 17 Novembre.

C'était léger mais le pope semblait croire dur comme fer à ce qu'il avançait.

— À quoi ressemblait cet homme ?

— Je ne sais pas, avoua le pope, mais Dolorès a pris des photos des deux. Panos était furieux et les a confisquées.

— Où sont ces photos ? demanda Martha.

— Je ne sais pas, c'est Dolorès qui doit les avoir.

— Où est Dolorès ? demanda Martha, devançant la question de Malko.

Il ne comptait pas que le pope le sache, mais le vieil homme dit aussitôt très naturellement :

— Elle m'a appelé il y a deux jours. Pour me parler de mon fils. Elle l'aimait vraiment et elle est très triste. Elle s'est installée près de la maison d'une de ses amies, Angeliki, dont le mari a été arrêté lui aussi. Dans le nord.

— Où exactement ?

— À Hamargos, rue Imitton. Pas très loin d'une église.

Il se tut et de grosses larmes apparurent dans ses yeux. Tout à coup, il semblait brisé. Les larmes coulèrent sur son visage jusque dans sa barbe.

Malko attendit quelques instants puis dit à Martha :

— Demandez-lui si le nom de Lambros lui dit quelque chose.

Elle transmit la question qui n'éveilla rien chez le vieux religieux.

— Et Sadarnap...

Avant même que la jeune femme traduise, le pope termina :

— Sadarnapoulos.

Malko faillit sauter au plafond.

— Il est comment ?

Le pope arbora une expression méprisante et se lança dans une longue tirade.

— C'est lui qui a entraîné son fils dans cette galère, traduisit Martha. Il lui a expliqué qu'il fallait s'engager dans la lutte armée…

Le cœur de Malko battait la chamade. Finalement, le malheureux Christos Morfi n'était pas tout à fait mort pour rien. Cela faisait la seconde personne qui connaissait Sadarnapoulos.

— Demandez-lui ce qu'il sait de cet homme.

— C'est un syndicaliste, traduisit Martha Adonis. Un agitateur gauchiste. Panos l'avait rencontré dans des meetings de l'extrême gauche. Il n'en sait pas plus. Sadarnapoulos est un pseudonyme.

Le pope semblait bouleversé à l'évocation de son fils. Il se mit à raconter toute sa vie, ses dix enfants, ses galères de crève-la-faim dans le Nord de la Grèce où il avait dû se transformer en fermier tout en gérant sa paroisse pour nourrir sa famille. Puis il se remit à pleurer sous l'œil réprobateur de sa femme. Malko se dit qu'il était temps de partir. L'atmosphère de ce petit appartement était étouffante et pathétique. Quand il se leva, le pope Gavras en fit autant et, spontanément, s'approcha de lui et l'embrassa sur la bouche, en bredouillant quelques mots.

— Il vous trouve très sympathique, traduisit Martha Adonis. Il veut que vous reveniez pour prier avec lui pour son fils.

Touchant.

Au moment de franchir la porte, Malko demanda à Martha :

— Est-ce qu'il a parlé de Sadarnapoulos à la police ?

Elle traduisit et s'attira une réponse furieuse du pope.

— Bien sûr que non, il pense qu'ils sont tous pourris ! Et qu'ils ont des liens avec le 17 Novembre. Que Dieu vous garde !

Dans l'ascenseur, Malko ne dissimula pas sa joie. S'il retrouvait Dolorès et qu'elle soit vraiment en possession d'une photo de Lambros, c'était un pas de géant.

Martha Adonis semblait partager sa satisfaction.

— Tu vas aller voir Dolorès ? demanda-t-elle.

— Bien sûr, fit Malko.

La jeune femme lui jeta un regard inquiet comme ils sortaient de l'ascenseur.

— Moi, je ne veux pas venir. Cette femme me fait peur. Elle risque de te recevoir très mal. C'est elle qui pilotait la moto quand on a voulu nous tuer.

— C'est exact, reconnut Malko, mais je veux absolument lui rendre visite. Elle ne se doute pas que je connais son « adresse ». Je vais la prendre par surprise. Le pope m'a donné une idée. Il croit comme moi que son fils a été abattu par ses propres amis. Si je pouvais faire admettre cela à Dolorès, il serait possible de la « retourner ».

— Mais elle ne te croira jamais, objecta Martha.

— Je possède des photos des meurtriers, expliqua Malko. Des photos qui n'ont jamais été publiées, prises par une caméra à l'hôpital. Ils ont agi à visage découvert. Peut-être pourra-t-elle les reconnaître. Tu sais comment se rendre à l'endroit indiqué par le pope ?

— Oui. Je vais te montrer sur la carte. Mais je ne...

— Il paraît qu'elle parle français et espagnol. Je me débrouillerai sans toi.

— Mais tu parles combien de langues ? s'étonna Martha.

— Quelques-unes, fit modestement Malko.

Oubliant de préciser que son extraordinaire mémoire l'avait bien souvent servi. Comme certains joueurs d'échecs, il aurait pu tenir tête à un ordinateur dans ce domaine. Rentrée dans la voiture, Martha Adonis déplia la carte et montra à Malko où se trouvait Hamargos.

— C'est très loin, dit-elle, en haut de Messogion, vers l'entrée de l'autoroute qui va à l'aéroport. Une banlieue encore peu peuplée. Tu veux y aller tout de suite ?

— Oui, dit Malko.

— Bien, je vais prendre un taxi. Fais attention.

Elle l'embrassa et sortit de la voiture.

Pendant qu'il roulait vers le nord, il repensa à Sadarnapoulos. Très probablement celui qui avait demandé au détective privé de piéger le téléphone de Martha Adonis. Et qui, ensuite, l'avait fait liquider par un des tueurs du 17 Novembre encore en liberté. Quels liens avait-il avec Lambros ? Comment les enquêteurs grecs n'avaient-ils jamais cité son nom ou son pseudo qui fleurait bon le trotskisme ? Encore un mystère... Il se traînait à dix à l'heure dans une zone de travaux. Les Jeux Olympiques allaient être une horreur... La banlieue clairsemée, moderne et hideuse, construite visiblement sans aucun plan, alignait des cubes de béton entassés les uns à côté des autres. Il quitta enfin Messogion pour s'engager dans les rues tranquilles de Hamargos. Après avoir tourné un moment, il aperçut une église perchée sur une modeste colline. Une rue s'enfonçait à sa gauche, en contrebas de l'église. Il parcourut une centaine de mètres. À droite, tout était encore en friche, à gauche, quelques villas neuves alternaient avec des terrains vagues. Soudain, Malko aperçut un camping-car stationné au milieu d'un des espaces vides, sous un pin parasol. Il ralentit et nota le numéro : YPK2570, puis, toujours dans sa voiture, il appela la ligne directe de John Hill et lui expliqua où il était, ce qu'il faisait, lui communiquant le numéro du camping-car.

— Si je ne vous ai pas donné signe de vie dans une heure, conclut-il, envoyez-moi vos « baby-sitters ».

Il prit le Beretta 92, fit monter une balle dans le canon, ôta le cran de sûreté et le remit en place, fermant sa veste. Normalement, il allait bénéficier de l'effet de surprise, mais il valait mieux être prudent.

*
* *

Malko parcourut les derniers mètres qui le séparaient du camping-car de Dolorès Ribeiro, les muscles bandés et la gorge nouée. Arrivé à la porte latérale du véhicule, il frappa deux coups légers et attendit, la veste boutonnée sur le Beretta 92. Il ignorait si la jeune femme était capable de le reconnaître. Lors de la tentative de meurtre contre lui, elle ne l'avait vu que de dos, puis quelques secondes de profil.

La porte s'ouvrit brutalement. Dolorès Ribeiro était vêtue d'un T-shirt moulant sans soutien-gorge et d'un jean à la ceinture duquel était accroché un portable. La raie au milieu, le visage bien structuré, le regard profond, elle était belle. Belle comme une *pasionaria*. Elle posa une question en grec et Malko lui répondit en français.

— Je cherche Dolorès Ribeiro.

— C'est moi, fit-elle. Qui êtes-vous?

— Je viens de la part du pope Gavras, dit-il. C'est lui qui m'a expliqué où vous vous étiez « posée ». Je voudrais m'entretenir avec vous.

Elle lui jeta un long regard.

— Je sais, dit-elle, il m'a téléphoné.

Dolorès Ribeiro s'effaça.

— *¡Como no!*

Il dut se baisser pour pénétrer dans le camping-car. C'était loin d'être luxueux : une couchette assez large au fond, une kitchenette et une table encadrée de deux banquettes. Malko, légèrement courbé, gagna la table. Il entendit la porte se refermer et se retourna. Dolorès Ribeiro lui faisait face avec une drôle d'expression. Elle passa sa main dans son dos, à hauteur des reins, et ses doigts réapparurent serrés sur la crosse d'un Mauser automatique.

Une arme qu'elle avait dû glisser dans la ceinture de son jean, et qu'elle braqua sur Malko.

— Posez vos mains sur cette table, fit-elle d'une voix calme :

Malko obéit.

— Vous avez une arme?

— Oui, dit-il.

— Prenez-la et posez-la devant vous. Très lentement.

Il déboutonna sa veste et prit entre deux doigts la crosse

du Beretta 92 qu'il posa sur la table. Avec la rapidité d'un serpent, Dolorès Ribeiro se pencha et s'en empara. Remettant le sien dans sa ceinture, elle prit le Beretta et recula légèrement la culasse, découvrant la cartouche engagée dans la chambre.

Sa bouche se tordit dans un mauvais sourire et, sans cesser de le menacer, elle dit d'une voix calme.

— Vous veniez me tuer. Comme Panos.
— Je n'étais pas..., commença Malko.

Dolorès Ribeiro le coupa sèchement :

— Taisez-vous ! Je ne pensais pas que vous seriez assez stupide pour venir ici, seul. Quand le pope m'a appelée après votre passage chez lui, j'aurais pu décamper et vous ne m'auriez pas retrouvée.

— Pourquoi ne l'avez-vous pas fait ?
— Je suis restée pour vous tuer. C'est la première fois que je vais tuer quelqu'un, mais vous ne savez pas à quel point cela me fait plaisir.

CHAPITRE X

Malko demeura strictement immobile, son regard vrillé dans celui de Dolorès Ribeiro. La lueur haineuse dans ses prunelles sombres ne laissait aucun doute sur sa détermination. Elle savait tenir une arme, les bras tendus, les deux mains nouées sur la crosse, le canon visant sa poitrine. Bien calée sur ses jambes légèrement écartées, elle aurait pu servir de modèle pour un entraînement au tir. Seulement, il y avait une cartouche dans le canon du Beretta 92 et l'Espagnole ne plaisantait pas.

— Je ne suis pas venu vous tuer, corrigea Malko d'une voix calme, et je n'ai pas tué Panos Gavras. Je ne me trouvais même pas en Grèce le jour où il a été assassiné.

Cette mise au point ne sembla pas entamer la haine de la jeune femme.

— Alors, ce sont vos amis de la CIA, dit-elle. De toute façon, vous êtes un de ceux dont nous voulons débarrasser la Grèce pour la libérer du joug impérialiste.

Elle se rapprocha et le canon du Beretta 92 s'éleva un peu, visant la tête de Malko. À cette distance, elle ne risquait pas de le rater. Comme si elle se grisait de ses propres paroles, elle répéta :

— Je vais vous tuer. Ici. Il n'y a personne autour, on n'entendra rien. Ensuite, j'irai déposer votre corps dans un endroit où on ne le trouvera pas tout de suite. Personne ne pourra rien prouver contre moi.

De toute évidence, elle avait ruminé sa vengeance

depuis le moment où le pope Gavras lui avait téléphoné. Malko, figé comme une statue, sentait des picotements monter le long de sa colonne vertébrale. Il vit Dolorès Ribeiro expirer profondément, comme on avait dû lui apprendre, avant de tirer. Et il distingua l'imperceptible déplacement de son index sur la détente du Beretta 92. Il était à quelques fractions de seconde de l'éternité.

— Attendez! lança-t-il d'une voix aussi neutre que possible. Je sais qui a tué Panos Gavras.

Elle marqua le coup. Une lueur de surprise passa dans ses prunelles rétrécies et le canon du pistolet s'abaissa de quelques millimètres.

— Vous dites ça pour sauver votre sale peau d'impérialiste, jeta-t-elle d'un ton hargneux. Panos était *toda mia vida*. Je vais vous tirer une balle dans le ventre pour que vous mettiez du temps à crever.

— J'ai ici des photos de l'assassin, insista Malko.

— Des photos... Comment ? Vous pouvez me montrer n'importe quelle photo...

— Non, insista Malko. Il s'agit d'extraits de film d'une caméra de surveillance de l'hôpital Evangelistos. Ces photos n'ont jamais été publiées par la police. Vous voulez les voir ?

Il attendit, la respiration bloquée. Ou elle disait « oui » ou elle tirait. Ce n'était pas une personne à tergiverser. Les traits toujours aussi tendus, elle aboya :

— Où sont-elles ?

Malko sentit tous ses muscles se détendre d'un coup et réalisa qu'il était en sueur.

— Dans la poche intérieure de ma veste, dit-il.

— Sortez-les. Doucement.

Il s'exécuta et posa les trois documents sur la table. Mais d'où elle était, Dolorès ne pouvait en voir les détails.

— Allez vous allonger sur la couchette, ordonna-t-elle. Si vous tentez quoi que ce soit, je vous tue.

Malko se leva et partit vers le fond du camping-car. Restant face à lui, Dolorès se glissa sur la banquette et, sans lâcher son arme, se pencha sur les photos. Le silence était à couper au couteau.

Tout à coup, elle poussa un cri étouffé, une sorte de sanglot sauvage, rauque. Elle semblait mesmérisée par les photos. Au point d'en oublier la présence de Malko. Soudain, il vit des larmes jaillir de ses yeux. La terroriste pleurait convulsivement, sans un bruit. Le regard glué aux photos.

— Vous connaissez ces trois hommes ? demanda Malko, surpris.

Dolorès Ribeiro s'ébroua et brandit son pistolet dans sa direction.

— Ce sont des photos truquées ! glapit-elle. Un coup de la CIA.

Il ne comprenait pas pourquoi elle était dans cet état. Pendant plusieurs secondes, ils se mesurèrent du regard, puis il insista de la même voix posée :

— Ces photos ne sont pas truquées, elles montrent les trois hommes qui sont venus assassiner Panos Gavras sur son lit d'hôpital. Vous les connaissez ?

Elle ne répondit pas tout de suite. Visiblement, son univers était en train de s'écrouler. Elle releva un visage ruisselant de larmes.

— Qui vous a donné ces photos ?

— Elles ont été récupérées par la police grecque qui les a communiquées aux Britanniques. Je peux jurer de leur authenticité. Mais je ne comprends pas pourquoi les Grecs ne les ont pas diffusées. Vous connaissez ces gens ? demanda-t-il pour la troisième fois.

Dolorès Ribeiro ne répondit pas, plongée dans l'examen des photos. De toute évidence, elle ne mettait plus en doute leur authenticité. Malko vit son visage se durcir. Elle essuya ses larmes d'un revers de main et fixa sur lui un regard inquiétant.

— Je vous remercie, lança-t-elle d'une voix absente, mais je vais quand même vous tuer.

*
* *

Malko sentit son pouls s'accélérer. Cette fois, il n'avait plus aucune carte à jouer. Sauf le bluff.

— Dolorès, dit-il posément après avoir regardé sa Breitling, je ne suis pas naïf au point d'être venu seul ici. Deux personnes m'attendent pas très loin. Ils ne pourront vous empêcher de me tuer, mais ils entendront le coup de feu. Et ils interviendront pour vous remettre à la police grecque. Vous voulez passer le restant de vos jours dans un pénitencier ? J'ai visité la prison de femmes de Korydallos, cela n'a pas l'air très gai.

Il vit le regard de la terroriste vaciller, mais elle ne baissa pas le pistolet.

— Je m'en fous ! jeta-t-elle d'une voix étouffée. Désormais, je me fous de tout. J'ai perdu dix ans de ma vie.

— À cause de la mort de Panos Gavras ?

De toutes ses forces, il essayait de construire une relation de confiance, de briser sa carapace de dureté.

— Non, fit-elle à mi-voix. Ce n'est pas le plus grave...

— Que peut-il y avoir de plus grave que la mort ?

Dolorès Ribeiro posa sur lui ses prunelles sombres habitées d'une lueur désespérée.

— La trahison, dit-elle.

Malko comprit d'un coup sa réaction.

— C'est un de vos amis qui a abattu Panos Gavras.

Elle inclina la tête affirmativement et, de nouveau, des larmes jaillirent de ses yeux. À cette seconde-là, elle ne pensait plus à tuer Malko, mais l'accalmie risquait de ne pas durer... Tout à coup, elle explosa, le regard fou, les traits tordus de fureur.

— L'ordure ! Il a voulu coucher avec moi. Par camaraderie révolutionnaire. Le salaud ! Le salaud !

Partagée entre la haine, la rage et la douleur, elle posa brusquement le Beretta 92 sur la tablette et enfouit son visage entre ses mains. Malko demeura immobile comme une statue sur la couchette. C'est là que tout se jouait. Dolorès se reprit au bout de quelques instants et leurs regards se croisèrent. D'une voix lasse, elle lui lança :

— Partez! Je ne vous tuerai même pas. Tout ça est fini, terminé pour moi. Je vais seulement retrouver ce salaud et le tuer le plus lentement possible. À coups de pied, après lui avoir tiré une balle dans le ventre et une autre dans les couilles.

Elle renifla, releva la tête et répéta:

— Partez! Foutez le camp avant que je change d'avis. Je n'ai plus besoin de vous.

— Si, dit calmement Malko. Pour accomplir votre vengeance. Je ne sais pas qui vous avez envie de tuer. Mais pour cela, il faut rester en liberté. Et cela dépend de moi.

De nouveau, le regard de Dolorès Ribeiro flamboya de fureur et elle brandit le pistolet.

— Vous voulez vraiment que je vous tue!

— Ce serait la dernière chose que vous feriez..., répliqua Malko. Je vous ai dit que je n'étais pas venu seul. Mais, même si vous avez participé à une tentative de meurtre contre moi, je ne cherche pas à vous faire arrêter.

Cette allusion fit exploser la terroriste.

— Quand je pense que ce salaud en profitait pour me peloter, soi-disant pour se retenir à moi! Et qu'il m'a reproché de l'avoir empêché de viser en faisant un écart! Je vais le crever.

Donc l'assassin de Panos Gavras et l'auteur de la tentative de meurtre contre Malko ne faisaient qu'un. Il restait à l'identifier.

Dans sa fureur, elle mélangeait le grec, l'anglais, le français, l'espagnol. Elle tenait toujours le pistolet mais ne menaçait plus Malko. Ce dernier tenta d'avancer un pion. Dolorès Ribeiro tenait la suite de son enquête entre ses mains.

— J'ai une proposition à vous faire, dit Malko en s'asseyant sur la couchette.

— Une proposition? Je ne comprends pas, rétorqua Dolorès.

Ses épaules s'étaient voûtées et son regard s'était éteint. Elle était détruite.

— Vous et moi, enchaîna Malko, poursuivons désormais

un but commun. Ce n'est pas votre camarade qui a pris seul la décision de liquider Panos Gavras sur son lit d'hôpital. Il obéissait à un ordre. Un ordre supérieur. Venant du véritable chef du 17 Novembre. Qui avait peur qu'il ne parle. Un certain Lambros. C'est pour le trouver que je suis venu en Grèce. Même si c'est votre camarade qui a appuyé sur la détente, c'est lui le vrai coupable. Je le veux. Je peux vous aider, vous pouvez m'aider. Ensuite, nous nous séparerons. Qu'en pensez-vous ?

La jeune femme ne répondit pas, mais Malko sentit que le moment le plus dangereux était passé.

— Le nom de Lambros vous dit quelque chose ? demanda-t-il.

— Non. Qui est-ce ?

— Celui qui a donné l'ordre de liquider Panos Gavras. L'homme que vous avez photographié un jour en compagnie de Stavropoulos.

Une lueur d'étonnement passa dans le regard de la jeune femme.

— Comment savez-vous cela ?

— C'est le pope Gavras qui me l'a dit. C'est exact ?

— Oui, fit-elle du bout des lèvres.

Elle se détendait peu à peu et Malko s'engouffra dans la brèche.

— Panos Gavras n'a rejoint l'organisation du 17 Novembre que dans les années quatre-vingt-dix, remarqua-t-il. Or, il semble avoir été le seul à soupçonner l'existence de ce Lambros. Comment l'expliquez-vous ?

La jeune femme semblait perdue dans ses pensées. Elle dit finalement :

— C'est parce qu'il était très lié avec Sadarnapoulos. Ils sortaient souvent ensemble et passaient des soirées à discuter. C'est au cours d'une de ces soirées que Sadarnapoulos lui a dit qu'il y avait quelqu'un au-dessus de Stavropoulos. Que ce dernier prenait régulièrement des instructions. Panos était méfiant parce que Stavropoulos était toujours mystérieux. À un moment, il s'est demandé s'il n'était pas manipulé par l'EYP.

— Comment a-t-il eu vent de ce rendez-vous entre Stavropoulos et Lambros ?

— Je crois que c'est Sadarnapoulos qui le lui a dit.

— Qui est Sadarnapoulos ? Plusieurs personnes ont déjà mentionné ce nom.

— Je ne l'ai jamais rencontré, avoua Dolorès Ribeiro, car il a toujours refusé de me voir. Il avait beaucoup d'influence sur Panos qui l'a connu à peu près en même temps que moi. C'est ce Sadarnapoulos qui l'a convaincu de rejoindre la lutte armée. Parfois, ils restaient une partie de la nuit à discuter, à refaire le monde.

— Est-ce que Panos Gavras connaissait sa véritable identité ?

— Je ne sais pas. Je ne crois pas. Pourtant, ils se voyaient régulièrement. C'est Sadarnapoulos qui lui a apporté la charge explosive à poser devant les Hellas Flying Dolphins, le 28 juin.

— Il se mêlait de cela ? demanda Malko étonné.

— Je ne sais pas ; là, il l'a fait.

Malko mit l'information dans un coin de sa tête et revint à ce qui l'intéressait le plus.

— Que sont devenues les photos que vous avez prises de Stavropoulos en compagnie de l'homme qui pourrait être Lambros ?

— Quand Panos a été arrêté, son avocat a fait dire de brûler tout ce qui pouvait le relier à Stavropoulos...

Alors, Panos Gavras avait peut-être été assassiné pour rien. Il n'y avait plus de preuve matérielle de l'existence de Lambros. Malko ravala sa déception et demanda :

— Vous souvenez-vous à quoi ressemblait l'homme qui se trouvait avec Stavropoulos ?

— Pas très bien, avoua la jeune femme. Il était petit, assez âgé, la soixantaine.

— Pas de signe distinctif ?

— Non.

— Vous le reconnaîtriez ?

— Je pense, oui.

Enfin un élément essentiel.

Dolorès Ribeiro avait reposé le pistolet de Malko sur la tablette et semblait réfléchir. Elle leva la tête et lança d'une voix calme :

— J'accepte votre proposition.

— C'est-à-dire ?

— Vous m'aidez à faire ce que j'ai à faire et, si je le peux, je vous aiderai à retrouver ceux que vous cherchez.

— Parfait, dit Malko. Dans ce cas, pouvez-vous me rendre mon arme ?

Elle s'écarta de la tablette et dit simplement :

— Prenez-la.

Malko se sentit quand même plus tranquille avec le Beretta 92 dans sa ceinture. Même si Dolorès Ribeiro était armée, elle aussi. Elle l'observait d'un air bizarre.

— Vous avez une voiture ?

— Oui.

— Bien. Vous allez m'emmener. Je vais tuer cette ordure de Bruno.

— Qui est Bruno ?

— Le fils de pute qui a abattu Panos à l'hôpital. Le camarade Bruno Becker. Un ancien du groupe Carlos qui nous a rejoints. Un putain de Suisse.

— C'est l'homme qui a tiré sur moi ?

— Oui. ¿ *Vámos* ?

Elle le guettait, les mains sur les hanches. En quelques secondes, elle pouvait saisir le P. 38 Mauser glissé dans la ceinture de son jean. Malko sentit qu'à la moindre hésitation de sa part, elle était capable de l'abattre. Impossible de discuter dans l'état où elle se trouvait. Il sortit le premier et elle ferma soigneusement à clef son camping-car, puis regarda autour d'eux.

— Où est votre voiture ?

Malko dut continuer son bluff.

— Avec les gens qui m'accompagnent.

— Je vous attends ici, fit Dolorès, je ne veux voir personne.

Miracle... Il s'éloigna dans la rue, hors de sa vue, et récupéra sa voiture. Lorsqu'il revint au volant, elle fumait, debout à côté du camping-car. Elle monta à côté de lui et dit :

— Nous allons dans le quartier d'Exarchia. Je vous guiderai.

Vu la distance, cela donnait à Malko un peu de répit. Il hasarda une question :

— C'est Bruno Becker qui a décidé de me tuer ?

— Non. Il en a reçu l'ordre.

— De qui ?

— De ce Sadarnapoulos, je pense. Puisque Stavropoulos est au trou. C'est Panos qui le lui a présenté quand il a demandé à travailler avec nous.

Malko ne fit aucun commentaire. Il se trouvait brusquement au cœur de ce qu'on appelle dans les affaires un conflit d'intérêts. La seule personne qui puisse lui permettre de retrouver Bruno Becker qui, lui-même, pouvait le mener à Sadarnapoulos était Dolorès dont l'intention était d'abattre ledit Becker. Et elle semblait déterminée comme un roc, le regard droit devant elle, le visage fermé. Si on avait dit à Malko qu'il se retrouverait avec un des membres du 17 Novembre, en expédition punitive pour en liquider un autre... Pour briser le silence, il demanda :

— Nous allons chez lui ?

— Non, laissa tomber Dolorès, je ne veux pas le tuer devant sa copine, c'est une brave fille. On va à une taverne où il traîne tous les jours. À cette heure-ci, il doit s'y trouver.

*
* *

Malko gara sa voiture place Exarchion et suivit Dolorès dans la rue Stournari, étroite, mangée par les terrasses de tavernes et coupée d'escaliers. La jeune femme marchait à grandes enjambées, sans se retourner. Elle tourna à droite dans une rue bordée de maisons restaurées, la rue Methami. Des dizaines de graffitis souillaient les belles façades toutes neuves. Dolorès s'arrêta et se retourna.

— C'est là, dit-elle. La taverne *Avli*.

Elle désignait une façade ocre aux volets verts avec une porte, verte également, encadrée de deux lanternes. Malko fit une prière silencieuse pour que Bruno Becker ne soit pas là. Il n'avait pas encore trouvé le moyen de détourner la furie vengeresse de la jeune terroriste. Décidément, les enquêtes sur le 17 Novembre comportaient bien des lacunes. Personne n'avait jamais mentionné ce rescapé de la bande de Carlos.

Dolorès se dirigea vers l'entrée et au passage, par les fenêtres ouvertes, Malko aperçut l'intérieur du restaurant où quelques tables étaient occupées. La jeune terroriste lui glissa d'une voix grinçante :

— Il est là, avec sa copine. *Vámos*.

Elle franchit la porte qui donnait sur un petit jardin attenant au restaurant. L'entrée de la salle était sur la droite. Malko entra sur les talons de Dolorès. Il n'y avait que trois tables occupées. Un couple était installé près de la fenêtre. Un homme d'une quarantaine d'années, le crâne rond et chauve, des yeux bleus et des bajoues. Accompagné d'une blonde filasse au visage chevalin. En voyant Dolorès, il posa sa fourchette et se leva, tendant les bras à la jeune femme pour un *abrazo* très hispanique.

— ¿*Que tal*? lança-t-il.

Dolorès Ribeiro ne répondit pas. Tirant de la poche de son jean les photos remises par Malko, elle les jeta sur la table. Malko vit Bruno Becker s'en emparer, les regarder et se décomposer. Pendant quelques secondes, il ne se passa rien. Malko, qui se trouvait derrière Dolorès, la vit glisser sa main droite dans son dos, soulever son T-shirt et saisir la crosse du P. 38. Elle allait abattre Bruno Becker sur place, bien qu'il ne soit pas seul !

Il allongeait la main pour lui saisir le poignet quand Bruno Becker se leva d'un bond, repoussa violemment Dolorès et enjamba la fenêtre, disparaissant dans la rue. La compagne du terroriste poussa un cri, Dolorès tomba en arrière, bousculant Malko. Elle se remit debout en un clin d'œil et hurla :

— *¡Maricon! Hijo de puta! Vengo a matarte*[1]*!*

À son tour, elle enjamba la fenêtre, mais Bruno Becker avait déjà vingt mètres d'avance.

Malko se dit que la police n'allait pas tarder à être prévenue et sortit à son tour, mais par la porte. Il aperçut Dolorès courant dans la rue et partit à sa poursuite. Pourvu qu'elle ne le rattrape pas.

*
* *

Essoufflée, appuyée à un mur couvert de graffitis, Dolorès, le regard égaré, reprenait sa respiration.

— Ce fils de pute a filé! dit-elle d'une voix hachée.

Tout à coup, ils virent arriver la femme qui accompagnait Bruno Becker, visiblement bouleversée. Dolorès lui prit le bras.

— *Vámos, vámos a casa.*

L'autre obéit docilement et ils parcoururent une centaine de mètres dans le dédale des petites rues piétonnières. Montant ensuite un escalier étroit et sombre jusqu'à un appartement minuscule. Le terrorisme ne nourrissait pas son homme. Un garçon de cinq ou six ans jouait dans un coin. Dolorès lui jeta un regard haineux. Ensuite, elle apostropha en grec la compagne de Bruno Becker qui semblait terrorisée. Quelques minutes plus tard, elle ressortit, les laissant seuls avec l'enfant.

— Qu'est-ce que vous lui avez dit? demanda Malko.

— Qu'elle retrouve son mec. Sinon, je la flingue, elle et son petit.

Malko sentit ses poils se hérisser. Il était embarqué dans une galère grave. Car Dolorès parlait sérieusement. Voyant l'expression de Malko, elle se hâta de préciser:

— C'est juste pour lui faire peur. Elle va le ramener.

— Pourquoi reviendrait-il? Il sait que vous voulez le tuer.

---

1. Pédé! Fils de pute! Je vais te tuer!

Dolorès lui jeta un regard noir.

— Il sait aussi que je ne le lâcherai pas. Et il ne peut pas sortir de Grèce.

Malko se demandait comment s'extraire de ce guêpier. Au moins, il avait mis un nom sur les photos de l'hôpital : Bruno Becker. Cela pourrait servir, si le terroriste suisse survivait.

Presque une heure s'écoula et Dolorès Ribeiro commença à montrer des signes d'impatience.

— Elle va revenir, cette *puta* ! lança-t-elle à mi-voix.

L'enfant continuait à jouer dans son coin, pas ému.

Enfin, ils entendirent des pas dans l'escalier. Dolorès arracha le P. 38 de sa ceinture. La porte s'ouvrit sur la compagne de Bruno Becker, défaite, les yeux pleins de larmes. Les deux femmes échangèrent quelques mots en grec, puis, à toute volée, Dolorès se mit à gifler l'autre, la repoussant peu à peu dans un coin de la pièce. Les gifles claquaient avec un bruit mat, insupportable. Malko finit par s'interposer et Dolorès se calma, mais lança :

— Cette pute ne l'a pas ramené !

Malko se dit qu'on pouvait difficilement le lui reprocher. D'une voix plaintive, la compagne de Bruno Becker se mit à couiner des mots indistincts. Ce qui ranima la fureur de Dolorès Ribeiro.

— Ce fils de pute s'est réfugié dans un immeuble squatté, rue Akadimias, lança-t-elle. Là où ni la police ni moi ne pouvons aller le chercher. Il a déjà vécu là quand il n'avait pas de papiers. Comme il a du fric, ils l'acceptent. Et puis ce sont des anarchistes. Ils savent que c'est un ancien du groupe Carlos et ils le respectent.

Où le respect allait se nicher... Malko bénissait ce contretemps. Mort, Bruno Becker ne lui était d'aucune utilité. Maintenant qu'il avait trouvé une nouvelle passerelle vers Sadarnapoulos et Lambros, il n'avait pas envie de la perdre. Désormais, il savait où Bruno Becker se trouvait. Le tout était de mettre la main dessus avant Dolorès Ribeiro. Celle-ci remit son pistolet sous son T-shirt, lança une phrase menaçante à la copine de Bruno

Becker et ouvrit la porte.

— ¡*Hasta luego*! lança-t-elle d'une voix menaçante.

Au bas de l'escalier, elle se retourna vers Malko.

— Je crois que j'ai une idée pour débusquer ce fils de pute, dit-elle, mais c'est un peu tôt.

— Quelle idée ?

— Tous les soirs, les types du squat envoient un des leurs acheter du shit dans le coin. Je vais me débrouiller pour savoir où. Et on rentrera avec le « coursier ». En attendant, on va aller manger quelque chose.

Le répit n'avait pas été long. À nouveau, Malko se mit à se torturer le cerveau afin de trouver un moyen de sauver Bruno Becker. Un comble !

CHAPITRE XI

Lambros, enfoncé dans son fauteuil habituel, contemplait le ballet de ses poissons multicolores, un tas de journaux à ses pieds. La lecture de la presse l'avait rassuré. Cet imbécile de Christos Morfi avait eu le sort qu'il méritait. Même s'il ne pouvait pas nuire beaucoup. S'il avait été moins avide, il serait toujours vivant. Le fait d'avoir voulu faire chanter son client, l'homme connu sous le nom de Sadarnapoulos, avait été une erreur fatale.

En tout cas, Lambros avait décidé d'arrêter ses contre-mesures. De se consacrer aux préparatifs du mariage de sa fille et de laisser les Américains à leur enquête, certain qu'ils n'aboutiraient nulle part. Dolorès Ribeiro et Bruno Becker étaient des gens sûrs pour des raisons différentes. Finalement, la première erreur – celle d'où avaient découlé les autres problèmes – avait été de réagir en apprenant, par un message laissé sur le répondeur de Sadarnapoulos, que ce petit salaud de Panos Gavras menaçait, par l'intermédiaire de son avocat, de révéler l'implication de Sadarnapoulos dans l'organisation du 17 Novembre. Le sang de Lambros n'avait fait qu'un tour en imaginant son ancien compagnon en danger. Et, sous le coup de l'émotion, il avait commis une erreur : liquider Panos Gavras dans sa chambre d'hôpital. Sans cela, les Américains n'auraient peut-être pas lancé leur enquête.

— Je vais faire un tour à Carrefour, lança-t-il à son épouse. J'en ai pour deux heures.

Carrefour venait d'ouvrir avenue Messogion et c'était un endroit parfait pour un rendez-vous discret. Lambros gagna son garage et se mit au volant de sa petite Fiat blanche, anonyme et discrète. Juste un Grec moyen allant au supermarché. Il sortit, vérifiant machinalement qu'il n'y avait personne autour de la propriété. La prudence était une seconde nature chez lui.

Il conduisit sans se presser et, une demi-heure plus tard, se gara dans le parking de l'hyper. Tranquillement, Lambros gagna le rayon de l'électronique et, très vite, repéra la moustache de Sadarnapoulos qui l'avait contacté le matin même pour le voir. Les deux hommes, sans se rapprocher, échangèrent un regard. Lambros flâna un peu, puis se dirigea vers les toilettes, au fond du magasin. Il se lavait les mains quand Sadarnapoulos le rejoignit et prit place au lavabo voisin. Ils étaient seuls.

— Nous avons un problème, annonça à mi-voix Sadarnapoulos.

Sans fioriture, il lui relata le coup de téléphone qu'il venait de recevoir de Bruno Becker. D'abord, un appel chez lui prétextant une erreur. Puis la « vraie » conversation à partir d'une cabine publique. L'histoire était incroyable : Dolorès Ribeiro « retournée » par les Américains ! Grâce à des photos prises à l'hôpital. Lambros maudit à nouveau son initiative, mais à quoi bon ? Le mal était fait. La situation avait évolué. Dolorès, retournée, pouvait parler, mais heureusement n'était pas dangereuse. Elle aussi ne connaissait de Sadarnapoulos que son pseudo. Et ignorait l'existence de Lambros. Et même si Dolorès dénonçait Bruno Becker, ce n'était pas très grave. Bruno n'avait qu'à se planquer en attendant que l'orage passe. Et, si possible, éliminer Dolorès. Lambros appréciait le Suisse pour ses qualités professionnelles. Pas un « idiot utile », mais un bon mercenaire.

— Donne-lui de l'argent, conseilla-t-il à Sadarnapoulos. Est-ce qu'il peut remonter jusqu'à toi ?

— Il connaît des trucs, des téléphones, mon signalement. Mais cela n'est pas dramatique.

Sadarnapoulos avait été arrêté à de nombreuses reprises, battu, torturé, menacé, emprisonné. C'était un dur, en dépit de son apparence fragile, presque malingre. En prison, en dépit de sa petite taille, il s'était fait respecter par des caïds pesant deux fois son poids. Lambros le savait.

— Dolorès connaît la rue Damareos ? demanda Lambros.

Une planque encore ignorée de la police, dans le quartier de Pangrati, qui n'était connue que de Bruno Becker et de Sadarnapoulos. Là, il y avait encore des armes, de l'explosif, une machine à écrire, des faux papiers. C'est Bruno Becker sous sa fausse identité qui payait le loyer.

— Non, affirma Sadarnapoulos.

— Alors, tout va bien. À bientôt.

Sadarnapoulos ressortit le premier des toilettes. Lambros traîna encore un peu dans le magasin et acheta un disque de musique grecque pour sa femme. Dieu merci, son visage n'était pas connu du grand public, en dépit de son immense fortune. Il ne s'était jamais mis en avant, ni dans la politique – où il avait été l'éminence grise d'Andréas Papandréou – ni dans les affaires. Il ne donnait pas de fêtes, ne menait pas de liaison tapageuse et passait ses vacances chez lui.

Très peu de gens connaissaient son passé trotskiste. Et, en Grèce, ce n'était pas un crime. On savait qu'il était lié au Pasok et qu'il faisait des affaires, mais il n'était pas le seul. D'ailleurs, son nom n'apparaissait jamais nulle part et il fuyait les photographes.

Il remonta dans sa Fiat blanche, l'âme en paix.

*
* *

Dolorès Ribeiro picorait les pommes de terre accompagnant son rôti de porc, qui semblait avoir été cuit à l'huile de vidange. Malko et elle s'étaient installés dans un restaurant en plein air, juste au-dessus de la place Exarchia. La cuisine était lourde et graisseuse, mais cela ne semblait pas déranger Dolorès Ribeiro qui avait à peine mangé. Depuis qu'ils avaient quitté l'appartement de Bruno Becker, ils avaient erré dans le quartier, s'arrêtant dans deux cafés différents. Dolorès était à la recherche de son dealer et avait engagé des conversations mystérieuses avec des gens bizarres, qui la renvoyaient de l'un à l'autre comme un punching-ball. L'entretien le plus long avait été avec un groupe d'Albanais qui vendaient de fausses montres Cartier place Exarchion. Toute à sa vengeance, Dolorès semblait avoir totalement oublié qu'elle se trouvait en compagnie d'un ennemi de classe appartenant de surcroît à une organisation contre laquelle elle et ses amis luttaient depuis un quart de siècle. Elle avala son café d'un trait et laissa tomber :

— Normalement, on doit me dire dans une demi-heure où le type du squat vient se ravitailler. On ira avec lui et j'exploserai la tête de ce *maricon*.

— Comment vous a-t-il rejoint ? demanda Malko.

— Depuis les années quatre-vingt-dix, il venait souvent en Grèce, dans les îles. Et puis, avec sa copine ils ont acheté un ancien moulin à huile, à Perdika, dans le Nord de la Grèce. C'est là qu'il a connu Iraklis Kostaris, un des nôtres. On savait qui il était et on le respectait, mais lui ne savait rien de nous. En 1995, il a décidé de quitter la Grèce avec sa copine pour s'installer en Italie. Mais il a eu un problème : les Italiens n'en ont pas voulu et l'ont refoulé. Il a compris qu'il ne pourrait pas mener une vie normale en Europe. Il est revenu en Grèce, sans papiers et seul. C'est là qu'il a demandé à Iraklis de l'aider. Celui-ci lui a fourni des faux papiers et lui a conseillé de venir vivre à Athènes. C'est Panos qui l'a réceptionné. Je ne connais pas tous les détails, mais je sais qu'il l'a présenté à Sadarnapoulos. Ensuite, de temps en temps, il a participé à des actions, ce qui lui a permis de vivre. Il a trouvé une nouvelle copine et lui a fait un enfant... C'est un bon professionnel. Il nous a appris à nous servir d'un lance-roquettes, d'explosifs.

Dolorès continuait à utiliser le mot « action » pour attentat.

— Qui lui a donné l'ordre de me tuer ? demanda Malko.

— Sadarnapoulos, je pense. Il est venu me trouver pour me demander de conduire une moto pour exécuter une « cible », un agent américain. Les repérages avaient été faits.

— Par qui ?

— Je ne sais pas. Il avait son équipe à lui.

— Ceux qui l'accompagnaient à l'hôpital Evangelistos ?

— Probablement.

Donc, il restait un commando en liberté sous le contrôle du mystérieux Sadarnapoulos. Et donc de Lambros. Dolorès Ribeiro alluma une cigarette avec un vieux Zippo tiré de son jean et souffla lentement la fumée. En dépit de ses convictions d'extrême-gauche, elle utilisait le briquet des G.I.

— Je vais tuer ce fils de pute ! dit-elle d'une voix posée. C'est un salaud de mercenaire. Aller flinguer son copain sur son lit d'hôpital !

— Il obéissait aux ordres de Lambros ou de Sadarnapoulos.

Dolorès, après quelques bouffées, écrasa son mégot dans le cendrier avec rage. Comme si c'était la tête de ses ennemis.

— Si c'est vrai, je les flinguerai aussi.

— Avant, il faut les trouver, remarqua Malko, cherchant une ouverture.

Ce ne serait pas malhabile de faire liquider Lambros par un membre du 17 Novembre. Mais il n'en était pas encore là.

Dolorès haussa les épaules, et lâcha, méprisante :

— Votre CIA doit bien pouvoir y arriver.

Elle jeta un coup d'œil à sa montre.

— Vous m'attendez ici, dit-elle, je vais aller me renseigner pour le dealer.

Elle était déjà debout, décidée comme toujours. Qui pouvait penser à une terroriste en voyant cette jolie femme sportive au regard dur, mais à la bouche épaisse et sensuelle ?

— Je ne peux pas venir avec vous ? demanda Malko.

— Non, dit-elle d'un ton sans réplique.

— Vous allez vraiment revenir ?

— Oui. Et avant de lui exploser la tête, je ferai avouer à ce salaud qui lui a dit de tuer Panos.

Il la regarda descendre vers la place Exarchion de son pas énergique et disparaître. La journée avait passé en un éclair. Il avait l'impression de se trouver dans un kayak entraîné dans des rapides avec, au bout, les Victoria Falls. Comment arriver à sauver la vie de Bruno Becker sans être obligé d'éliminer Dolorès ?

*
* *

Installé sur un balcon dominant la rue Akadimias, Bruno Becker fumait un pétard de *shit* en compagnie de deux autres occupants du squat. Ce n'était pas la première fois qu'il s'y réfugiait. Après chaque « action », il venait y passer deux ou trois jours. Par précaution, il ne revenait chez lui que le danger potentiel passé. Comme il avait de l'argent, les habitants du squat l'accueillaient à bras ouverts. Il payait son séjour en drogue, le seul produit qu'ils ne puissent pas voler. Quant à lui, cela ne le dérangeait pas de coucher quelques jours sur un matelas plein de vermine posé à terre, dans une pièce crasseuse. Seulement, cette fois, il ne pouvait pas rester longtemps. Dolorès risquait de le balancer aux flics. Il se méfiait d'elle comme d'un serpent à sonnette. Il savait qu'elle était folle de Panos, son « homme ». Or, maintenant qu'elle connaissait son rôle dans son élimination, elle ferait tout pour se venger.

Avec ses faux papiers, Bruno Becker pouvait quitter la Grèce, mais pour aller où ? À Athènes, il gagnait sa vie comme tueur à gages, avait fondé une famille et vivait pas trop mal. L'Europe, désormais, représentait un monde inconnu et dangereux. Tous ses anciens amis étaient morts ou en prison. Comme Weinrich, incarcéré en Allemagne et Carlos en France. Il n'y avait plus de groupe d'extrême gauche susceptible de l'accueillir. L'ETA ou l'IRA ne voudraient pas de lui, ou alors ponctuellement. Il était donc obligé de rester à Athènes. Certes, il avait encore la clef d'une planque louée à son nom d'emprunt. Il pourrait y vivre un certain temps et prendre des dispositions pour liquider Dolorès. Ensuite, il serait tranquille. Sadarnapoulos lui avait promis que les « actions » reprendraient après les Jeux Olympiques et qu'il aurait du travail. Parlant grec comme un Grec, il se fondait n'importe où sans problème.

— Hello !

Il leva les yeux. C'était Ornella, une gentille petite pute albanaise, camée jusqu'aux yeux, qui vivait dans le squat quand elle n'avait pas d'argent pour se payer l'hôtel. Des cheveux très noirs rejetés en arrière, un joli visage triangulaire, une petite bouche très élastique et une infinie bonne volonté pour satisfaire ses clients. Elle vint s'asseoir sur les genoux de Bruno et lui glissa une langue pointue dans l'oreille.

— Tu n'as pas un peu de *shit* ? demanda-t-elle gentiment.

— Tout à l'heure, fit Bruno, j'ai envoyé Stellios en chercher.

Stellios était celui qui avait le contact avec les dealers de l'extérieur. Becker soupesa un sein siliconé à travers la longue robe noire et demanda :

— Tu as de l'argent ?

Ornella sourit et entrouvrit ses lèvres roses, agitant sa langue dans une mimique très significative.

— J'ai ça.

De l'avis général, c'était la reine de la fellation, du Pirée à Glifada. Capable, en dépit de sa petite bouche, d'accommoder deux membres à la fois. Bruno y avait souvent goûté sans jamais aller plus loin, par crainte du sida, bien qu'elle jure sur la tête de différents saints peu connus être saine. Pourtant, il aurait bien troué son petit cul rond et ferme. Devinant à quoi il pensait, Ornella bougea sur ses genoux, pour masser son sexe coincé dans le jean, et Bruno Becker sentit son ventre s'enflammer. Cette petite salope savait parler aux hommes.

Il la repoussa et se mit debout.
— Viens.

Ornella fronça les sourcils.

— Tu vas m'en donner quand même, après ?

Bruno n'avait pas vraiment la réputation d'un gentleman... Il lui flatta la croupe, la poussant hors du balcon.

— Je t'en donnerai ! promit-il.

Elle le suivit jusqu'au troisième étage, le long d'un couloir sombre aux murs couverts de graffitis. Cela sentait l'oignon, la crasse, l'urine et la *féta*. Par l'entrebâillement d'une porte, il aperçurent une fille en train de faire la cuisine sur un réchaud, à la lueur d'une ampoule jaunâtre. Il poussa la dernière porte. Sa « chambre ». Un sac dans un coin, des clous dans les murs pour les vêtements, un poster de Che Guevara, des affiches appelant à des manifestations et un matelas par terre.

Bruno Becker s'y laissa tomber, le dos appuyé au mur, et défit la ceinture de son pantalon, faisant glisser sur le matelas un Sig autrichien automatique 9 mm, son arme favorite. Ornella le prit délicatement par le canon et le posa par terre. Dans le squat, on ne posait pas de questions. Bruno Becker avait déjà descendu son caleçon, révélant un sexe fripé mais important.

— Si tu ne m'envoies pas au ciel, jura-t-il, tu n'auras pas de *shit*. Et te presse pas, on a tout le temps.

— O.K., fit Ornella. Attends-moi, je reviens.

Elle s'esquiva et réapparut quelques minutes plus tard avec un bol plein de glaçons qu'elle posa à côté du matelas. Agenouillée entre ses jambes, la petite pute albanaise, en bonne ouvrière, commença à le masturber afin de lui donner une certaine consistance. Ensuite, elle le prit dans sa bouche. Bruno Becker ferma les yeux. C'est vrai qu'elle suçait bien, cette petite salope. Avec un mouvement régulier et lent, un ballet de la langue bien maîtrisé. Il se laissa aller. Ne voulant plus penser à l'avenir.

*
* *

Dolorès resurgit comme elle était partie, alors que Malko commençait à s'inquiéter sérieusement. Elle était partie depuis plus d'une heure. Sans même s'asseoir, elle lui lança :

— *¡Vámos!*

Il avait déjà payé et la suivit. Ils longèrent la place Exarchion, suivirent une rue puis tournèrent à gauche dans la rue Kossitsa, une voie étroite, mal éclairée. Dolorès s'arrêta devant le numéro 30, une maison à moitié détruite, visiblement abandonnée, aux murs lépreux.

— C'est là, dit-elle.

Elle poussa un des battants de la porte marron qui s'ouvrit en grinçant, découvrant des murs effondrés et un jardin où s'entassaient des débris de toutes sortes, au milieu d'une végétation envahissante. La luminosité du ciel leur permit d'apercevoir deux hommes en train de discuter dans un coin. Dolorès sortit son P. 38 et s'avança vers eux.

— Lequel est Stellios ? lança-t-elle.

Un des deux garçons s'écarta et bredouilla.

— C'est... c'est moi. Qui tu es, toi ?

— Ta gueule, fit Dolorès. Tu as la came ?

L'autre homme, figé, n'avait pas dit un mot. Plus vieux, barbu, mal habillé. Un Kosovar ou un Albanais.

— Tu es police ? demanda-t-il en mauvais grec.

— Non, fit Dolorès. Vous avez dealé ?

— On allait...

— Paie-le, lança-t-elle à Stellios, un jeune homme aux cheveux longs crasseux, en veste de cuir malgré la chaleur.

Subjugué, Stellios fourra une poignée de billets dans la main du dealer. Celui-ci les compta rapidement et les enfouit dans sa poche, demandant ensuite à Dolorès :

— *I can go ?*

— Tire-toi, fit-elle.

Il fila sans demander son reste. Dolorès Ribeiro s'approcha de Stellios et posa le canon du P. 38 sur son front. Terrifié, il recula jusqu'au mur et balbutia :

— Tu veux la came ?

— Non. Je veux revenir avec toi au squat. Que tu me

fasses entrer. Tu as la clef du cadenas?
— Oui. Tu la veux?
— Non. Tu connais Dimitri?
— Oui.
— Il est là?
— Oui.
— Comment le sais-tu?
— C'est lui qui m'a donné le blé pour acheter la came.
— Bien. Tu sais où il couche?
— Oui.
— On va entrer avec toi et tu vas nous guider jusqu'à sa chambre. Et après, tu iras fumer le *shit*. Dimitri n'en aura plus besoin... *Vámos*.

Elle l'arracha du mur, remit son arme dans sa ceinture et le suivit hors de la maison en ruines, Malko sur ses talons. Il n'avait pas compris les mots, mais le sens de la démarche était clair. Dolorès Ribeiro allait tenir sa promesse : abattre Bruno Becker, le seul lien avec Lambros.

Tout en la suivant, il se demandait comment il allait l'en empêcher, sans prendre lui-même une balle dans la tête.

CHAPITRE XII

— Putain que c'est bon ! Putain que c'est bon ! répétait comme une litanie Bruno Becker dans sa langue natale, le français.

Il ne savait plus où donner de la main. Tantôt il pétrissait à travers la robe de viscose noire les gros seins siliconés d'Ornella, ce qui ajoutait à son excitation, tantôt il appuyait sur sa nuque afin d'enfoncer toute la longueur de son membre dans la bouche de la jeune pute albanaise. Jusqu'à heurter sa glotte. Infatigable, Ornella continuait son sacerdoce, un ou deux glaçons dans la bouche pour prolonger le plaisir de son client. Sa spécialité. Le contraste entre la chaleur de sa bouche et le froid des glaçons faisait grimper ses clients au mur.

Elle libéra sa bouche quelques secondes pour demander, pleine de docilité :

— Tu veux venir maintenant ?

— Encore un glaçon, réclama Bruno Becker, après j'explose.

L'Albanaise prit le dernier glaçon dans le bol posé près du matelas, le mit dans sa bouche et replongea sur le sexe dressé. Bruno Becker poussa un gémissement de satisfaction. Le chaud-froid érotique procurait vraiment des sensations fabuleuses. Ornella méritait le Nobel de la fellation. La sensation de froid retardait son orgasme, mais le dernier glaçon fondu, il allait exploser comme une chaudière. Il en avait déjà des frissons. Quelle bonne petite pute ! Elle avait bien mérité son *shit*.

*
* *

Dolorès Ribeiro escortant Stellios, ils arrivèrent devant une des grilles de l'immeuble squatté. Un bâtiment ancien de trois étages, ocre avec des volets marron à l'ancienne, plusieurs balcons et une grille assez haute donnant sur un jardin. La plupart des volets étaient fermés et une immense banderole jaune accrochée à un balcon du troisième étage flottait au vent, portant en lettres rouges : « Athènes. Business 2004. No Pasaran. ».

Stellios sortit une clef de sa poche mais ses mains tremblaient tellement qu'il n'arrivait pas à la glisser dans la serrure du cadenas fermant la chaîne qui condamnait la grille. Dolorès la lui arracha des mains et ouvrit le cadenas, jetant la chaîne à terre, gardant la clef.

— Maintenant, tu nous conduis chez ce fils de pute, ordonna-t-elle. Et ne déconne pas. Si tu cries ou quoi que ce soit, je t'explose ta vilaine tête de singe.

La porte de l'immeuble n'était pas fermée, l'odeur à l'intérieur était épouvantable. Quelques ampoules jaunâtres brillaient çà et là. Une ambiance crépusculaire. L'immeuble semblait désert, les squateurs passant le plus clair de leur temps à dormir ou à boire. Stellios s'engagea dans l'escalier et ils montèrent les trois étages dans la pénombre et en silence. Arrivés au début d'un long couloir, Malko sentit son pouls s'accélérer. Dans l'état où elle était, il était impossible de raisonner Dolorès. Il la laissa passer devant et fit discrètement glisser son Beretta 92 sous la boucle de sa ceinture. Cependant, à part tirer une balle dans le dos de Dolorès Ribeiro, il ne pouvait pas faire grand-chose... Stellios s'était arrêté devant la dernière porte du couloir, à gauche.

— C'est là ? souffla Dolorès.
— Oui.
— Ouvre !

Au moment où Stellios posait la main sur la poignée de la porte, une série de cris étranglés, saccadés, brisa le silence.

*
* *

La main crispée dans les cheveux d'Ornella, Bruno Becker achevait de se vider dans sa bouche. Tétanisé de plaisir. Il avait l'impression d'avoir le sexe à vif. Ornella, agenouillée face à lui, se redressa, une fierté légitime illuminant ses yeux noirs.

— Tu es bien venu ! remarqua-t-elle, ravie.

Bruno Becker n'eut pas le temps de répondre. La porte s'ouvrit violemment, claquant contre le mur. Une coulée glaciale fila le long de sa colonne vertébrale. Une silhouette se découpait dans la porte. Ce n'était pas Stellios, mais une femme.

Dolorès Ribeiro.

Celle-ci, le bras tendu, visait Bruno Becker avec un pistolet. Seulement, entre lui et le canon du P. 38, il y avait Ornella, figée de terreur. Dolorès Ribeiro, même au comble de la fureur, conservait le sens de la justice. Cette fille ne lui avait rien fait. Au lieu de tirer, elle hurla :

— Tire-toi, pétasse !

Elle ignorait qui était Ornella, mais la position des deux corps laissait peu de place au doute.

Le pouls à 150, la tête vide, Bruno Becker, d'un geste mécanique, allongea la main et s'empara de son Sig. Il laissait toujours une cartouche dans la chambre et la sûreté enlevée. Sans viser, il appuya sur la détente, sentant l'arme tressauter dans sa main. Il vit la silhouette de Dolorès d'abord vaciller, puis s'effondrer tandis qu'à son tour elle appuyait sur la détente du P. 38. Les balles s'enfoncèrent dans le plafond et elle s'écroula sur le plancher de la chambre.

D'un bond, Bruno Becker fut debout, se rajusta en un clin d'œil. Ornella, tremblante, contemplait la scène sans oser bouger. Au moment où le terroriste suisse allait glisser son arme dans sa ceinture, une seconde silhouette se matérialisa dans la porte. Malgré la pénombre, il distingua un homme de haute taille qui braquait un pistolet dans sa direction.

— Ne bougez pas, Bruno ! lança l'inconnu.

Le ton était très différent de celui de Dolorès. Celui-là n'était pas un fou furieux. Au lieu d'obéir, Bruno Becker, de la main gauche, attira Ornella contre lui, s'en servant comme d'un bouclier humain, et brandit son arme de la droite.

— Laissez-moi passer ! hurla-t-il, ou je la flingue !

Il avait appuyé le canon du Sig sur la tempe d'Ornella qu'il poussa devant lui.

Malko, le doigt crispé sur la détente du Beretta 92, chercha un angle pour tirer, blesser Bruno Becker. Il ne voulait surtout pas le tuer, et encore moins tuer la femme qu'il tenait devant lui. Exposé comme il l'était, c'était le terroriste suisse qui pouvait l'abattre. Mais celui-ci préféra se servir de son otage. Malko dut reculer, devant les yeux écarquillés de terreur de la jeune femme brune. Sans décoller son arme de sa tempe, Bruno Becker passa devant lui, puis s'éloigna dans le couloir, à reculons, Ornella toujours collée à lui.

Comme Malko avançait, il hurla de nouveau :

— Ne bougez pas ou je la flingue !

Malko s'arrêta. Des portes s'ouvraient sur des têtes effrayées. Les coups de feu avaient alerté tout le squat. Arrivé à l'escalier, Bruno Becker plongea dedans, projetant Ornella devant lui. La jeune femme s'étala dans le couloir, gênant la progression de Malko. Celui-ci aperçut dans la pénombre le terroriste sauter les marches quatre à quatre, bousculant ceux qu'il croisait. Il aurait pu l'abattre, mais à quoi bon ? Mort, Becker ne lui était d'aucune utilité. Il le poursuivit jusqu'au rez-de-chaussée, mais quand il parvint dans la rue, Bruno Becker n'était plus qu'une silhouette qui disparut au premier coin. Toutes les fenêtres du squat étaient en train de s'allumer. Il pensa remonter pour s'inquiéter du sort de Dolorès, mais atteinte de plusieurs projectiles à bout portant, elle ne pouvait pas avoir survécu.

Il s'éloigna, un goût de cendres dans la bouche. Dolorès Ribeiro ne pourrait plus l'aider et ne vengerait jamais son amant bien-aimé. Quant à Bruno Becker, il était dans la nature et Malko n'avait aucune idée de l'endroit où le récupérer car il n'allait sûrement pas retourner chez sa copine. Son enquête était de nouveau au point mort. Depuis la fin officielle de l'organisation du 17 Novembre, trois personnes étaient mortes. Et Lambros courait toujours.

*
* *

Bruno Becker était allé à pied jusqu'à la planque de la rue Damareos. Se retournant tous les dix mètres. Ce n'est que dans l'appartement poussiéreux qu'il se laissa tomber sur le lit, laissant les battements de son cœur se calmer. Sans Ornella, il serait mort. Au moins, désormais, il était tranquille. Les gens du squat ne pourraient pas dire grand-chose à la police. Ils ne le connaissaient que sous son pseudo, Dimitri. Par contre, quelque chose l'inquiétait : l'homme qui était avec Dolorès l'avait appelé par son vrai nom. Donc, elle avait parlé. Il n'en revenait pas. C'était l'homme qu'il avait été chargé d'abattre, un agent de la CIA ! Comment une fille comme Dolorès avait-elle pu coopérer avec lui ? Il ne voyait qu'une explication : les photos de l'hôpital, qui ne pouvaient venir que d'un service officiel.

Un peu calmé, il alla au réfrigérateur et y prit un morceau de *féta*, dur comme du bois. Ensuite, il mit un chargeur neuf dans le Sig et s'allongea, après avoir laissé la clef dans la serrure. De nouveau, il était en cavale. Il ne lui restait qu'un lien sûr avec l'extérieur : Sadarnapoulos. Son donneur d'ordre. Pourvu qu'il ne le laisse pas tomber.

*
* *

Tous les quotidiens du matin étaient étalés sur le bureau de John Hill. L'incident du squat faisait la une de tous les journaux. Avec des photos du cadavre de Dolorès Ribeiro, serrant encore son P. 38, les yeux ouverts, couverte de sang. Malko découvrit le nom de la femme qui avait involontairement sauvé Bruno Becker. Une Albanaise nommée Ornella Toptani. Une prostituée droguée. Son récit tenait presque une page. Il prit la version anglaise de *Kathimerini*. La police grecque concluait à un règlement de comptes entre terroristes, à cause de la personnalité de Dolorès Ribeiro. Mais personne ne semblait connaître l'identité véritable de Bruno Becker. Ses copains du squat ne le connaissaient que sous le nom de Dimitri. Ils le croyaient grec. Quant à Malko, le signalement donné de lui par Ornella Toptani et Stellios était tellement vague qu'il ne risquait pas d'être reconnu. Bref, la police n'avait rien compris à ce règlement de comptes, sauf que Dolorès était déchaînée, d'après Stellios. Dans un encadré, un député de la Nouvelle Démocratie interrogé conseillait aux autorités de la ville de faire évacuer le squat afin d'éviter de nouveaux incidents.

Malko reposa le quotidien.

— Vous ignoriez la présence de Bruno Becker en Grèce?

— Oui, avoua le chef de station. Il avait disparu depuis sept ans, d'après les Services européens.

Malko étouffa un bâillement. Il avait mal dormi, ayant l'impression d'avoir vécu dix ans entre le moment où il était sorti de chez le pope Gavras avec Martha Adonis et celui où il s'était retrouvé sur le trottoir du squat, Dolorès Ribeiro morte et Bruno Becker en cavale. La veille au soir, il avait juste pris le temps de mettre Martha Adonis au courant. Ils avaient rendez-vous à dix heures place Exarchion pour aller chez Bruno Becker. Même s'il n'était pas revenu chez lui, sa compagne aurait peut-être des informations.

— On se retrouve pour déjeuner chez *Diogène*, dit Malko à John Hill.

*
* *

Martha Adonis attendait sur le trottoir, au coin de la place Exarchion et de la rue Solomou. À peine Malko fut-il sorti de sa voiture qu'elle s'approcha et l'étreignit.

— Quand j'ai vu le cadavre de Dolorès Ribeiro à la télé, j'ai eu horriblement peur, fit-elle. Que s'est-il passé ?

Malko le lui expliqua tandis qu'ils se dirigeaient vers le domicile de Bruno Becker. Martha Adonis lui prit le bras.

— Je n'arrive plus à me concentrer sur mes leçons, dit-elle. J'ai l'impression d'avoir changé de planète. J'ai lu tout ce que j'ai trouvé sur le 17 Novembre. Avant, ça ne m'intéressait pas...

— Tu n'as pas changé de planète, corrigea Malko, mais tu as pénétré dans un univers fermé à la plupart des gens. À tes risques et périls. Hier, Bruno Becker aurait pu m'abattre...

Ils étaient arrivés devant l'immeuble où il était venu la veille avec Dolorès. Martha demanda tout à coup :

— Tu n'as pas prévenu la police ?

— Pourquoi faire ?

Elle lui jeta un regard effrayé.

— Ce Bruno Becker est dangereux. Il a tué Dolorès hier. Il pourrait...

— Il est en cavale, dit Malko. Je voudrais faire un deal avec lui.

— Un deal ! fit Martha, horrifiée. Mais c'est un criminel. Il faut le faire arrêter, il a tué cette femme...

Malko eut un sourire indulgent.

— Tu n'as pas encore changé complètement de planète. Dolorès Ribeiro était bien décidée à le tuer... C'était presque de la légitime défense. Elle aussi était une criminelle. Et, de toute façon, je ne suis pas à Athènes pour rendre la justice, mais pour remonter jusqu'au responsable de cette organisation. Et je dois m'appuyer sur ce que je trouve, même si ce n'est pas moral à tes yeux.

Ils montèrent au troisième. Par chance, il n'y avait pas

d'interphone. Malko sonna à la porte où il avait été la veille. Une carte punaisée dessus indiquait: Maria Bassiokis. Bruno Becker ne devait apparaître nulle part.

La porte s'entrouvrit. En reconnaissant Malko, la compagne de Bruno Becker voulut refermer, mais il glissa son pied dans l'entrebâillement pour l'en empêcher et, finalement, elle le laissa entrer. À l'expression arrogante de la Grecque, Malko fut immédiatement sûr qu'elle avait eu des nouvelles de son amant. Rien à voir avec les pleurnicheries de la veille.

— Demandez-lui si elle sait où est Becker, demanda Malko.

Martha Adonis posa la question, s'attirant une réponse sèche.

— Elle n'a rien à vous dire, elle ne l'a pas revu depuis hier. Il n'a sûrement pas tué cette folle de Dolorès.

— Expliquez-lui que c'est un dangereux terroriste, répliqua Malko. Qu'il a déjà tué et fait de la prison.

Martha traduisit et Maria Bassiokis se referma encore plus. Malko comprit qu'elle ne parlerait pas et se contenta de lui donner une carte avec ses numéros de téléphone.

— Dites-lui que je ne travaille pas pour la police grecque, dit-il, et que son ami pourra peut-être avoir besoin de moi. Il possède des informations dont j'ai besoin et, éventuellement, je pourrais l'aider.

Maria Bassiokis écouta sans un mot, le visage fermé. Bien endoctrinée. La police n'était même pas venue la voir. Donc, Bruno Becker n'était pas identifié.

Ils se retrouvèrent place Exarchion. Martha Adonis, perturbée, secoua la tête.

— Quel univers! Tout cela me fait horriblement peur. J'aurais pu te voir mort à la télé.

— Effectivement, mais il ne faut pas penser à cela, dit Malko. Je suis vivant et je vais t'acheter ton scooter.

— Non, fit-elle. Je veux faire autre chose, mais je n'ai pas beaucoup de temps, j'ai une leçon tout à l'heure. Viens.

— Où allons-nous? demanda-t-il quand ils furent dans la voiture.

— Chez moi, dit Martha. Elle se pencha et murmura à son oreille : J'ai très envie de faire l'amour.

C'était dit avec une telle sincérité, une telle passion rentrée qu'il sentit son ventre s'enflammer. Martha demeura silencieuse jusqu'au moment où il se garèrent tout près de chez elle. Malko la suivit. Elle ouvrit la porte de son petit appartement, se retourna et se colla à lui.

— Vite, dit-elle, j'ai un élève qui va venir.

Ils n'allèrent pas jusqu'au lit. C'est par terre, sur un tapis, qu'il s'enfonça en elle, sans même l'avoir déshabillée. Elle était ouverte, inondée, brûlante. Malko eut à peine le temps de la prendre qu'elle jouit avec une secousse de tout le corps, demeurant ensuite nouée à lui. Elle l'embrassa et dit simplement :

— Je n'avais jamais eu autant envie de faire l'amour.

Ils se relevèrent. C'était une parenthèse magique. Quand Malko se retrouva rue Perikleous, il se dit qu'il allait regretter de quitter Athènes. Pourtant, il ne voyait pas ce qu'il pourrait y faire de plus. Bruno Becker disparu, il ne lui restait aucun fil à tirer. John Hill allait en être malade, mais son enquête était définitivement dans l'impasse. Il devait retrouver le chef de station de la CIA dans son restaurant favori, *Diogène*, dans Plaka. Pour un ultime point. Ça n'allait pas être gai.

*
* *

John Hill vida d'un coup ce qui restait de son Defender et martela à l'intention de Malko :

— Vous ne pouvez pas lâcher cette affaire. Il faut débusquer Lambros. Vous savez l'importance qu'attache Washington en ce moment à tout ce qui concerne le terrorisme. Ces salauds du 17 Novembre nous ont tué, en plus de Richard Welsh, le capitaine de vaisseau George Tsantés et son chauffeur, l'attaché de défense William Nordeen, un officier de l'OTAN, Ronald Stewart... Sans parler d'une demi-douzaine de blessés, et des attentats à la bombe contre des businessmen américains établis en Grèce. Alors, à défaut de retrouver Bin Laden, si on pouvait « taper » Lambros, cela remonterait le moral de la Maison-Blanche.

— Je sais, reconnut Malko, mais nous sommes dans une impasse. Le 17 Novembre dispose toujours d'un réseau d'informateurs et de protecteurs qui lui donne un coup d'avance. C'est incroyable de penser qu'un homme comme Stavropoulos, dont on connaissait le nom, ait pu vivre à Athènes sous une fausse identité, fréquenter les réceptions d'ambassades, avoir des amis, acheter une maison, un appartement, sans que personne ne se pose de questions.

Un ange passa, dégoûté, et s'enfuit à tire-d'aile.

— Alors, que suggérez-vous, à part reprendre l'avion ?

Malko regarda son éternelle salade de féta et de tomates.

— Je pense que nous n'arriverons à rien en essayant de remonter l'échelon inférieur du 17 Novembre. Dès que nous approchons d'un témoin possible, ils le suppriment. Désormais, nous savons que le 17 Novembre dispose encore d'une équipe de tueurs. Ce Bruno Becker peut nous échapper des mois ou des années. Lui aussi, terroriste connu, déjà condamné, a vécu paisiblement en Grèce pendant des années sous une fausse identité, sans être inquiété. Ce pays est une passoire. La seule qui aurait pu nous faire pénétrer dans les arcanes de l'organisation, Dolorès Ribeiro, n'est plus là. De Sadarnapoulos, nous n'avons que son pseudo. Qui n'apparaît nulle part dans le dossier d'instruction. Comme s'il n'existait pas. Or, c'est lui qui m'a fait surveiller, a tenté de me faire tuer et a fait liquider Christos Morfi.

— Et alors ?

— J'ai remarqué une anomalie dans la liste des crimes du 17 Novembre, continua Malko. Jusqu'en 1988, les victimes correspondaient à l'idéologie d'extrême gauche de l'organisation : un membre de la CIA, des policiers tortionnaires, des militaires américains, un directeur de journal lié à la dictature des colonels. Et puis, le 2 mars 1988, c'est un industriel pas particulièrement en vue, Alekos Istrati, qui est « exécuté », avec une revendication assez floue. En rupture totale avec les meurtres des treize années précédentes.

— Qu'en concluez-vous ? demanda l'Américain.

Malko prit le temps de grignoter un peu de salade avant de répondre.

— Les précédentes victimes n'avaient aucun lien avec leurs assassins. Dans le cas d'Alekos Istrati, il y avait peut-être un lien indirect.

— Que voulez-vous dire ?

— Il est déjà arrivé, expliqua Malko, en Russie ou ailleurs, que des businessmen fassent appel à des tueurs à gages pour régler un problème financier. Ici, les tueurs pourraient être les gens du 17 Novembre...

John Hill demeura silencieux.

— Donc, vous adoptez ma théorie, fit-il enfin, le 17 Novembre n'aurait pas seulement obéi à des motifs idéologiques dans le choix de ses victimes.

— Ce ne serait pas la première fois qu'on constate une dérive similaire, souligna Malko. Carlos a commencé à commettre des actes terroristes politiques, au sein des mouvements terroristes palestiniens. Et puis, progressivement, il s'est mis à son compte. En 1975, il avait une « commande » de Saddam Hussein pour enlever des membres de l'Opep dans le cadre d'une manœuvre d'intimidation et il était payé par les Irakiens pour faire cela. Il était convenu qu'il se poserait, après son kidnapping, à Vienne puis à Alger pour y relâcher les otages et disparaître. Les Services algériens avaient donné leur feu vert, et cela se passa comme convenu. Seulement, ils ignoraient, comme tout le monde, que Carlos avait réclamé cinquante millions de dollars à l'Opep... Les Algériens, bien entendu, étaient furieux. Ils voulaient bien participer à une opération politique, pas à un racket. Après cela, Carlos a travaillé à la demande pour les Roumains, les Hongrois, les Syriens. Tout en prétendant lutter pour la cause palestinienne. Il est possible que le 17 Novembre ait connu la même dérive, ce qui expliquerait sa longévité. Ceux qui le protégeaient, de gauche comme de droite, y trouvaient un intérêt immédiat. Et pour donner le change, les membres du 17 Novembre continuaient leur croisade idéologique...

John Hill attendit que le garçon soit reparti après leur avoir apporté leurs spaghettis aux fruits de mer pour répondre.

— C'est séduisant, reconnut-il. Mais il faudrait le prouver. Comment ?

— En refaisant l'enquête sur le premier meurtre non politique. Il y a peut-être des indices qui ont été négligés par la police grecque. N'oubliez pas que les « Cousins » sont remontés jusqu'à Stavropoulos en utilisant des éléments qui dormaient dans les dossiers de la police grecque depuis des années... Avez-vous eu des contacts avec certaines des victimes « civiles » du 17 Novembre ?

— Moi, personnellement, non, avoua l'Américain, mais je vais regarder dans nos archives. Le FBI a enquêté sur chaque meurtre commis par le 17 Novembre, pour essayer de trouver un lien avec « nos » victimes. Il y en a sûrement des traces.

*
* *

Malko était en train de commander un superbe scooter BMW qui coûtait pratiquement le prix d'une Rolls quand son portable sonna.

— Vous avez rendez-vous ce soir pour dîner avec la veuve d'Alekos Istrati, annonça John Hill. Maria Istrati. Elle viendra vous chercher au *Saint-Georges* vers neuf heures.

L'Américain avait fait vite.

— Comment l'avez-vous retrouvée ? demanda Malko, quand même un peu étonné.

— J'ai repris le dossier du meurtre de son mari et j'ai

découvert que le COS¹ de l'époque avait été en contact avec son avocat, maître Aristote Epizelos. J'ai appelé ce dernier et lui ai expliqué qu'à la suite des arrestations des membres du 17 Novembre, nous reprenions certaines enquêtes. Du coup, il m'a confié que sa cliente avait des choses très intéressantes à dire. Seulement, la police grecque ne l'a jamais écoutée... Elle aurait même des soupçons précis.

Malko n'en croyait pas ses oreilles. Alors que son enquête semblait dans l'impasse, elle rebondissait. Maria Istrati allait-elle enfin le mener à Lambros ?

---

1. Chief of Station

CHAPITRE XIII

La veuve d'Alekos Istrati était absolument magnifique, sosie de l'actrice Sigourney Weaver, avec la même allure altière, une longue silhouette élancée et de superbes yeux gris. Après lui avoir baisé la main, Malko prit place à côté d'elle sur un canapé de cuir au fond du bar du *Saint-Georges*. À la table voisine, deux balèzes au crâne rasé, ses gardes du corps, des micros dans l'oreille, s'efforçaient de passer inaperçus. Elle était toujours à la tête d'une fortune considérable...

— Je suis heureuse de vous rencontrer, fit Maria Istrati d'une voix chantante. Même si cela doit raviver des souvenirs pénibles. Je ferais n'importe quoi pour que mon mari soit vengé. C'était un homme merveilleux, généreux, droit. *A wonderful human being*, ajouta-t-elle en anglais.

Malko ne lui demanda pas si elle était toujours amoureuse de lui et eut du mal à détourner les yeux de ses longues jambes gainées de bas gris foncé. La jupe de son tailleur avait remonté sur ses cuisses, en découvrant la plus grande partie. Le barman accourut, portant respectueusement une bouteille de Taittinger Comtes de Champagne rosé et remplit deux flûtes. Maria Istrati leva la sienne avec un sourire engageant

— À votre succès, j'espère.

Les bulles piquèrent agréablement le palais de Malko qui répondit aussitôt:

— Cela risque de dépendre de vous...

— En quoi puis-je vous aider? demanda Maria Istrati

en reposant sa flûte vide. Tout cela est si loin maintenant.

— Comment s'est déroulé le meurtre de votre mari ? demanda Malko.

Maria Istrati ne répondit pas immédiatement, mais fit un signe au barman qui se précipita avec la bouteille de Taittinger et remplit à nouveau sa flûte. Elle y trempa ses lèvres et commença :

— Ce jour-là, le 2 mars 1988, il est parti comme tous les jours vers huit heures, pour aller à son bureau. Nous habitions au nord d'Athènes, à Ekali. Il avait reçu des menaces et conduisait lui-même sa voiture. Dès qu'il a été parti, j'ai reçu un coup de téléphone anonyme, comme tous les jours depuis plusieurs semaines.

— Et cela ne vous a pas alertée ?

La veuve d'Alekos Istrati eut un sourire embarrassé et un peu pathétique.

— Mon mari avait beaucoup de succès avec les femmes. Je pensais que c'était une de ses anciennes maîtresses qui me faisait une sorte de guerre des nerfs. Une demi-heure plus tard, j'ai reçu un coup de téléphone de la police. Mon mari était à l'hôpital, il vivait encore mais il avait reçu plusieurs balles de gros calibre.

— Que s'était-il passé ?

— Il était arrêté à un feu rouge de l'avenue Kifissias dans Filothéi quand une moto a surgi. Il l'a vue et a essayé de saisir son pistolet, mais le tueur a été plus rapide. Il a tiré six fois sur mon mari et la moto a filé. Mon mari a perdu connaissance et percuté la voiture qui se trouvait devant lui.

— Il y avait des témoins ?

— Bien sûr. C'était même un médecin qui se trouvait dans la voiture qui le précédait ! Mais, terrifié, il s'est enfui sans même porter secours à mon mari. Les tueurs ont eu le temps de jeter une revendication sur son corps.

— Que disaient-ils ?

Elle eut un geste évasif.

— Oh, toujours la même chose. Ils parlaient de la lutte contre le grand capital qui écrasait le peuple.

— Rien de plus précis ?
— Non.

Maria Istrati baissa soudain les yeux sur sa montre, une ravissante Breitling Callistino au cadran de nacre orné de diamants.

— J'ai retenu dans une taverne de Plaka. Il faudrait y aller.

Elle se leva, imitée par les deux gorilles, des automates bien réglés. Debout, elle était encore plus séduisante avec son strict tailleur noir à la jupe au-dessus du genou. Une Mercedes 500 attendait dehors. Quand le chauffeur referma la portière, Malko, rien qu'au bruit, sut qu'elle était blindée... Les deux gorilles, eux, enfourchèrent des motos puissantes et le petit convoi dégringola les rues de Kolonaki, en direction de l'avenue Vassilissis Sofias.

— Où allons-nous ? demanda Malko.

— Dans un endroit où j'ai mes habitudes, dit Maria Istrati, près de l'Acropole.

Elle avait ouvert la veste de son tailleur, révélant un chemisier blanc tendu par une poitrine abondante. Vingt minutes après, la Mercedes se faufilait dans les petites rues de Plaka puis stoppa en face d'une vieille maison. Maria Istrati précéda Malko dans un escalier étroit qui débouchait sur une terrasse d'où on avait une vue magnifique sur l'Acropole, distant de moins d'un kilomètre. Elle prit dans un étui une cigarette que Malko alluma avec son Zippo armorié. Le patron, l'air d'un clown triste, affublé d'une énorme moustache, vint leur vanter le menu. Maria Istrati commanda rapidement puis fixa Malko, l'air grave.

— Qu'est-ce qui vous fait croire, après tant d'années, que vous pourriez retrouver les assassins de mon mari ? D'ailleurs, la police me dit qu'ils sont identifiés. Koufonidas, Stavropoulos et Tzortzatos. Plus, évidemment, les guetteurs et ceux qui ont préparé l'attentat. On a même retrouvé dans l'une de leurs planques l'arme avec laquelle il a été assassiné. Un Colt 45. Que pouvez-vous trouver de plus ?

— Avez-vous entendu parler d'un homme nommé Lambros ? demanda Malko.

— Lambros. Non, pourquoi?

— Pensez-vous que votre mari ait été assassiné pour des raisons idéologiques, comme représentant du grand capital?

— C'est ce que disait la revendication du 17 Novembre trouvée sur son corps, remarqua Maria Istrati.

— Mais vous, vous le croyez?

Elle détourna le regard, but un peu de vin blanc et dit:

— Je ne sais plus. Il y avait peut-être une autre raison.

— Laquelle?

On déposa les sempiternelles salades devant eux, mais Malko n'avait pas faim. Maria Istrati tira sur sa cigarette et répondit à voix basse:

— Ce que je vais vous dire, je ne l'ai confié qu'à mon avocat, parce que je n'avais pas de preuves. Et dès qu'on parlait du 17 Novembre, les gens fuyaient. Ils avaient peur. Toute la Grèce est persuadée que cette organisation a toujours été protégée par le Pasok, que ce soit vrai ou non. Or, le Pasok est au pouvoir quasiment depuis vingt ans et tire toutes les ficelles de la politique et des affaires.

— Votre avocat, Me Epizelos, n'appartient pas au Pasok?

— Non, bien sûr, fit-elle avec un sourire. Mais lui aussi est prudent. Aujourd'hui, il a repris le dossier, mais le juge ne lui dit pas tout. Tout le monde a encore peur.

— De Stavropoulos?

— Non, de ceux qui ont pu le protéger.

Elle se mit à manger lentement, délicatement, comme un chat, et Malko attendit un peu. La nuit était tiède, la vue magnifique, la nourriture correcte: cela aurait pu être un dîner d'amoureux, comme pour les convives des autres tables. Maria Istrati reposa sa fourchette et précisa:

— Mon mari était très naïf. Parmi les affaires qu'il possédait, il y avait Pyrkal, la plus importante fabrique d'armes et de munitions de Grèce. En 1982, il en avait été dépossédé par le Pasok, sans un sou d'indemnité. On lui avait même dit que s'il se battait, on lui prendrait tout ce qu'il avait. Andréas Papandréou et les siens, sous couvert de nationalisations, mettaient la main sur tout ce qu'ils pouvaient et y plaçaient leurs amis...

Malko se dit que les trotskistes avaient toujours eu le sens des affaires quand ils faisaient leur « coming out ».

— Et ensuite, que s'est-il passé ? demanda-t-il.

— L'usine avait été confiée à un ami de Papandréou. Alors qu'elle avait toujours gagné de l'argent, elle se mit à en perdre. Mon mari en était malade et ne comprenait pas. Pour lui prendre son usine, le gouvernement lui avait supprimé, du jour au lendemain, ses licences d'exportation. Il avait même été obligé de décharger un bateau de munitions prêt à partir. Mais ensuite, le Pasok avait rendu les licences à la nouvelle direction et la production se vendait très bien à l'étranger. Mon mari a donc fait procéder à une enquête discrète, grâce à d'anciens collaborateurs. Il a découvert que les dirigeants de l'usine et leurs amis politiques encaissaient de fantastiques « kick-back »[1] de clients sous embargo, grâce à de faux *end-users*[2] sur lesquels on fermait les yeux. Et aussi que l'usine achetait du matériel hors d'usage à prix d'or. Par exemple, un lot de pistolets-mitrailleurs Thomson invendables. Des millions de dollars partaient ainsi en fumée... Il a réuni un dossier accablant. Et un jour, il est allé trouver un très haut fonctionnaire du ministère de la Défense, avec ses preuves. Il l'a averti que si on ne lui rendait pas son usine, il avait assez de documents pour provoquer un gigantesque scandale.

— Et que s'est-il passé ? demanda Malko.

— Trois semaines plus tard, il était assassiné.

Maria Istrati se remit à manger. Des larmes perlaient à ses yeux et elle avait du mal à réprimer son émotion. Autour d'eux, les conversations futiles des autres tables créaient un contraste saisissant avec la gravité de ces révélations.

— Je suis désolé de vous torturer avec ça, s'excusa Malko. Vous en avez parlé avec votre avocat ?

— Bien sûr. Il m'a conseillé de me taire. Je n'avais aucune preuve et les gens en cause étaient toujours au pouvoir. Des proches d'Andréas Papandréou. Alors, je l'ai

---

1. Rétro-commissions.
2. Document certifiant le pays où les armes sont expédiées.

écouté. J'avais peur aussi de subir le même sort que mon mari. Le 17 Novembre semblait pouvoir frapper comme il voulait, qui il voulait. Cela a été vrai pendant plus d'un quart de siècle. Et aussi, j'ai deux filles, je ne voulais pas qu'il leur arrive quelque chose.

— Cela se passait il y a quatorze ans. Que sont devenus ces hommes politiques et ces hauts fonctionnaires ?

— Ils sont toujours là, dit-elle, riches et puissants. Personne ne les a jamais accusés de quoi que ce soit.

Parmi eux devait se trouver Lambros. Depuis le début de son enquête, c'était la première fois que Malko tombait sur une vérification tangible de sa théorie. Hélas, cela ne le menait pas à grand-chose. Devinant ses pensées, Maria Istrati remarqua avec tristesse :

— Vous êtes aussi impuissant que moi. Certains membres du 17 Novembre sont arrêtés. Ils vont être condamnés à la prison, mais cela ne me rendra pas mon mari. Vous ne pouvez pas attaquer en justice ceux que je soupçonne. Si j'avais des preuves, j'irais les tuer moi-même, mais je n'en ai aucune. Seule mon intime conviction... Voilà, j'aurais passé une excellente soirée avec vous, mais vous avez perdu votre temps. Qu'est-ce qui vous a fait penser qu'il y avait quelqu'un derrière Alexandros Stavropoulos ?

— D'abord le meurtre à l'hôpital Evangelistos de Panos Gavras. Ensuite, une surveillance dont j'ai fait l'objet, suivie d'une tentative de meurtre. Plus d'autres éléments. Pour résumer, j'ai découvert qu'il y avait encore au moins une cellule du 17 Novembre en activité. J'ai même identifié un de ses membres, un terroriste étranger connu. Et cette cellule continue à prendre ses ordres ailleurs qu'à la prison de Korydallos.

— Pourquoi m'avez-vous parlé de Lambros ?

Malko lui expliqua l'histoire du rapport établi par les services grecs du temps des colonels, confirmée par l'enquête des Britanniques expliquant que ce Lambros était le véritable fondateur de l'organisation du 17 Novembre. Seulement, on ne connaissait de lui que son pseudo trotskiste. Personne, à ce jour, n'avait pu mettre un visage sur Lambros.

— Je n'ai jamais entendu prononcer ce nom, répéta Maria Istrati, mais je suis certaine que le 17 Novembre avait des protecteurs politiques. N'oubliez pas que de nombreux membres du Pasok ont été trotskistes. Même si aujourd'hui, ils semblent parfaitement modérés.

Elle semblait bouleversée par leur conversation. Sans même prendre de dessert, elle appela le patron moustachu et lui dit quelques mots. Il revint, portant cérémonieusement une bouteille de cognac Otard XO dont il remplit deux verres. Offerts par la maison... Malko était à la fois satisfait et déçu. Sa nouvelle piste, même si elle le confortait intellectuellement, le laissait sur sa faim. Impossible de mener une enquête sur le passé des hommes politiques grecs... Maria Istrati l'arracha à ses pensées.

— Si vous trouvez ce Lambros, dit-elle à mi-voix, je vous en serai reconnaissante toute ma vie.

Quand ils partirent, on n'apporta pas d'addition. Malko voulut payer mais le patron, par signes, lui fit comprendre qu'il n'en était pas question. Les deux gorilles étaient déjà dans l'escalier. Ils se retrouvèrent dans la Mercedes qui redescendit vers le centre d'Athènes. Tandis qu'elle se traînait dans les rues étroites de Plaka, Maria Istrati remarqua :

— J'espère que vous retrouverez les assassins de mon mari. Vous êtes mon dernier espoir, car je n'ai aucune confiance dans la justice de mon pays.

Dans un virage en épingle à cheveux, elle fut précipitée contre Malko. Leurs visages s'effleurèrent et il sentit contre son bras la masse tiède d'un sein. Maria Istrati demeura contre lui les quelques secondes qu'il fallait pour le troubler. Un contact agréable, tiède et fugitif. Puis, elle se redressa en disant « pardon ». La voiture escaladait maintenant la colline de Kolonaki. Malko fut déçu d'arriver au *Saint-Georges*. Le chauffeur s'arrêta devant l'entrée.

— Vous voulez prendre un verre à l'hôtel ? proposa Malko.

Maria Istrati s'excusa avec un sourire.

— Non, merci, remuer tous ces souvenirs m'a épuisée.

Ils restèrent silencieux. Malko n'avait pas envie de la quitter. Fugitivement, il se demanda quelle vie sexuelle elle avait. Sûrement un amant. Ou plusieurs. Elle ne se comportait pas comme une femme qui a cessé de vouloir plaire. Son élégant tailleur, son maquillage, ses bas, tout cela évoquait la séduction. Hélas, il ignorait si ces signaux étaient dirigés vers lui. Si elle était si pressée de rentrer, c'est peut-être tout simplement parce qu'elle allait rejoindre son amant.

— Bien, dit-il, dans ce cas, je vous dis bonsoir.

Il prit sa main parfumée et la baisa, la gardant un peu trop longtemps pour un baisemain mondain, mais elle ne sembla pas s'en offusquer. Au moment où il mettait la main sur la portière pour l'ouvrir, elle dit soudain :

— Je me souviens d'un détail. Quelques jours avant d'être assassiné, mon mari a rencontré à un cocktail de l'ambassade de Grande-Bretagne une de ses relations. Pas un ami intime. Cet homme l'a pris à part et lui a dit qu'il était en danger.

— Qui était cet homme ? demanda Malko, le pouls brusquement à 120.

— Il m'a dit son nom à l'époque, mais je ne m'en souviens plus aujourd'hui. Cependant, tout de suite après le meurtre, je l'avais communiqué à mon avocat. Il l'a sûrement noté dans le dossier. Allez le voir de ma part, je vais lui téléphoner.

— Donc, cet homme savait que votre mari devait être assassiné ? insista Malko. C'est un témoignage capital. Il n'a jamais été interrogé par la police ?

— Non, je ne crois pas, mais c'est si loin. Tenez, si vous voulez me joindre.

Elle lui tendit une carte en précisant :

— Ne m'appelez pas trop tôt. J'aime faire la grasse matinée.

— Je voudrais retrouver cet homme, insista Malko.

— Appelez-moi demain, vers midi, dit Maria Istrati. J'aurai eu Me Epizelos et je vous donnerai son numéro.

Il sortit de la Mercedes et la portière claqua avec son

bruit de coffre-fort. Maria Istrati lui adressa un petit signe de la main et la voiture disparut dans la rue en pente. Malko se sentait regonflé à bloc. Enfin, il tenait un fil à remonter. Le mystérieux ami qui avait averti Alekos Istrati de sa mort prochaine, s'il était aussi bien renseigné, devait savoir qui se cachait derrière le pseudonyme de Lambros.

CHAPITRE XIV

À midi pile, Malko appela Maria Istrati. Elle répondit elle-même et il constata avec un pincement agréable qu'elle lui avait donné sa ligne directe. Il avait mal dormi et Martha Adonis l'avait appelé très tôt, pour lui dire qu'elle s'absentait d'Athènes quarante-huit heures pour son travail d'interprète. Maria Istrati lui donna le numéro et l'adresse de l'avocat qui attendait son coup de fil et termina en le remerciant.

— J'ai passé une excellente soirée, dit-elle.
— Moi aussi, dit Malko. Quand nous revoyons-nous ?
— Je ne sais pas. Appelez-moi quand vous aurez du nouveau.

En suivant, il composa le numéro de Mᵉ Epizelos qui le prit tout de suite et lui offrit de venir à son étude qui se trouvait à deux pas, dans Kolonaki. Dix minutes plus tard, Malko s'y présentait. Une brune pulpeuse l'introduisit dans le bureau de l'avocat. Une pièce tout en longueur, aux murs couverts de photos d'Aristote Epizelos. Visiblement, il n'avait rien contre le culte de la personnalité. Malko fut surpris de son aspect : il ressemblait à un vieux hippie avec sa barbe grise mal taillée, son front dégarni et son allure négligée. Puis il réalisa que c'était l'homme aux trois portables qu'il avait déjà vu au *Café Armani*. Volubile, chaleureux, Epizelos le noya sous un flot de paroles, tout en jonglant avec ses téléphones. Pour demander finalement :

— Que puis-je faire pour vous ? Cette affaire est pratiquement tirée au clair désormais. Je vois le juge une fois par semaine. Les assassins d'Alekos Istrati sont identifiés. Ils ont avoué.

— C'est très bien, dit Malko, mais je voudrais retrouver l'homme qui a prévenu votre client qu'il allait être assassiné.

L'avocat se tut brusquement, apparemment stupéfait que Malko soit au courant de cet épisode. Il passa ensuite la main dans ses cheveux blancs clairsemés et fit d'une voix hésitante :

— Ah, Maria vous a parlé de cette histoire. Moi, je n'y ai jamais cru vraiment. C'était un cocktail, ils avaient beaucoup bu. Ce devait être une plaisanterie.

— Vous n'avez pas vérifié ?

— Je ne me rappelle plus bien, prétendit l'avocat. Mais cela ne menait nulle part.

Malko l'observa. Me Epizelos était franc comme un âne qui recule. Et il avait peur.

— Vous vous souvenez quand même du nom de cet homme ? insista-t-il.

— Il était très âgé, protesta l'avocat, c'était il y a quatorze ans, il est probablement mort.

— Que savez-vous de lui ?

Me Epizelos chercha dans sa mémoire.

— D'après ce que m'avait dit Maria Istrati à l'époque, c'était un Grec qui selon son mari avait travaillé pour les services britanniques pendant la guerre civile de 1948. Seulement, je ne me souviens pas de son nom. Il faut que je regarde dans mes dossiers. Cela va prendre un peu de temps : ils sont archivés.

Il paraissait mal à l'aise, jouant avec les portables posés devant lui, le regard fuyant, un peu trop chaleureux.

— Avez-vous jamais entendu parler d'un certain Lambros ? demanda Malko.

L'avocat réfléchit, les sourcils froncés. Cette fois, il paraissait sincère quand il dit :

— Non, Lambros, cela ne me dit rien. C'est un nom assez répandu. Vous pourriez me donner plus de détails ?

— Ce serait un des membres du 17 Novembre. Important.

— Je vais me renseigner, promit l'avocat. Je connais bien le chef de la police et celui de l'EYP.

— Ce n'est qu'un pseudonyme, précisa Malko, celui d'un homme qui serait au-dessus d'Alexandros Stavropoulos. Un des fondateurs de l'organisation du 17 Novembre.

L'avocat gribouilla quelque chose, repassa une main dans ses cheveux en bataille, regarda sa montre et lança avec un sourire d'excuse :

— Pardonnez-moi, c'est l'heure où mon coiffeur vient me tailler la barbe. Et après, je dois aller au Palais.

Malko se retrouva rue Ploutarkhou avec des sentiments mitigés. Bien qu'il soit l'avocat d'une victime du 17 Novembre, Me Epizelos avait une attitude assez ambiguë. Lui non plus ne souhaitait pas trop creuser. Revenu au *Saint-Georges*, Malko essaya en vain de joindre Maria Istrati, tombant sur un répondeur. Il avait au moins une indication : les activités du mystérieux Grec qui avait prévenu Alekos Istrati. Il travaillait pour les Britanniques, donc les « Cousins » devaient le connaître. John Hill pouvait sûrement lui donner un coup de main.

*
* *

L'homme connu par quelques-uns sous le nom de Lambros raccrocha son téléphone et demeura immobile quelques instants, perdu dans ses pensées. Éprouvant une sensation de malaise. L'information qu'une de ses nombreuses antennes venait de lui communiquer était inquiétante. Pour la première fois, ceux qui le traquaient utilisaient une méthode qui pouvait se révéler dangereuse. Car de ce côté-là, il y avait des liens et des passerelles. Et des gens qui, éventuellement, pouvaient parler.

Ceux qui le renseignaient ignoraient ses véritables activités, sachant seulement qu'il aimait bien être au courant de tout. Eux aussi étaient des « idiots utiles », mais à un niveau supérieur. Il réprima un sourire. L'homme qui venait de l'appeler était Fotis Nassiakos, le général commandant la police depuis un an. Un homme honnête, sérieux, qui avait collaboré efficacement avec Scotland Yard pour démanteler du 17 Novembre. Et c'est lui qu'il venait d'appeler, connaissant son passé gauchiste, pour lui demander s'il connaissait un certain Lambros, lié au 17 Novembre ! Cela, pour répondre à une interrogation de Me Epizelos... Du coup, Lambros l'avait fait parler et en avait appris beaucoup plus. Redécouvrant du même coup l'existence d'un homme dont il n'avait plus entendu parler depuis des années. Mais qui pouvait être extrêmement nuisible...

Il souhaita qu'il soit déjà mort, ce qui lui éviterait une corvée désagréable. Il détestait s'attaquer à des gens qu'il estimait. Finalement, cette conversation avait été fructueuse. Non seulement il avait appris l'existence d'un danger qu'il ignorait, mais, en prime, il avait orienté ses adversaires sur une fausse piste. Il réfléchit encore quelques instants, puis décrocha son téléphone. Quand il eut reconnu la voix de Sadarnapoulos, il dit simplement :

— Je vais faire quelques courses pour le mariage de ma fille, vers deux heures. On se retrouve comme d'habitude.

— Pas de problème, dit son vieil ami.

Sa voix effaça la gêne de Lambros. Il pouvait totalement compter sur lui et Sadarnapoulos disposait encore d'une force de frappe dont il ne voulait pas connaître les détails. Il avait lu le récit de la mort de Dolorès Ribeiro dans les journaux et Sadarnapoulos lui avait ensuite expliqué ce qui s'était passé. Là encore, les dégâts étaient limités. À petits pas, il gagna son aquarium et s'installa devant. Le spectacle de ce ballet nautique lui rendait toujours sa sérénité.

*
* *

Malko ressortit de l'ambassade américaine, un peu sur sa faim. John Hill devait déjeuner avec Pamela Thomson, la représentante du MI6 en Grèce, et apprendrait sûrement quelque chose sur l'homme qui avait averti Alekos Istrati du danger qu'il courait. Il allait remonter à l'hôtel lorsqu'il pensa soudain à quelque chose. Dolorès Ribeiro était morte depuis quarante-huit heures et les journaux n'en parlaient déjà plus. Or, Malko venait de réaliser qu'il n'avait vu dans aucun journal de photos de son camping-car. Ce qui signifiait que la police ignorait peut-être l'emplacement de celui-ci, puisqu'elle avait bougé depuis peu. Comme elle y vivait seule, il y avait une petite chance que personne ne l'ait visité. Peut-être y trouverait-il quelque chose.

Il prit la direction du nord. Il n'eut pas trop de mal à retrouver l'endroit et il éprouva une certaine satisfaction en constatant que le camping-car était toujours à la même place. Il se gara à côté et alla l'inspecter. Pas de scellés sur la porte, donc la police n'était pas venue. Il essaya d'ouvrir : la porte était fermée à clef. Sans hésiter, il alla prendre un tournevis dans sa voiture et n'eut pas de mal à forcer la serrure rudimentaire. Les lieux étaient exactement comme lors de sa dernière visite.

Rapidement, il commença une fouille en règle, ce qui n'était pas très difficile, étant donné l'exiguïté des lieux. C'est en soulevant une bouteille de gaz butane qu'il découvrit dessous une enveloppe kraft, fixée avec du scotch. Il l'ouvrit et vit une vingtaine de photos. Après l'avoir empochée, il continua sa fouille, ne trouvant rien d'autre qu'une boîte de 25 cartouches 9 mm para entamée. Il ressortit du camping-car et regagna le *Saint-Georges*. Là, il étala les photos sur son lit et commença à les examiner. Elles représentaient pour la plupart Panos Gavras, dans différents décors. Sur l'une d'elles, il s'exerçait au pistolet dans un endroit désert. Il y en avait une de Dolorès, assise sur un mur de pierre, très sexy dans une robe courte décolletée avec un gros ceinturon ; une autre où ils étaient enlacés, regardant l'objectif.

Trois autres photos se trouvaient à part, dans une pochette en plastique. Il sortit la première et son pouls grimpa vertigineusement. Elle représentait deux hommes en train de bavarder debout, près de la terrasse d'un café. L'un était très grand, les cheveux presque blancs, le front dégarni, l'autre beaucoup plus petit, avec un gros nez busqué ; du même âge, mais beaucoup mieux habillé, en costume cravate. Les deux autres représentaient les mêmes personnages, mais l'une était floue. Il regarda longuement les documents puis appela John Hill.

— John, dit-il, je voudrais vous montrer quelque chose. Maintenant.

— O.K., fit le chef de station, je suis en réunion, mais j'en sortirai quelques minutes. Je préviens ma secrétaire.

Malko avait aligné les trois photos sur le bureau du chef de station quand ce dernier pénétra en coup de vent dans la pièce.

— Qu'est-ce qui se passe ? demanda-t-il, je suis avec le boss du *desk* Europe du Sud. Il ne reste que quelques heures ici.

— Regardez ces photos, demanda Malko, et dites-moi si vous connaissez les gens qui sont dessus.

L'Américain se pencha sur les clichés et les examina longuement. Avant de se redresser.

— Le grand, dit-il, on dirait Stavropoulos, j'en suis à peu près sûr. Le petit, je ne le connais pas. D'où sortent-elles ?

— Elles étaient dans le camping-car de Dolorès Ribeiro, dit Malko. Vous vous souvenez que le pope Gavras m'a dit qu'un jour Dolorès avait photographié Stavropoulos en compagnie de celui qu'on appelle Lambros. Dolorès Ribeiro m'avait dit qu'à la demande de Panos Gavras, elle avait détruit ces photos. Elle a menti : je les ai découvertes dans son camping-car, tout à l'heure. La police n'y est même pas allée.

Le chef de station se figea.

— Vous voulez dire que l'homme que...

— Il y a de fortes chances pour que l'homme qui se trouve en compagnie de Stavropoulos soit Lambros, compléta Malko.

L'Américain prit le cliché et le regarda à la lumière longuement, murmurant :

— Ce petit bonhomme ! On dirait un retraité inoffensif.

— Léon Trotski aussi avait l'air d'un retraité, souligna Malko. Il a quand même fait assassiner des centaines de milliers de Russes. Il ne faut pas se fier aux apparences. Maintenant, il faudrait identifier cet homme. S'il n'est pas connu, cela peut être très difficile. Et il faut être discret : pas question de soumettre ce document à la police grecque. Je vais le montrer à Maria Istrati. Elle connaît tout Athènes.

— Bonne idée, approuva le chef de station. Je dois retourner à mon *meeting*.

Resté seul dans le bureau, Malko prit son portable et appela Maria Istrati. Il était un peu plus de midi, mais il tomba sur un répondeur et dut laisser un message. Elle le rappela une demi-heure plus tard, alors qu'il regagnait le *Saint-Georges*.

— Pourrais-je vous voir aujourd'hui ? demanda-t-il.

— Aujourd'hui...

Elle ne débordait pas d'enthousiasme. Il insista.

— J'ai des documents à vous soumettre, expliqua-t-il. Cela pourrait faire avancer considérablement mon enquête.

— Vraiment ?

Elle ne paraissait pas convaincue.

— Vraiment. Sinon, je ne vous dérangerais pas.

Maria Istrati sembla se résigner.

— Bien, je ne comptais pas venir dans le centre aujourd'hui, mais nous pouvons déjeuner au *Stars*, à Kolonaki. Un restaurant italien. J'y serai vers trois heures et demie.

Malko se dit que, même si elle n'identifiait pas l'homme qui se trouvait avec Stavropoulos, il passerait un déjeuner agréable.

*
* *

Aristote Epizelos, l'avocat de Maria Istrati, déboula de son bureau pour se jeter dans sa Mercedes.

— Au Palais! lança-t-il au chauffeur. Je suis en retard.

Il était toujours en retard, étant à la fois avocat mondain, homme politique et « jet-setter ». Il s'affala sur la banquette arrière, tandis que la Mercedes dévalait vers l'avenue Vassilissis Sofias. Le matin, il avait reçu un coup de fil de son ami le chef de la police, lui disant que personne ne connaissait Lambros, mais par contre, l'avocat avait retrouvé dans ses archives le nom de l'homme qui avait prévenu la victime du 17 Novembre. Une des premières dépositions de sa veuve, quatorze ans plus tôt.

La Mercedes s'arrêta au feu de l'avenue Vassilissis Sofias. Entendant un coup de klaxon, l'avocat tourna la tête vers la gauche, croyant qu'un ami lui disait bonjour. Il eut en une fraction de seconde l'impression que son estomac se remplissait de plomb.

Une grosse moto était arrêtée le long de sa voiture, chevauchée par deux hommes portant des casques intégraux. Le passager avait sa visière tournée vers lui. Avec une lenteur voulue, il plongea la main droite dans son blouson de cuir. Aristote Epizelos poussa un cri perçant et se pencha en avant, criant à son chauffeur:

— Démarre! Démarre!

Le feu était encore au rouge et des bus se succédaient sur la voie qui leur était réservée. Impossible de s'y glisser.

— Je ne peux pas! avoua piteusement le chauffeur.

L'avocat tourna à nouveau la tête vers sa gauche et crut avoir un infarctus: le passager était en train de sortir la main de son blouson... Il n'attendit pas qu'il ait terminé son geste. D'un bond désespéré, il se jeta sur la portière droite et jaillit hors de la voiture, juste au moment où le feu passait au vert. Surpris, le chauffeur démarra quand même, vers le sud, laissant son patron sur le trottoir, doublé par la moto qui continua tout droit. Affolé, il tourna à droite et s'arrêta dans le couloir des bus. Aristote Epizelos se releva, s'épousseta, le pouls à 200, et regagna la Mercedes pour se laisser tomber sur les sièges arrière, regardant follement autour de lui. Plus de moto. Il houspilla le chauffeur :

— Vas-y ! Vas-y !

Ce n'est qu'en arrivant devant le palais de justice que les battements de son cœur redevinrent normaux. Il monta les marches en regardant encore autour de lui. Certain désormais d'une chose : on n'avait pas voulu le tuer, mais l'intimider. Sinon, le motard aurait eu dix fois le temps de tirer. C'était la méthode utilisée pour tous les meurtres commis par le 17 Novembre : une moto avec deux hommes, un conducteur et un tireur. Ce n'était pas par hasard... Comme le chef de la police lui avait dit ne pas connaître Lambros, cette manœuvre ne pouvait avoir pour but que de l'empêcher de divulguer le nom de l'homme qui avait averti Alekos Istrati.

L'avocat se jura immédiatement d'oublier son nom et même de détruire la partie du dossier faisant allusion à son témoignage. Il avait envie de profiter de la vie et de sa jeune épouse.

En tout cas, le 17 Novembre était toujours aussi bien renseigné et puissant. Il en avait la chair de poule, rien qu'à revoir cette moto noire. Il avait été tellement paniqué qu'il n'avait même pas relevé son numéro d'immatriculation, qui devait de toute façon être faux.

À moins qu'il n'ait été l'objet d'une plaisanterie de très mauvais goût... Mais il n'avait pas envie de prendre le pari.

*
* *

On pouvait à peine se parler à la terrasse du *Stars* tant le vacarme des klaxons était assourdissant. Situé sur une placette de Kolonaki, au croisement des rues Xenocratous et Aristodimou, le restaurant italien accueillait tous les gens des bureaux alentour. Malko repéra Maria Istrati à une table à l'extrémité de la terrasse. La veuve d'Alekos

Istrati portait des lunettes noires et une longue robe à fleurs. Après que Malko lui eut baisé la main, elle ôta ses lunettes et lui adressa un regard intrigué.

— J'espère que vous vouliez me voir pour une raison sérieuse. J'ai horreur de venir dans le centre d'Athènes à cette heure-ci. On peut à peine respirer.

— C'est une raison sérieuse, assura Malko, en sus du plaisir de vous revoir.

Elle prit une cigarette dans un étui et Malko la lui alluma avec son Zippo armorié.

— Pourquoi vouliez-vous me voir ?

Le garçon était arrivé et ils commandèrent rapidement. Jambon de Parme et spaghettis. Puis, Malko sortit de sa poche la photo la plus nette des trois et la lui tendit.

— Connaissez-vous ces hommes ?

Maria Istrati regarda attentivement la photo, puis leva la tête.

— Oui.

Le pouls de Malko fit un bond prodigieux et ses artères faillirent éclater sous la poussée de l'adrénaline.

— Qui sont-ils ?

— Je pense que le plus grand est Alexandros Stavropoulos, fit la veuve. Et l'autre ressemble beaucoup à un homme très connu à Athènes, à la fois dans la politique et le business, Kostas Kavriki.

— Qui est-ce ?

— D'abord, une vieille figure du Pasok. Un ami intime d'Andréas Papandréou qu'il a connu en exil. Il n'a jamais brigué de poste électif, mais a joué un rôle important dans la politique, comme conseiller occulte. Il a d'ailleurs lié des relations avec plusieurs politiciens de la Nouvelle Démocratie. Et en même temps, il a fait une carrière dans les affaires et a gagné beaucoup d'argent. Pendant huit ans, il a dirigé le ministère de la Reconstruction, et ensuite a monté une affaire de travaux publics en Arabie Saoudite. Il n'a pas une vie mondaine très débridée, mais je l'ai croisé dans différents galas de charité avec sa nouvelle femme. D'ailleurs, j'ai reçu une invitation pour le mariage de sa fille, dans quelques jours. Il doit s'agir de quelqu'un qui lui ressemble, car je ne vois pas ce qu'il pourrait faire avec Stavropoulos.

Malko ouvrit la bouche et la referma.

— En effet, cela doit être un hasard.

Il remit la photo dans sa poche, persuadé, lui, qu'il venait d'identifier le fameux Lambros.

CHAPITRE XV

— Maria Istrati jeta un regard intrigué à Malko qui essayait de nouveau d'avaler la pâtée gluante baptisée « spaghetti al pesto », le plat du jour de *Stars*.

— Vous pensez *vraiment* que cet homme pourrait être celui que vous recherchez ? Le responsable du meurtre de mon mari ?

— Je n'ai encore aucune preuve, admit Malko, mais quelques indices convergents. D'abord le profil de Lambros qui pourrait correspondre à celui de Kostas Kavriki. Et puis la façon dont cette photo a été prise.

Il lui raconta la genèse de l'histoire et Maria Istrati parut ébranlée.

— Est-ce que M⁰ Epizelos vous a aidé ? demanda-t-elle.

— Pas encore, avoua Malko, mais je dois le revoir. Il m'a seulement dit que l'homme dont vous lui aviez parlé à l'époque était un Grec travaillant pour l'Intelligence Service britannique pendant la guerre civile.

— C'est ce que mon mari m'avait dit.

Malko avait hâte de revoir l'avocat. S'il retrouvait ce témoin, en fouillant en plus dans les archives de la CIA, il pourrait se faire une opinion sur ce Kostas Kavriki. Maria Istrati jeta un coup d'œil à sa Callistino et dit :

— Je vais bientôt vous quitter, mais pourquoi ne viendriez-vous pas déjeuner à la maison samedi ? S'il fait beau, nous pourrions profiter de la piscine. De cette façon, vous m'apporterez les dernières nouvelles.

— Avec plaisir, accepta Malko, si cela ne vous dérange pas. Je ne vous ai même pas demandé si vous étiez remariée…

— Je ne le suis pas, répondit Maria Istrati avec un léger sourire. Les premières années, j'étais encore sous le choc de la perte d'Alekos. Et ensuite…

Elle laissa sa phrase en suspens.

— Ensuite? insista Malko.

— Je me suis organisé une vie. Dieu merci, je possède une indépendance financière qui m'évite d'avoir à dépendre de quelqu'un et j'ai beaucoup de centres d'intérêts.

Devant l'expression de Malko, elle ajouta vivement :

— Ne croyez pas que je vive comme une nonne !

— Vous me l'auriez dit, je ne vous aurais pas crue, fit Malko. Vous devez être une des femmes les plus recherchées d'Athènes.

— Merci, conclut Maria Istrati en se levant. Alors, à samedi. Je vous enverrai mon chauffeur à onze heures au *Saint-Georges*.

Malko la regarda s'éloigner vers la Mercedes où son chauffeur l'attendait, debout à côté de la portière ouverte. Le léger balancement de ses hanches ressemblait à une invite muette, et les hommes se retournaient sur son passage. Il se demanda selon quel critère elle choisissait ses amants. La cinquantaine très désirable, riche et belle, les hommes devaient se bousculer. La sonnerie de son portable l'arracha à sa rêverie. C'était Me Aristote Epizelos, qui, d'une voix chargée de sous-entendus, l'invitait à passer le voir à son bureau.

Le temps de régler, il fonça vers le bureau de l'avocat. À pied, il y fut plus vite qu'en voiture.

Cette fois, deux gorilles en noir, les cheveux ras et munis d'oreillettes, veillaient dans l'entrée de l'étude. Une secrétaire escorta Malko jusqu'au bureau de Me Epizelos où il fut accueilli chaleureusement par l'avocat.

— J'ai bien travaillé pour vous ! annonça celui-ci d'un ton mystérieux. Vous voulez un café grec ?

C'était en réalité le café turc, mais c'était un mot à ne pas prononcer en Grèce. Malko se dit qu'un bonheur n'arrivait jamais seul. Après l'identification probable de Lambros, il allait apporter une autre pièce à sa construction.

— Vous avez retrouvé le nom de l'homme qui a averti Alekos Istrati qu'il allait être assassiné ?

— Non, hélas, dit l'avocat d'un ton contrit. J'ai cherché en vain dans tous mes documents. J'avais dû le noter sur un bout de papier et je l'ai perdu. Il y a si longtemps ! Je pensais ne jamais rouvrir ce dossier. Il faudrait redemander à Maria. Elle a une meilleure mémoire que moi.

Il eut un rire un peu forcé et Malko fut persuadé qu'il mentait...

— Et à propos de Lambros ? demanda-t-il.

— In-con-nu ! scanda l'avocat. Ce nom ne dit rien à personne. Il aurait fallu avoir plus de détails. Et pourtant, j'ai interrogé beaucoup de gens *très bien* informés. Des hommes politiques, le patron de la police et celui de l'EYP. Qui est, en principe, chargé de lutter contre la subversion. Rien. Par contre, ajouta-t-il en baissant la voix, quelqu'un de très bien informé m'a suggéré un nom qui pourrait correspondre à celui que vous recherchez.

— Ah bon, fit Malko, dressant l'oreille. Qui ?

Aristote Epizelos baissa la voix comme si ses murs avaient des oreilles.

— C'est un personnage très connu à Athènes, Vassili Adrianou. Il y a vingt-cinq ans, il ne possédait qu'une toute petite affaire d'électronique. C'était un agent de la Stasi est-allemande. Il a commencé à faire pas mal d'affaires avec l'Allemagne de l'Est. Officiellement, il leur vendait du matériel fabriqué en Grèce. En réalité, il importait des États-Unis des composants très sophistiqués, interdits d'importation dans les pays de l'Est. Il a gagné ainsi beaucoup d'argent et a développé ses affaires, surtout avec les pays de l'Est.

— Pourquoi me parlez-vous de lui ? demanda Malko.

L'avocat sembla surpris par la question.

— Mais tout le monde sait que le groupe du 17 Novembre avait des liens avec la Stasi, observa-t-il. Donc, il pourrait être ce Lambros.

— À quoi ressemble-t-il physiquement ?

À part les fantasmes des journalistes grecs, il n'y avait jamais eu aucune preuve de contacts entre la Stasi et les terroristes du 17 Novembre. La Stasi n'avait jamais aimé les groupes terroristes, pas plus que le KGB. Si elle avait eu des contacts avec le groupe Carlos, c'était plutôt pour le surveiller.

— C'est un homme sympathique, un grand gaillard jovial, très mondain, qui ne se cache plus des contacts qu'il a eu avec l'ex-Allemagne de l'Est. Et qui est à la tête d'une très grosse fortune.

— Merci, dit Malko en se levant, je vais continuer mon enquête.

Cet agent de la Stasi lui semblait peu convenir au profil de Lambros. Les trotskistes n'avaient jamais sympathisé avec les communistes « classiques ». Et Léon Trotsky lui-même avait été assassiné au Mexique sur l'ordre de Staline.

Me Epizelos sembla ravi de le voir prendre congé, en dépit de ses démonstrations d'amitié. Qu'est-ce qui pouvait lui faire aussi peur, lui qui, en principe, aurait dû collaborer à la recherche de l'assassin de son client ?

*
* *

— J'ai *enfin* de bonnes nouvelles, annonça John Hill. Les « Cousins » ont identifié l'homme que vous cherchiez.

C'était vraiment une *très* bonne journée, après l'identification probable de Lambros par Maria Istrati. Malko décida d'attendre un peu pour l'annoncer au chef de station. Il se servit un café américain pour tenter de dissoudre les pâtes en train de se transformer en ciment dans son estomac et s'assit.

— Je vous écoute.

L'Américain sortit une feuille d'un tiroir.

— Il s'appelle Viviendos Lasithiotakis et a aujourd'hui quatre-vingt-quatre ans. Il avait été recruté par l'Intelligence Service à la fin de la Deuxième Guerre mondiale et infiltré dans les milieux communistes pendant la guerre civile grecque. Il paraît qu'il a rendu d'énormes services. Il a permis de démanteler des réseaux entiers, à l'époque, grâce à la coopération de certains trotskistes, ravis de décapiter le Parti communiste grec. Ensuite, il a travaillé comme journaliste à Athènes, puis a pris sa retraite. Parfois, les services grecs faisaient encore appel à lui pour des informations sur les deux partis communistes. Il avait toujours conservé des liens avec ses anciens « amis » trotskistes, ce qui lui permettait d'avoir d'excellents tuyaux.

— Et avec les Britanniques ?

— Il venait une fois par an à l'ambassade pour la fête nationale. Il n'a jamais rien demandé…

— Il connaissait Alekos Istrati ?

— Pamela Thomson n'a pas pu me le dire. Elle n'est pas ici depuis assez longtemps.

— On sait où le trouver ?

— Oui. Il habite un petit appartement à Glifada. Au 32 rue Amfitritis. Il vit seul. J'ai son numéro de téléphone.

— Les « Cousins » l'ont contacté ?

— Non, ils préfèrent que ce soit nous.

— Je vais aller le voir, dit Malko. Et moi aussi, j'ai avancé !

Il lui expliqua comment et John Hill nota fiévreusement le nom de Kostas Kavriki.

— Je m'en occupe immédiatement, promit-il. Là, je crois que nous avons fait un pas de géant.

Malko apprécia modérément le « nous »…

— Ne nous emballons pas ! avertit-il. Même s'il s'agit de Kostas Kavriki sur la photo, avec Alexandros Stavropoulos, ce n'est pas une preuve formelle qu'il soit Lambros. Devant un tribunal, il en faudrait un peu plus.

John Hill lui lança un long regard appuyé, prit une cigarette et l'alluma avec un Zippo de table en argent massif, puis laissa tomber :

— Si c'est Lambros, je vous l'ai dit, il n'y aura pas de procès. Seulement, même pour d'autres mesures, il me faut une identification positive à 200 %

Malko ne répliqua pas : ils n'en étaient pas encore là. Il

y avait une urgence : faire parler Viviendos Lasithiotakis.

*
* *

Malko suivait l'avenue Vassileos Georgiou qui longeait le bord de mer au sud d'Athènes. Après l'avenue Singrou, il avait tourné à gauche d'abord dans l'avenue Makariou Possidonos, longeant les banlieues qui se succédaient jusqu'à Voula. Il venait de dépasser l'aéroport désaffecté avec ses hangars vides. Il parcourut encore deux kilomètres et ralentit : il était à Glifada. Cinq minutes plus tard, il s'engageait dans la rue Amfitritis, perpendiculaire au boulevard longeant le golfe de Salonique. Un quartier paisible de petits immeubles modestes bien entretenus.

Il s'arrêta devant le numéro 32. Comme toujours à Athènes, il y avait des interphones. Il appuya sur la touche V. Lasithiotakis.

Pas de réponse.

Il attendit, essaya un autre locataire et encore un autre, sans plus de succès : les gens étaient sortis. Pas question de laisser un mot. Il reviendrait.

En faisant demi-tour, il aperçut un motard au bout de la rue, côté mer, qui semblait l'observer. Mais lorsqu'il revint sur l'avenue Vassileos Georgiou, il avait disparu et se dit qu'il ne fallait pas devenir paranoïaque.

*
* *

Bruno Becker, assis sur sa machine, laissa prendre de l'avance à Malko. Les instructions données par Sadarnapoulos étaient précises : le suivre partout où il allait et tout noter. Bruno Becker espérait bien qu'on lui demanderait d'éliminer cet agent de la CIA qui était *aussi* le témoin du meurtre de Dolorès Ribeiro. Un témoin infiniment plus dangereux qu'Ornella, la pute albanaise.

Ainsi, il ferait d'une pierre deux coups.

Rassuré par le silence de la presse à son sujet, Becker s'était remis au travail, n'ayant guère le choix. Pas question de revenir chez sa copine, où la CIA pouvait avoir tendu une souricière, et hors de question aussi de quitter la Grèce. Ses faux papiers fonctionnaient à Athènes, mais pas dans les autres pays d'Europe. Il était cloué là et devait bien gagner sa vie. En prenant celle des autres. Il n'en revenait pas de la chance qu'il avait eu dans le squat : sans la présence d'Ornella, Dolorès Ribeiro l'aurait truffé de balles avant qu'il ait eu le temps de dire ouf.

Après avoir longé le golfe de Salonique, il remonta l'avenue Singrou, à bonne distance derrière la voiture de l'homme qu'il suivait. Quand il se fut assuré qu'il avait laissé sa voiture dans le garage du *Saint-Georges*, il repartit vers le centre. Comme tous les jours, il avait rendez-vous avec son « traitant » dans un café de Psychico, au cœur du centre commercial. Ils ne se téléphonaient jamais, par prudence.

Ayant garé sa moto, il gagna le lieu du rendez-vous, sa sacoche à la main qui contenait le Sig et plusieurs chargeurs ainsi que deux grenades. La seule chose dont il ne manquait pas, c'étaient les armes. La planque où il vivait désormais en regorgeait. Le 17 Novembre avait dévalisé plusieurs casernes et de nombreux commissariats. Il possédait assez d'explosifs pour faire sauter le quartier.

Sadarnapoulos était en avance comme toujours, avec ses éternelles lunettes noires, sa chemise sans cravate et sa vieille veste de cuir noir élimée. Il écouta attentivement le compte rendu de Bruno Becker, nota l'adresse et lui dit simplement « À demain ».

*
* *

Retenant son souffle, Malko comptait les sonneries du téléphone. À la quatrième, on décrocha et une voix d'homme fit « *Né ?* ».

— Monsieur Lasithiotakis ? demanda Malko en anglais.

— Oui. Qui êtes-vous ?

— Vous ne me connaissez pas mais j'aimerais vous rencontrer. Je crois que vous connaissiez bien Alekos Istrati.

Il y eut un long silence à l'autre bout du fil, puis Viviendos Lasithiotakis répéta lentement :

— Alekos Istrati ? Mais il est mort depuis bien longtemps. Pourquoi m'appelez-vous maintenant ?

— C'est sa veuve, Maria, qui m'a donné votre nom, précisa Malko.

— Pourquoi ?

— Je préfère ne pas en parler au téléphone. J'aimerais vous rencontrer. C'est très important.

— Me rencontrer ? Pourquoi faire ? demanda le Grec, nettement sur ses gardes.

— Je crois que vous avez rencontré Alekos Istrati juste avant sa mort brutale, expliqua Malko. C'est au sujet de cette rencontre.

Nouveau silence. Puis Viviendos Lasithiotakis fit d'une voix lasse :

— Je vois... Mais on ne peut pas ressusciter les morts. Je vais réfléchir. Rappelez-moi.

— Quand ? demanda Malko.

Il n'y eut pas de réponse : son correspondant avait raccroché. Il hésita à le rappeler. À quoi bon le brusquer ? Cela pouvait attendre quarante-huit heures. Il allait dîner avec Martha Adonis, qui était rentrée de son voyage d'affaires, toujours aussi amoureuse. Il avait bien mérité une petite récompense, après les succès de la journée. Lambros avait désormais un nom et il avait retrouvé l'homme qui savait qu'Alekos Istrati allait être assassiné. Et par qui...

*
* *

Kostas Kavriki tira sur son nœud papillon : il avait horreur d'être en smoking, mais deux fois par an, Clio, sa jeune épouse, le traînait à un gala de charité pour montrer ses bijoux, ses seins et une nouvelle robe. Lui touchait à peine à la nourriture, ne buvait pas et grignotait seulement quelques pâtisseries, sa seule faiblesse. Clio effleura son oreille d'une bouche parfumée.

— Tu n'as rien mangé! remarqua-t-elle. Pourtant, c'est délicieux. Tu n'es pas bien?

C'était un dîner assis de six cents personnes, avec de la musique, des attractions et une vente aux enchères où des milliardaires blasés et politiquement corrects s'arrachaient à coups de milliers de dollars des colifichets sans valeur pour lutter contre la faim dans le monde. Les participants à cette soirée avaient d'autant plus de mérite que la plupart suivaient des régimes féroces pour perdre leur embonpoint. Tout ce que détestait Kostas Kavriki. En plus, sa conversation avec son vieil ami Sadarnapoulos l'avait inquiété. Pour la première fois, cet agent de la CIA se rapprochait dangereusement de lui. Sa visite à Glifada signifiait qu'il était sur la bonne piste. Brutalement, Kostas Kavriki avait envie de profiter encore un peu de la vie. Il avait pensé se détendre pendant un an ou deux avant de reprendre ses activités sur de nouveaux objectifs, mais ses plans étaient bousculés par cette intrusion imprévue. Il était amer en pensant qu'il s'était piégé lui-même en faisant liquider Panos Gavras, dans un excès de prudence.

Le principe de précaution n'était pas toujours une bonne chose.

Comme ses voisins applaudissaient une enchère particulièrement élevée, il en fit autant, l'esprit ailleurs. La visite à Glifada de l'agent de la CIA avait mis tous les clignotants au rouge. Viviendos Lasithiotakis n'était pas un ennemi mais pas un ami non plus. Or, il était en possession d'une information qui pouvait se révéler dévastatrice. Comme Kostas Kavriki n'était pas certain de sa discrétion, il fallait le mettre hors d'état d'être indiscret. Et, en même temps, donner un coup d'arrêt aux recherches, en liquidant celui qui les menait. Tant pis pour les Jeux olympiques. Après tout, sa sécurité passait avant tout.

Les enchères terminées, Kostas Kavriki se laissa entraîner sur la piste de danse par sa femme. Savourant à l'avance le plaisir intellectuel de supprimer un nouvel ennemi. Il avait assisté dans l'ombre – un quart de siècle plus tôt – à l'exécution de Richard Welsh. Même l'homme qui l'avait tué, Stavropoulos, l'ignorait. Kostas Kavriki éprouvait une haine viscérale pour les Américains et le système capitaliste, et comprenait celle d'Oussama Bin Laden qui voulait bouter les Américains hors d'Arabie Saoudite. Lui aurait aimé faire la même chose en Grèce, mais il avait échoué. Sa seule consolation était d'être devenu très riche et de continuer à les harceler.

Quand il revint à sa table, il avait imaginé un plan. Ce qui le rendit à nouveau d'excellente humeur. Du coup, il regarda différemment Clio, sa superbe et fausse poitrine voilée de mousseline noire. Ce soir, il allait en profiter.

La mort d'un ennemi lui avait toujours fait l'effet d'un aphrodisiaque puissant.

CHAPITRE XVI

La voix chevrotante de Viviendos Lasithiotakis mit du baume au cœur de Malko. Après une vingtaine d'essais infructueux, l'ancien agent de l'Intelligence Service avait fini par ne plus se retrancher derrière son répondeur.

— Venez si vous voulez ce soir vers sept heures, proposa-t-il à Malko, mais je ne sais pas si je peux beaucoup vous aider.

— Vous le pouvez sûrement, répondit Malko. Encore plus que vous ne l'imaginez.

Après avoir raccroché, il adressa mentalement une prière au ciel. Cette fois, il avait un témoin vivant, un homme qui avait forcément des antennes au cœur de l'organisation du 17 Novembre, pour savoir qu'Alekos Istrati allait être assassiné. Évidemment, cela ne signifiait pas qu'il connaisse Lambros. Ses contacts pouvaient avoir été à un niveau inférieur. Il allait le savoir très vite. Il faillit appeler Maria Istrati pour lui dire qu'il allait voir Lasithiotakis, mais finalement s'abstint. Il ne fallait pas vendre la peau de l'ours avant de l'avoir tué et l'exemple de Mᵉ Epizelos était là pour lui rappeler de ne pas se réjouir trop vite. Il décida de ne mettre que John Hill, le chef de station, au courant. En plus, l'Américain aurait peut-être fait des découvertes sur Kostas Kavriki. Finalement, les choses avançaient.

Il était assez euphorique en descendant les rues étroites de Kolonaki. Son humeur changea brusquement sur l'avenue Vassilissis Sofias. Le motard qu'il avait aperçu arrêté dans une rue transversale, lorsqu'il sortait du garage du *Saint-Georges*, était derrière lui. Malko ralentit et l'autre en fit autant.

Aucun doute : il était suivi.

Un nouveau coup d'œil dans le rétroviseur le rassura partiellement : le motard ne se rapprochait pas. Par prudence, Malko enleva le Beretta 92 de sa ceinture et le posa à côté de lui. Que signifiait cette filature ? À cause du casque intégral, il ne pouvait identifier son suiveur. Impossible de le semer. L'autre était plus rapide et plus maniable que lui. C'était sûrement le même que celui aperçu à Glifada la veille. Lorsqu'il tourna dans la rue Lahitos pour entrer dans l'ambassade par l'entrée latérale, le motard continua tout droit.

John Hill l'accueillit, la mine triste.

— On n'a rien sur Kostas Kavriki, annonça-t-il, à part des coupures de presse. Personne ne semble en savoir long sur lui, sinon qu'il était un proche d'Andréas Papandréou. Ce qui n'est pas un délit.

— Rien *avant* ?

— Non. Il est de gauche, mais rien ne le relie au trotskisme.

Ce qui ne voulait strictement rien dire, le sport favori des trotskistes étant l'entrisme, qui consiste à se glisser au sein d'un parti ou d'une organisation sans que l'on connaisse votre appartenance au trotskisme. Certains trotskistes avaient pu dissimuler leurs véritables convictions pendant des dizaines d'années.

— J'ai rendez-vous avec Viviendos Lasithiotakis, annonça Malko. Ça, c'est la bonne nouvelle.

— Et la mauvaise ?

— Je suis suivi.

Malko gagna la fenêtre et écarta le rideau. Presque en face de l'ambassade, il y avait un kiosque à journaux. Juste à côté, il aperçut un motard sur sa machine, en train de lire un journal, son casque intégral sur la tête... Il se retourna.

— Venez voir.

L'Américain le rejoignit et ils observèrent le motard inconnu. Qui, de toute évidence, attendait que Malko ressorte de l'ambassade.

— Voulez-vous que je le fasse neutraliser par la police grecque ? suggéra le chef de station. C'est facile. Il suffit d'un coup de fil.

— Non, je ne crois pas, dit Malko. Il n'est pas menaçant. Il faudrait plutôt monter une manip' pour *le* suivre et remonter plus loin.

— Pour l'instant, je n'ai personne de disponible, avoua le chef de station. On peut monter une opération pour demain. En attendant, reportez votre rendez-vous, c'est plus prudent.

— J'ai eu trop de mal à l'obtenir, soupira Malko. De toute façon, j'étais déjà suivi hier. Donc, « on » connaît Lasithiotakis...

— Et si c'était l'EYP ? dit soudain John Hill. Désormais, ils sont au courant de ce que vous faites à Athènes et cela ne doit pas leur plaire. Ils veulent peut-être savoir ce que vous découvrez. Pour vous couper ensuite l'herbe sous le pied.

— Ou prévenir ceux à qui je m'intéresse, compléta Malko, sans illusion. Je vous appelle en sortant de chez Lasithiotakis.

*
* *

Le motard avait disparu quand Malko emprunta Vassilissis Sofias dans l'autre sens. Il ne le repéra qu'en descendant l'avenue Singrou, en direction de la mer. Cette fois, il se maintenait encore plus loin. Toujours seul sur son engin. Arrivé au bout de Singrou, Malko tourna à gauche dans l'avenue Makariou Possidonos longeant le golfe de Salonique. À sa gauche, c'étaient les banlieues chic de Faliron et Kalamaki, avec des immeubles luxueux, des magasins de décoration aux vitrines brillamment illuminées. Pays pauvre, la Grèce était pleine de gens riches. Mais, plus on descendait vers Glifada, plus l'environnement était modeste. Hôtels bon marché en bord de mer et clapiers sinistres montant à l'assaut des collines lointaines. Il dépassa l'aéroport désaffecté, le motard toujours sur ses talons. La nuit tombant rapidement, il ne vit bientôt plus que des phares derrière lui.

Avant d'arriver à la rue Amfitritis, à Glifada, il prit la contre-allée de l'avenue Vassileos Georgiou, effectua une boucle complète et il lui sembla que le motard avait disparu. Peut-être, sachant où Malko se rendait, avait-il décroché. De toute façon, il n'était pas question de rater son rendez-vous avec Viviendis Lasithiotakis. Il se gara presque en face du numéro 32 de la rue Amfitritis et appuya sur l'interphone à Lasithiotakis.

Une voix en anglais croassa dans le haut-parleur :
— Au cinquième.

Bruno Becker enfila à toute vitesse l'avenue Alexis Panagoulis qui longeait l'ancien aéroport, juste au nord de Glifada, et tourna à droite dans un renfoncement qui menait jadis à une des grilles d'accès du tarmac. Une voiture s'y trouvait, tous feux éteints, et il s'arrêta à côté, puis descendit de son engin. Deux hommes étaient assis dans la voiture. L'ancien complice de Carlos ouvrit la portière arrière et monta, poussant pour s'installer un objet d'un mètre de long environ, enveloppé dans une toile.

— Vas-y, Pavlos, dit-il à celui qui était au volant. Je te guide. On va à Glifada.

Pendant qu'ils roulaient, il commença à dérouler la toile qui enveloppait le RPG7[1]. Le lance-roquettes lui avait été remis le matin même dans un parking souterrain par Sadarnapoulos. Avec les instructions. Dans la journée, il avait procédé lui-même à la reconnaissance du terrain pen-

---

1. *Rocket-Propelled Grenade* : arme antichar.

dant que Nicolaos assurait la filature de leur cible.

Nicolaos et son copain Pavlos étaient deux anarchistes bornés, drogués, animés d'une haine farouche pour la société de consommation. Bruno Becker les avait recrutés depuis longtemps déjà, leur confiant d'abord de petits boulots de surveillance ou de repérage, puis les faisant ensuite participer à des « actions » plus nobles. C'étaient eux qui, déguisés en policiers – ce qui les avait ravis –, l'avaient accompagné à l'hôpital Evangelistos pour le meurtre de Panos Gavras. Inconscients, amoraux et stupides, ils étaient prêts à tout pour un peu d'argent et la sensation grisante de s'attaquer à la société.

*
* *

L'ascenseur, minuscule, sembla peiner à hisser Malko à l'étage désiré. Viviendos Lasithiotakis l'attendait sur le pas de la porte. Carrure athlétique, vêtu d'un costume sombre rayé à la coupe ancienne. Malko fut frappé par le bleu de ses yeux éclairant un visage ridé. Il avait d'abondants cheveux blancs, une moustache bien taillée et ne faisait pas son âge.

— Qui êtes-vous, monsieur Linge ? demanda le Grec.

— Je travaille pour le gouvernement américain, dit Malko, et je mène une enquête sur les agissements de l'organisation du 17 Novembre.

Sans aucun commentaire, Viviendos Lasithiotakis le fit pénétrer dans un petit salon donnant sur la rue, encombré de meubles et de bibelots. Cela sentait le célibataire. Un plateau était préparé avec du thé et des biscuits. Viviendos Lasithiotakis versa le thé et s'assit en face de Malko. En dépit de son âge, il se tenait encore très droit.

— Que puis-je faire pour vous ? demanda-t-il.

Les mains sur ses genoux, le regard limpide, il semblait très à son aise.

— Maria Istrati m'a dit que quelques jours avant d'être assassiné, son mari lui a confié que vous l'aviez prévenu qu'il était en danger de mort. Est-ce exact ?

— Je ne lui ai pas dit qu'il allait être assassiné, précisa Viviendos Lasithiotakis. Je lui ai dit qu'il était en danger.

C'était un peu jouer sur les mots, mais Malko ne se formalisa pas.

— Comment le saviez-vous ? demanda-t-il.

Viviendos Lasithiotakis prit le temps de boire une gorgée de thé avant de répondre.

— Comme vous le savez, dit-il, j'ai travaillé pour les Britanniques pendant la guerre civile de 1948. À ce titre, j'ai été en contact avec beaucoup de gens de tous les bords. Nous luttions avant tout contre les communistes, aussi les socialistes et les gens de l'extrême gauche étaient-ils nos alliés. Je m'y suis fait quelques amis. À la fin de la guerre civile, nous nous sommes un peu perdus de vue. Cependant, après le gouvernement Karamanlis, quand le Pasok est parvenu au pouvoir en 1981, avec Andréas Papandréou, on m'a offert un travail très intéressant.

— Qui ?

— Un vieil ami à qui j'avais sauvé la vie. Un des rares trotskistes à être resté au Pasok lors de la scission de 1970.

— Quelle scission ?

Le vieux Grec sourit devant l'ignorance de Malko.

— Jusqu'en 1970, le Pasok était un nid de trotskistes, dont Andréas Papandréou. Ce dernier, comprenant que pour jouer un rôle important, il fallait que le Pasok adopte une ligne moins radicale, s'est allié à la social-démocratie. La plupart des trotskistes ont alors claqué la porte. Quelques-uns sont restés. L'un d'eux était mon ami. Le Vieux l'a récompensé en le nommant ministre.

— Cet homme est lié au meurtre d'Alekos Istrati ?

Nouvelle pause-thé, avant que Viviendos Lasithiotakis n'enchaîne :

— Quelques jours plus tôt, j'avais dîné avec lui. Il était dans tous ses états. Il avait reçu la visite d'Alekos Istrati, en possession d'un énorme dossier concernant l'affaire Pyrkal.

— L'usine d'armement.

— Oui. La plus importante de Grèce, jadis propriété d'Istrati. Celui-ci avait réuni des documents révélant des faits de corruption extrêmement graves, impliquant différentes personnalités du Pasok, ou leurs proches.
— C'était vrai?
— En très grande partie. Mon ami était très ennuyé. Si le scandale éclatait, le Pasok serait forcément éclaboussé, ce qui provoquerait une grave crise politique. Il avait tenté en vain de raisonner Alekos Istrati et voulait que je tente une médiation.
— Vous avez accepté?
— Non, j'ai refusé, répondit Viviendos Lasithiotakis. Je ne voulais pas me mêler de ce genre de choses. Le lendemain, mon ami m'a appelé pour m'avertir que finalement, grâce à un ami, il avait trouvé une solution qui serait très dommageable pour Alekos Istrati...
— Il a parlé de meurtre?
— Non. Mais c'était une menace à peine voilée. Je pense qu'il souhaitait que je la transmette à Istrati, pour le faire changer d'avis. Ce que j'ai fait, à l'occasion d'un cocktail à l'ambassade de Grande-Bretagne. Malheureusement, Alekos Istrati n'a pas cru à la réalité de cette menace.

Un silence pesant se prolongea d'interminables secondes. Puis, Malko demanda:
— Vous n'avez aucune idée de l'identité de l'ami de votre ami?
— Il ne me l'a pas dit.
— Qui cela pouvait-il être?
— Je savais que vous me poseriez cette question, fit le vieil homme. Je peux seulement vous dire que ses deux meilleurs amis, à l'époque, étaient deux anciens trotskistes. Une amitié de trente ans.
— Vous pouvez me donner leurs noms?
Après une brève hésitation, Viviendos Lasithiotakis répondit:
— L'un d'eux était un personnage très connu à Athènes sous le nom de « Pablo »: Michaelis Raptis, un ancien trotskiste, dont le père avait été un héros de la guerre

d'Espagne. Il était proche d'Andréas Papandréou, mais c'était devenu un trotskiste « mondain ». Il fréquentait plus les galeries de peinture de Kolonaki que les meetings politiques. Il est mort depuis.

— Vous pensez qu'il avait des liens avec le 17 Novembre ?

— C'est très possible.

— L'ordre de tuer Alekos Istrati aurait-il pu passer par lui ?

— C'est possible.

Visiblement, Viviendos Lasithiotakis ne souhaitait pas s'étendre sur le sujet.

— Savez-vous qui était le second ami trotskiste de votre ami ? insista Malko.

— Bien sûr.

— Qui était-ce ?

— Je ne peux pas vous le dire. *Lui* est toujours vivant.

Il reprit une gorgée de thé, signifiant qu'il n'y avait pas de discussion possible.

— Vous avez entendu parler d'un certain Lambros ? interrogea Malko, cachant sa déception.

— Non, dit d'une voix égale Viviendos Lasithiotakis

Il eut l'impression que le Grec mentait, même si son regard bleu ne quittait pas Malko. Ce dernier sentit à nouveau le découragement l'envahir. Il n'y avait que des morts dans son enquête : les anciens et les nouveaux. Et dès qu'il croyait se rapprocher de Lambros, celui-ci lui échappait comme un mirage. Il décida de faire une ultime effort.

— Monsieur Lasithiotakis, dit-il, réalisez-vous que vous êtes en train de protéger des criminels ?

Impassible, le vieux Grec prit la théière et proposa :

— Un peu plus de thé ?

Comme s'il n'avait pas entendu la question de Malko.

*
* *

Lorsqu'ils arrivèrent rue Amfitritis, Bruno Becker constata avec soulagement que la voiture de l'agent de la

CIA était toujours là. Ils se garèrent de l'autre côté de la rue, devant un petit immeuble au toit plat situé exactement en face de celui où habitait Viviendos Lasithiotakis. Bruno Becker regarda autour de lui. La rue était vide. D'un bond, il fut hors de la voiture, le RPG7 dans la main droite. Il traversa le trottoir et pénétra dans l'immeuble, dont il avait forcé la serrure dans la journée.

D'une traite, les deux anarchistes sur les talons, il monta les quatre étages et déboucha sur le toit terrasse. Il repéra immédiatement une fenêtre éclairée au cinquième étage de l'immeuble d'en face : celle du salon de Viviendos Lasithiotakis.

*
* *

Un ange passa, les ailes dégoulinant de sang.

Viviendos Lasithiotakis reposa la théière. Il avait le sens de la litote... Évoquer un meurtre brutal avec ce vieillard, dans cet appartement douillet, autour d'une tasse de thé, avait quelque chose de surréaliste. Malko était fasciné : pour la première fois depuis le début de son enquête, il avait en face de lui quelqu'un de fiable qui démontait la mécanique d'un meurtre non idéologique commis par le 17 Novembre. Justement, sous couverture idéologique. Il ne manquait qu'un détail, l'essentiel.

— Après le meurtre d'Istrati, vous n'avez pas été tenté de raconter à la police ce que vous saviez ?

— Non.

C'était sans appel. Malko comprit qu'il se heurtait à d'anciennes solidarités sur lesquelles il n'avait aucune prise. L'homme en face de lui était un dur, impossible à manipuler.

Viviendos Lasithiotakis lui adressa un sourire d'excuses.

— Je n'ai jamais trahi aucun de mes amis et ce n'est pas à mon âge que je vais commencer.

— Même pour débusquer des meurtriers ?

— La police est là pour ça, laissa tomber le vieux Grec.

Je comprends votre démarche, mais aucune de mes révélations ne ressuscitera Alekos Istrati.

*
* *

— Tu tapes là, dit Bruno Becker à Pavlos en lui tendant le RPG7.

À cette distance, impossible de rater. C'était du tir tendu à moins de vingt mètres. Le jeune anarchiste prit le lance-roquettes avec un air gourmand sous un regard envieux de son copain Nicolaos. C'est lui qui avait insisté pour s'en servir. Il avait l'impression de faire vraiment la révolution.

— Putain, mec, c'est géant ! fit-il à mi-voix.

— T'as vu où il faut appuyer ? demanda Bruno Becker, qui les avait rapidement formés dans la voiture.

Ce n'était pas sorcier. Il fallait viser et appuyer sur la détente.

— J'suis pas débile, protesta Pavlos.

— O.K., fit Bruno Becker, je redescends surveiller l'entrée.

Il se jeta dans l'escalier qu'il descendit quatre à quatre. Se disant que les deux hommes qui se trouvaient dans l'appartement allaient être déchiquetés par la roquette qui allumerait vraisemblablement un incendie. Il atteignait tout juste le rez-de-chaussée quand il y eut une explosion violente dont l'onde de choc fit trembler toutes les vitres de la rue Amfitritis.

« Mission accomplie » se dit Bruno Becker. En sus d'avoir atteint l'objectif fixé par Sadarnapoulos, il venait de supprimer un témoin gênant.

CHAPITRE XVII

La déflagration assourdissante prit totalement par surprise Viviendos Lasithiotakis et Malko, qui se contemplaient en chiens de faïence après la fin de non-recevoir que venait d'opposer le vieux Grec à son interlocuteur.

Une fraction de seconde plus tard, toutes les vitres des fenêtres donnant sur la rue se brisèrent dans un fracas d'enfer, projetant des débris de verre partout, et un souffle d'air brûlant balaya le salon où se trouvaient les deux hommes, charriant une odeur âcre d'explosif. Heureusement, les rideaux avaient retenu les éclats de verre qui n'arrivèrent pas jusqu'au coin où ils se tenaient. Ils se levèrent ensemble et Malko se précipita vers ce qui restait de la fenêtre.

Il vit d'abord quelque chose qui brûlait sur le toit terrasse de l'immeuble d'en face. Il lui fallut quelques secondes pour réaliser qu'il s'agissait de deux corps humains. Son regard s'abaissa vers la rue et il distingua un homme, la tête levée vers l'immeuble où s'était produit l'explosion. Malgré la pénombre, il lui sembla reconnaître le crâne chauve de Bruno Becker. Il comprit alors ce qui s'était passé. Ce qui avait explosé sur le toit était vraisemblablement une roquette, qui, au lieu de venir dévaster l'appartement de Viviendos Lasithiotakis, avait explosé accidentellement, tuant ceux qui s'apprêtaient à s'en servir.

Portée par le vent, une âcre odeur de brûlé envahit le salon. En bas, dans la rue, l'homme qui ressemblait à Bruno Becker semblait pétrifié.

— Que se passe-t-il ? demanda d'une voix chevrotante Viviendos Lasithiotakis

— Je vais voir, lança Malko.

Il était déjà sur le palier. Il se rua dans l'escalier, sautant les marches aussi vite qu'il le pouvait.

*
* *

Bruno Becker demeura quelques instants pétrifié, ne comprenant pas ce qui s'était produit, avant de réaliser l'incroyable vérité. La roquette du RPG7 avait explosé prématurément, pour une raison inconnue. Et il ne devait pas rester grand-chose de Pavlos et de Nicolaos. Il reprit vite ses esprits : la police n'allait pas tarder à arriver.

Comme un fou, il courut vers la voiture qui les avait amenés et s'arrêta net devant, réalisant que c'était Pavlos qui avait la clef de contact ! Il faillit revenir sur ses pas pour monter sur la terrasse, mais c'était suicidaire. Et sa moto se trouvait avenue Panagoulis, à plus de deux kilomètres ! Paniqué, fou de rage contre lui-même, il partit en courant dans la rue Amfitritis, en direction de l'avenue Vassileos Georgiou.

*
* *

Quand Malko jaillit du 32 rue Amfitritis, il eut juste le temps d'apercevoir au loin une silhouette tourner le coin de la rue et disparaître dans l'avenue Vassileos Georgiou. En face, une colonne de fumée noire s'élevait du toit où avait eu lieu la déflagration et une écœurante odeur de chair brûlée empuantissait l'atmosphère.

Il sauta dans sa voiture, effectua un demi-tour en catastrophe et fonça vers l'avenue Vassileos Georgiou, tournant dans la contre-allée. Une centaine de mètres plus loin, il aperçut un homme qui marchait rapidement sur le trottoir. Celui-ci ralentit et se retourna. Malko crut qu'il l'avait vu et pila. Au même moment, un bus dépassa Malko qui vit le fugitif lui faire signe de s'arrêter. Malko attendit qu'il soit monté dans le bus pour redémarrer.

Cette fois, il n'allait pas lâcher Bruno Becker.

*
* *

Viviendos Lasithiotakis, debout derrière sa fenêtre aux vitres brisées, contemplait le toit de l'immeuble d'en face grouillant de policiers. La calme rue Amfitritis était envahie par les voitures de police, de pompiers, deux ambulances...

Les gyrophares bleus éclairaient les façades d'un éclat sinistre. Viviendos Lasithiotakis comprit qu'il venait d'échapper à la mort par miracle.

Il retourna s'asseoir et but un peu de thé, comprimant les battements de son cœur.

Il y avait longtemps, très longtemps qu'il n'avait pas affronté la mort. Plusieurs dizaines d'années. Certes, il était âgé, mais tenait encore à la vie. Ce qui dominait en cet instant chez lui, c'était le sentiment d'injustice: alors qu'il s'obstinait à protéger des gens qui n'étaient même pas ses amis, ceux-ci avaient décidé froidement de l'éliminer parce qu'il présentait un risque à leurs yeux. Encore sous le choc, il souleva le couvercle d'un coffre qui lui servait de bar et y prit une bouteille de cognac français, de l'Otard XO, dont il versa un peu dans un verre. Ses mains tremblaient tant qu'il eut du mal à le porter à ses lèvres. Il le but à petites lampées, sentant peu à peu sa colère et sa peur rétrospective s'estomper pour faire place à une froide détermination.

Il posa les mains à plat sur ses genoux, le temps qu'elles cessent de trembler, puis alla prendre un bloc dans un secrétaire et commença à écrire. Tout ce qu'il savait et avait refusé de révéler à son visiteur!

Un coup de sonnette le força à s'interrompre. Il alla ouvrir et se trouva en face d'un policier en uniforme qui faisait le tour des appartements de l'immeuble pour recenser les dégâts et les blessés.

— Il n'y a pas de blessé ici, précisa Viviendos Lasithiotakis, seulement des vitres brisées, mais j'ai eu très peur. Que s'est-il passé?

— Des terroristes se sont fait sauter accidentellement avec un lance-roquettes, expliqua le policier. Ils sont morts tous les deux. Vous n'avez rien remarqué de spécial?

— Non, répondit le vieux Grec, j'étais en train d'écrire. je ne vois pas.

Le policier porta la main à sa casquette.

— *Efaristo poli*[1]. Il faudra vous présenter au commissariat afin de faire une déclaration pour vos vitres brisées.

La porte refermée, Viviendos Lasithiotakis se remit à écrire, de son écriture serrée. Certain que c'était Lambros lui-même qui avait donné l'ordre de le tuer.

Bruno Becker sauta du taxi qu'il avait pris en bas de l'avenue Singrou, là où le bus l'avait déposé, et bondit sans se retourner jusqu'à l'immeuble de la rue Damareos qui abritait sa planque. Il avait hâte de se retrouver en sûreté. Il irait récupérer sa moto plus tard. Occupé à mettre la clef dans la serrure, il n'entendit pas un homme arriver sur ses talons. Il sursauta quand un objet dur s'enfonça dans son dos et qu'une voix inconnue lui ordonna en français :

— Entrez tranquillement. Ne mettez pas vos mains dans vos poches, ne cherchez pas à fuir, ne vous retournez pas.

Tétanisé, Bruno Becker sentit ses jambes se dérober sous lui. Il avait assez d'expérience pour savoir qu'il avait le canon d'un pistolet appuyé dans son dos. Il se demanda fugitivement ce qui s'était passé. On l'avait attendu ou suivi? Différence académique désormais... Il pénétra dans le hall de l'immeuble et l'homme derrière lui ordonna :

— Entrez dans l'appartement.

Le terroriste ne songea même pas à résister, n'imaginant

---

1. Merci beaucoup.

pas que celui qui le menaçait pouvait ne pas savoir de quel appartement il s'agissait. Il se dirigea vers la porte du fond et entreprit d'ouvrir les deux verrous. Avec, sur sa nuque, le souffle de l'homme qui le menaçait. Machinalement, il alluma après être entré. La pièce était en désordre, avec des caisses et des cartons partout, une machine à écrire Olympia posée sur une table, à côté d'une pile de revendications.

— Retournez-vous et jetez votre arme.

La voix était calme, maîtrisée. Bruno obéit.

Celui qui le menaçait était l'agent de la CIA venu le débusquer dans le squat avec Dolorès Ribeiro. Celui justement qu'il avait été chargé d'éliminer avec le RPG7... Il sentit son estomac se contracter. Comment diable avait-il pu le suivre? Il se pencha en avant et saisit dans sa ceinture le Sig pour le jeter sur le plancher. Et enfin, il affronta son regard.

— Vous êtes Bruno Becker, lança d'une voix posée l'agent de la CIA. Je sais beaucoup de choses sur vous, en particulier sur votre passé, lorsque vous étiez avec Carlos.

— Qu'est-ce que vous voulez? demanda le terroriste d'une voix étranglée.

Soudain, après avoir si souvent tué, il n'avait pas envie de mourir. Enfin, pas tout de suite. Il avait en face de lui un professionnel, donc pas question de l'enfumer.

— La réponse dépend de vous, fit l'inconnu. La solution la plus facile pour moi consiste à appeler la police et à vous laisser vous débrouiller avec eux. En plus du meurtre de Dolorès Ribeiro dont j'ai été témoin, de celui de Panos Gavras, de l'incident de ce soir, j'ai aussi une confession de Dolorès Ribeiro qui énumère les meurtres du 17 Novembre auxquels vous avez participé. Il est possible que la justice grecque ne soit pas aussi indulgente avec vous qu'avec vos camarades grecs. Mais enfin, la peine de mort n'existe pas ici. Vous vous en tirerez avec pas mal d'années de prison.

Bruno Becker passa sa langue sur ses lèvres sèches. Il entrevoyait une très vague lueur d'espoir et ne voulait pas la laisser s'échapper.

— Qu'est-ce que je dois faire pour que vous n'appeliez pas la police? demanda-t-il.

Malko esquissa un sourire sans joie.

— Je vois que vous comprenez vite. Je n'appartiens pas à la police, comme vous le savez, et je me moque de votre sort. Par contre, je veux remonter à celui qui a ordonné tous les meurtres commis depuis 1975 par l'organisation du 17 Novembre. À une époque où vous n'étiez pas encore en Grèce.

Une lueur de surprise passa dans le regard du terroriste suisse.

— Mais vous le savez, prétendit-il. C'est Alexandros Stavropoulos.

Malko lui jeta un regard froid.

— Ne commencez pas à mentir. Stavropoulos est en prison à Korydallos. Ce n'est pas lui qui vous a dit de me tuer aujourd'hui. Je veux savoir qui vous a donné cet ordre.

Les deux hommes continuaient à se faire face, debout au milieu de la pièce. Malko, sur ses gardes, avait toujours son Beretta 92 braqué sur le terroriste. Celui-ci encaissa sa mise en garde et dit d'une voix moins assurée :

— Si je vous aide, quelle garantie j'ai que vous me laisserez partir ?

— Aucune, dit Malko, mais avez-vous vraiment le choix ? Je peux vous tirer une balle dans la tête, appeler la police ou profiter de vos bonnes intentions. Je vous le répète, je n'ai rien contre vous. En dépit d'aujourd'hui.

Bruno Becker demeura silencieux quelques instants. La transpiration collait sa chemise à son torse et pourtant, il ne faisait pas chaud dans cet appartement.

— Bien, fit-il, dompté. Que voulez-vous savoir ?

— Qui vous a demandé de monter cet attentat ?

— Sadarnapoulos.

— C'est un pseudo, remarqua Malko. Qui se cache derrière ?

— Je ne sais pas. Je n'ai jamais connu son véritable nom.

— Comment le joignez-vous ?

— Il me téléphone.

— Où ?

— Ici, ou sur mon portable.
— Vous le voyez où ?
— Cela dépend. Des cafés, des lieux publics. Il est très prudent.
— À quoi ressemble-t-il ?
— Il est petit, malingre, un peu chauve, il a toujours des lunettes carrées, des verres fumés ; il a une soixantaine d'années.
— Quand l'avez-vous vu pour la dernière fois ?
— Hier, je lui ai rendu compte de ma filature. Il m'a demandé d'organiser l'attentat d'aujourd'hui. Nous nous sommes donné rendez-vous ce matin dans un parking où il m'a remis un RPG7.
— Que s'est-il passé ? demanda Malko. Ce n'est pas vous qui deviez tirer ?

Bruno Becker eut une imperceptible hésitation.
— Si, avoua-t-il.
— Alors, que s'est-il passé ?
— Je ne sais pas trop, avoua Bruno Becker. J'ai eu peur.
— De quoi ?
— Je peux m'asseoir ?
— Allez-y.

Il se laissa tomber dans un vieux fauteuil, alluma une cigarette et dit :
— Depuis ce qui est arrivé à Panos Gavras, je suis méfiant. C'est Sadarnapoulos qui lui avait remis l'explosif et le détonateur qui lui a pété à la gueule. C'était la première fois qu'il intervenait pour la fourniture du matériel. D'habitude, on se fournissait dans une des planques. Alors, ce matin, quand Sadarnapoulos m'a apporté le RPG7, j'ai repensé à ça. Et j'ai pris mes précautions.
— Qui étaient les deux hommes qui ont été tués par le RPG7 ?
— Deux frères, des anarchistes, je les avais déjà utilisés pour d'autres actions.
— Vous pensez que ce RPG7 a été saboté ?
— Je ne sais pas. Peut-être... Des accidents comme ça, il n'y en a jamais. Mais on ne peut pas être sûr...

Ses révélations ouvraient des horizons nouveaux à Malko. Est-ce que toute l'opération de démantèlement du 17 Novembre n'aurait pas été sciemment provoquée ?

Il allait poser une autre question quand le téléphone sonna, ce qui envoya une violente giclée d'adrénaline dans ses artères. Bruno Becker regardait l'appareil avec une expression stupide, tétanisé. *Lui* savait que l'appel ne pouvait provenir que d'une personne. Même sa copine n'avait pas ce numéro.

— Répondez ! lança Malko.

Le terroriste décrocha et dit « *Né ?* » ?

Malko vit ses pupilles se rétrécir. Il serrait l'écouteur à le briser. Il fit un pas en avant, collant le canon du Beretta 92 contre la gorge de Becker, et souffla :

— Vous êtes seul...

Bruno Becker se lança dans une conversation animée. Comme elle se déroulait en grec, Malko n'avait aucune idée de sa teneur. Quand Becker raccrocha, il demanda aussitôt :

— Qui était-ce ?

— Sadarnapoulos.

— Que voulait-il ?

— La radio a parlé d'un attentat à Glifada. Précisant qu'il y avait deux morts. Il pensait que...

— ... c'était l'homme chez qui j'étais et moi, compléta Malko. Que lui avez-vous dit ?

Bruno Becker avait vraiment l'air mal dans ses baskets.

— Qu'il y avait eu un problème avec l'engin, qu'il avait explosé au moment du lancement.

— Et cela ne l'a pas étonné que *vous* soyez vivant ?

— Je lui ai dit que j'avais « sous-traité ». Que mes copains étaient meilleurs que moi avec ce truc. Il les connaît.

— Il vous a cru ?

— Je ne sais pas.

— Pourquoi aurait-il voulu vous éliminer ?

— Je ne sais pas. Il veut peut-être tout arrêter et ne pas laisser derrière lui des gens qui le connaissent.

Quelque chose ne collait pas, mais Malko n'arrivait pas à mettre le doigt dessus. C'était Lambros qui était en cause dans sa visite à Lasithiotakis, pas Sadarnapoulos. Pourtant, Bruno Becker semblait dire la vérité.

— Qu'avez-vous convenu ? demanda-t-il.

— Il veut me voir. Demain vers midi, dans un supermarché de Vrilissia, dans la banlieue nord.

— Très bien, approuva Malko. Demain, je vous accompagnerai. De loin. D'ici là, nous n'allons pas nous quitter.

*
* *

Sadarnapoulos s'éloigna en marchant rapidement de la cabine d'où il avait appelé Bruno Becker, assez loin de son domicile pour qu'elle ne puisse être sous surveillance. En proie à des sentiments contradictoires. Pour la première fois de sa vie, il avait menti à son vieil ami Lambros. Et ça ne lui avait pas porté chance... L'opération avait raté sur toute la ligne. Ceux que Lambros lui avait demandé d'éliminer étaient toujours vivants et Bruno Becker aussi. Ce qui pouvait poser un problème car il n'était pas idiot. L'histoire des deux anarchistes « spécialistes » ne tenait pas la route. Becker s'était tout simplement douté de quelque chose et c'était extrêmement fâcheux. D'autant que c'était vrai. Sadarnapoulos avait passé plusieurs heures dans son atelier à trafiquer la fusée déclenchant la charge explosive du RPG7. Grâce à un système de masselotte, il y était parvenu. La masselotte, par inertie, projetait un percuteur dans la charge dès la première fraction de seconde de propulsion.

Sadarnapoulos n'avait pas été d'accord avec Lambros lorsque celui-ci lui avait donné l'ordre d'éliminer Lasithiotakis et l'agent de la CIA. Le vieux Grec n'avait pas parlé durant vingt-sept ans. Pourquoi changerait-il aujourd'hui ? Quand à l'agent de la CIA, s'il mourait, il en viendrait d'autres. Seulement, en vieillissant, Lambros était devenu plus autoritaire, moins accessible à la discussion. Coupé des réalités. Sadarnapoulos était resté, lui, un homme de terrain, et il ressentait presque physiquement la menace de la CIA. Or, la seule personne désormais à pouvoir l'impliquer était Bruno Becker, un mercenaire qui représentait un risque potentiel important. Sadarnapoulos ne croyait pas à la possibilité de relancer le 17 Novembre après les Jeux Olympiques. Alors, autant jouir d'une retraite bien méritée sans sursauter au moindre coup de sonnette. Bruno Becker éliminé, c'est ce qui se serait produit. Maintenant, il fallait parer à deux problèmes. Continuer à mentir à son vieux copain en prétendant que le RPG7 avait explosé accidentellement et se charger lui-même de la liquidation du terroriste suisse.

Bizarrement, quatre mois plus tôt, lorsque Lambros lui avait donné l'ordre de remettre à Panos Gavras le dispositif de mise à feu trafiqué qui devait faire exploser la charge destinée aux Hellas Flying Dolphins et celui chargé de la poser, il avait été réticent. Opération trop tordue. Bien sûr, il savait comme Lambros que les Britanniques avaient réuni un dossier sur le 17 Novembre qui allait déboucher sur des arrestations. Ce qui allait ridiculiser les services grecs, qui, eux, n'avaient rien trouvé en vingt-sept ans ! Donc, « on » avait demandé à Lambros de s'arranger pour que cette vague d'arrestations puisse être attribuée à une erreur des terroristes.

D'où « l'accident »...

Mais la suite des événements avait prouvé que le jeu n'en valait pas la chandelle. Certes, les recherches s'étaient arrêtées à Stavropoulos, mais Panos Gavras avait survécu, ce qui avait déclenché une chaîne de conséquences dont l'attentat raté de Glifada était la dernière. En effet, Sadarnapoulos lui avait remis avant l'attentat une charge explosive, un dispositif-retard de mise à feu et un détonateur. Le dispositif-retard était piégé : au lieu d'exploser cinq minutes après la fermeture du circuit, Sadarnapoulos avait fait en sorte que le détonateur se déclenche, sans retard, faisant exploser la charge et déchiquetant Panos Gavras. Seulement ce dernier avait fermé le circuit avant de planter le détonateur dans la charge, et seul ce dernier avait explosé.

Si Panos Gavras avait été arrêté avec les autres, rien de tout cela ne se serait passé, car les Américains n'auraient pas eu de fil à tirer.

Sadarnapoulos leva les yeux : marchant comme un automate, il était arrivé devant la grille de son immeuble.

Une fois chez lui, il se débarrassa de son blouson et fila à la cuisine se préparer une tisane. Sinon, il n'arriverait pas à trouver le sommeil. Or, la journée du lendemain allait être importante.

*
* *

Malko s'étira et jeta un coup d'œil à sa Breitling. Huit heures dix. Il avait mal dormi, sur le canapé, après avoir enfermé Bruno Becker dans la salle de bains et s'être assuré qu'il n'y avait pas d'armes dans la pièce. Une fois seul, il avait appelé John Hill pour lui dire qu'il était avec Bruno Becker. Mais sans lui parler du rendez-vous avec Sadarnapoulos. Il ne voulait aucun risque de bavure. Il frappa à la porte de la salle de bains.

— Levez-vous ! cria-t-il, en tournant la clef dans la serrure.

Bruno Becker apparut, hirsute, les yeux rouges, gris de fatigue. Ce n'est pas confortable de dormir dans une baignoire, petite de surcroît... Malko lui jeta un regard incisif.

— Vous allez vous raser et vous laver. Je ne veux pas que Sadarnapoulos se doute de quelque chose.

Il ne le quitta pas des yeux, avant d'aller faire du café dans la cuisine. Il y avait encore trois heures à tuer. Le terroriste paraissait un peu plus frais. Malko lui ordonna :

— Donnez-moi tous vos papiers et les clefs de cet appartement. Au cas où vous auriez la mauvaise idée de vous esquiver.

L'autre s'exécuta sans discuter. Malko pensa alors à autre chose.

— Quand vous voyez Sadarnapoulos, vous êtes armé ?
— Je suis toujours armé.

Malko prit le Sig avec lequel Bruno Becker avait abattu Dolorès Ribeiro et ôta le chargeur dont il retira les cartouches avant de tendre l'arme au terroriste.

— Voilà. Quand vous serez avec lui, vous lui relaterez seulement ce qui s'est passé. Il vous donnera sûrement d'autres instructions. Moi, je serai à une certaine distance, avec d'autres gens. N'essayez pas de filer.

— Et après, qu'est-ce que je fais ?

— Vous revenez ici et vous m'attendez dans l'entrée de l'immeuble.

Il glissa son propre pistolet dans sa ceinture. En principe, tout devait bien se passer. Sauf si Bruno Becker l'avait doublé en prévenant Sadarnapoulos. En ce moment, celui-ci pouvait très bien attendre rue Damareos, en face de la planque. Avec un autre RPG7, pas trafiqué.

Seulement, il ne le saurait qu'en sortant. C'est-à-dire trop tard.

CHAPITRE XVIII

À bonne distance, Malko, au volant de sa voiture, suivait Bruno Becker en moto. Ils étaient allés récupérer l'engin à Glifada. Rien ne s'était produit à la sortie de la planque et le terroriste suisse jouait le jeu. Malko lui ayant confisqué ses faux papiers, les clefs de la planque et les munitions de son Sig, il n'avait pas tellement le choix... L'un derrière l'autre, ils traversaient les innombrables communes formant l'immense banlieue nord d'Athènes.

Ils arrivèrent à Vrilissia, une localité résidentielle avec des allées calmes et des maisons cossues. Bruno Becker gara sa moto en face d'un petit centre commercial. Les étals d'un marché en plein air occupaient toute la rue où se pressait une foule compacte. Le terroriste plongea dans la foule, mêlé aux ménagères croulant sous les cabas. Malko suivait à bonne distance. Surtout ne pas éveiller la méfiance de Sadarnapoulos... Rien ne se passa pendant vingt minutes. Ils arpentaient les allées du marché et Malko commençait à se demander si Bruno Becker ne l'avait pas doublé, quand il vit un homme traînant un cabas à roulettes s'immobiliser à côté du terroriste. Les deux hommes échangèrent un regard, puis Malko les vit engager la conversation, isolés au milieu de la foule. Il imprégnait son regard de celui qui devait être Sadarnapoulos. Un petit bonhomme mal habillé, au crâne dégarni, avec des lunettes fumées. La soixantaine fatiguée, style petit retraité inoffensif... Celui qu'il avait eu à la station de métro

Omonia en compagnie de Christos Morfi. La conversation dura une dizaine de minutes, puis les deux hommes se séparèrent. Malko se fondit dans la foule. Il devait retrouver Becker devant la planque de la rue Damareos.

Sadarnapoulos continua son marché, remplissant son cabas sans se presser, saluant plusieurs personnes : donc il était du quartier. Ensuite, il repartit, traînant son Caddie à roulettes, et s'engagea dans une des allées qui partait de la place où se tenait le marché. Un kilomètre plus loin, Malko le vit entrer dans un jardin entourant un immeuble. Il pressa le pas et faillit se faire surprendre : l'homme qu'il suivait était en train de farfouiller dans une voiture garée sous les pilotis de ciment soutenant le bâtiment, dans une zone qui servait visiblement de parking. Une voiture française, une vieille Mégane grise.

Il referma le coffre et pénétra dans l'immeuble. Impossible de voir à quel étage il se rendait. Malko se contenta de relever le numéro de la voiture. Avec cela, il aurait son identité.

Ensuite, il regagna son propre véhicule et reprit la route du centre d'Athènes. Bruno Becker attendait sagement dans le hall de l'immeuble de la rue Damareos et ils entrèrent ensemble.

— Alors ? demanda Malko, comment cela s'est-il passé ?

— Il était furieux, avoua Becker. Il m'a violemment reproché d'avoir utilisé des amateurs qui ont fait une fausse manœuvre alors que j'étais payé pour accomplir cette tâche. Que cela risquait de mettre la police sur une piste. Je ne vois pas comment : ils n'avaient aucun papier sur eux et ils ne connaissaient même pas cette planque.

Assis sur le rebord du vieux canapé, le regard fixé sur le sol, il frottait machinalement ses mains l'une contre l'autre, ne dissimulant pas sa nervosité.

— Vous pensez vraiment qu'il a voulu se débarrasser de vous ?

— Oui, affirma le Suisse. Je lui avais suggéré de vous éliminer tous les deux. Avec un pistolet muni d'un silencieux, c'était facile. Ensemble ou séparément. Mais il a insisté pour le RPG7 et cela m'a mis la puce à l'oreille. À Beyrouth, j'ai appris beaucoup de choses.

— Lesquelles ?

— Que lorsqu'on voulait se débarrasser de quelqu'un, on piégeait sa voiture en l'envoyant commettre un attentat. J'ai un copain à qui c'est arrivé. Il en savait trop sur les Syriens. Il a reçu une grosse somme d'argent pour aller placer une voiture piégée près de l'ambassade de France. Normalement, la charge était reliée à une minuterie de machine à laver qui lui donnait cinq minutes pour s'éloigner. Mais, quand il l'a enclenchée, la charge a explosé. Et ce n'était pas un accident...

— Comment le savez-vous ?

— Je l'avais vu juste avant et il m'avait expliqué ce qu'il allait faire.

— Que vous a dit Sadarnapoulos pour l'avenir ?

— De rester dans cette planque jusqu'à nouvel ordre et de ne sortir que pour me ravitailler et l'appeler entre onze heures et midi, à une certaine cabine publique dont j'ai le numéro. Que je recevrai d'autres instructions. Et de l'argent pour une autre action.

— Bien, conclut Malko. Je vais vous faire une proposition. Vous allez retourner vivre avec votre copine et ne plus vous occuper de rien. Si les choses se passent comme je le souhaite, vous n'entendrez plus jamais parler de moi.

— Vous ne me balancerez pas aux flics ?

Malko eut un regard froid.

— Je ne suis pas en Grèce pour rendre la justice. C'est vrai, vous devriez finir vos jours dans un pénitencier, mais ce n'est pas mon problème. J'ai une mission et je m'y tiens. L'homme que vous avez rencontré est bien celui que vous connaissez sous le nom de Sadarnapoulos ?

— Oui, bien sûr.

— Bien, vous allez me mettre par écrit les circonstances de cette rencontre et résumer *tous* les ordres qu'il vous a donnés au cours des dernières années.

— Avant, c'était Stavropoulos.

— O.K., alors depuis l'arrestation de Stavropoulos. De façon à ce qu'il soit lié aux « actions » commises. Sauf, bien sûr, le meurtre de Dolorès Ribeiro.

— Je ne voulais pas la tuer, plaida Bruno Becker. C'est elle qui...

— Je sais, dit Malko, j'étais là. Écrivez et, quand vous aurez fini, vous serez libre. Je vous rendrai vos papiers et vous ne vous occuperez plus de rien. Peut-être que vous vous en tirerez, peut-être pas, mais ce n'est pas mon problème. Vous êtes d'accord ?

— Oui, fit le terroriste dans un souffle.

Il s'installa à la table, repoussa la machine sur laquelle avaient été tapées les revendications du 17 Novembre et se mit à écrire, en français, sous la surveillance de Malko. D'une écriture maladroite, pleine de fautes d'orthographe. Une heure et demie après, il avait fini. Malko relut le texte et le lui rendit.

— Mettez vos empreintes digitales sous votre signature, qu'il n'y ait pas d'ambiguïté. Et apposez-les aussi sur chaque page.

Bruno Becker s'exécuta, plia les feuillets et les glissa dans une enveloppe. Malko la prit et ajouta :

— Donnez-moi le Sig.

Bruno Becker le lui tendit et Malko lui rendit ses papiers.

— Vous êtes libre.

Bruno Becker tourna les talons et claqua la porte derrière lui, n'en revenant visiblement pas de sa chance. Malko remit un chargeur plein dans le Sig et le glissa dans sa pochette. Ensuite il sortit et prit sa voiture, direction l'ambassade américaine. Avec le numéro de la Mégane, John Hill n'aurait aucun mal à découvrir la véritable identité de Sadarnapoulos. Mais d'abord il voulait se raser et prendre une douche.

*
*\ *

L'employé de la réception du *Saint-Georges* poussa vers Malko une épaisse enveloppe.

— Un monsieur a déposé cela pour vous.

Malko attendit d'être dans sa chambre pour l'ouvrir. Il découvrit un texte manuscrit rédigé en anglais et resta bouche bée en regardant la signature : Viviendos Lasithiotakis. Il lut :

Je n'avais pas l'intention de trahir mes amis, mais après ce qui s'est passé aujourd'hui, je me sens libéré de toute obligation morale. Ces gens sont fondamentalement mauvais. C'est vrai, je les connais depuis des dizaines d'années et certains ont eu une conduite courageuse et parfois héroïque, pendant la dictature des colonels. Je me suis battu à leurs côtés. J'ai même fait de la prison en France pour avoir transporté des explosifs pour le compte d'Alexandros Stavropoulos. C'était mon ami. Un homme perturbé, qui souffrait beaucoup d'être ostracisé à cause de la « trahison » de son père. Il voulait absolument prouver sa fidélité aux valeurs de l'extrême gauche.

C'était une époque lyrique. Nous étions tous à Paris, après la révolution de mai 1968, nous ne rêvions que guerre de libération, écrasement du capitalisme, guerre à l'Amérique. Les États-Unis avaient beaucoup aidé les colonels. Moi qui avais lutté contre les communistes grecs pendant la guerre civile, je savais que le communisme ne menait qu'au goulag et que la violence n'était pas tolérable dans une démocratie. Nous avons eu de nombreuses discussions à ce sujet dans les années soixante-dix, à Paris. Des noms prestigieux, comme Jean-Paul Sartre, appuyaient cette démarche fanatique. Je me souviens d'un dîner où nous étions quatre : moi, Stavropoulos qui portait encore son véritable nom, Pablo, le vieux trotskiste qui fut tué des années plus tard et l'homme que vous connaissez sous le nom de Lambros. Il se nomme en réalité Kostas Kavriki, mais il n'y a qu'une poignée de personnes à le connaître sous ses deux noms. Il était le plus fanatique de tous. Un trotskiste de la vieille école, qui n'avait jamais transigé avec le système, consacrant sa vie à la lutte armée. À ses yeux, il fallait la continuer même en démocratie, car c'était la seule façon de maintenir allumée la petite flamme de la résistance...

Je ne l'ai jamais revu depuis ce jour. Mais, en lisant les journaux, j'ai su qu'il avait convaincu Stavropoulos. Bien entendu, je ne pouvais pas les trahir. C'étaient mes amis. Quand mon ami Tsatos m'a mis au courant de l'affaire Pyrkal, j'ai su que Lambros avait franchi un nouveau palier. Comme de nombreux trotskistes, obligés de se fondre dans le système pour survivre, il avait peu à peu perverti ses convictions, s'était laissé tenter par l'argent... Peut-être qu'il en utilisait une partie pour la Cause, peut-être pas. Lui seul le sait... Mais depuis ce jour, j'ai perdu toute estime pour lui.

L'attentat raté d'aujourd'hui m'a ouvert les yeux : ces gens pensent que nous sommes comme eux. Ils se trompent : sans cet incident, je ne vous aurais jamais écrit cette lettre. Faites-en l'usage que vous voudrez, mais ne cherchez pas à me revoir.

Malko relut trois fois la confession de Viviendos Lasithiotakis. N'en croyant pas ses yeux. Tout ce qu'il cherchait à découvrir depuis le début de son enquête s'y trouvait. Y compris l'identification de Lambros qui correspondait à celle de Maria Istrati.

Il n'y avait pas un mot sur Sadarnapoulos dans la lettre, mais c'était normal : il devait se placer à un échelon inférieur et, de ce côté-là, Malko avait désormais assez d'éléments pour aboutir. Il plia soigneusement la lettre et sortit de sa chambre. Il avait enfin de bonnes nouvelles à annoncer à John Hill.

**
* **

— *To your fantastic job* [1]*!*
Euphorique, John Hill leva le verre qu'il venait de remplir

---

1. A votre superbe réussite !

de Defender « 5 ans d'âge », sorti du placard de son bureau. Le chef de station de la CIA rayonnait. Malko un peu moins : Lambros désormais identifié « positivement », la question de son sort allait se poser. Les éléments dont disposait désormais la CIA étaient suffisants pour emporter la conviction d'un service de renseignements, mais pas forcément celle d'un jury. Malko ne voulut pas quand même bouder son plaisir et vida d'un trait son verre de Stolichnaya « Cristal ». Ses nerfs se détendaient d'un coup. L'identification de Sadarnapoulos n'était plus qu'une formalité. La sonnerie de son portable le fit redescendre sur terre. C'était Martha Adonis.

— Tu m'as oubliée ! reprocha-t-elle à Malko. Maintenant, je m'ennuie dans la vie.

— Je ne t'ai pas oubliée ! assura Malko. Si tu veux, on dîne ensemble. Fais-toi belle.

John Hill, qui avait écouté la conversation, eut un sourire complice.

— Je vois que vous allez fêter votre victoire.

Peut-être par dépit, il se reversa une rasade de Defender « 5 ans d'âge » et prit dans une boîte un cigare dominicain qu'il alluma avec un Zippo XL à gaz, promenant longuement la flamme sur le tabac odorant. Lui allait retrouver bobonne.

Malko s'offrit une seconde rasade de Stolichnaya. Il le méritait bien.

— Demain, fit-il, je pense piéger Sadarnapoulos.

— Comment ? demanda aussitôt John Hill.

— Je ne veux pas en parler, cela porterait malheur. Et aujourd'hui, je suis en vacances.

Revenu de l'ambassade américaine, Malko avait continué à la Stolichnaya. L'esprit libre, il anticipait une soirée de détente avec Martha. Cela faisait plusieurs jours qu'il n'avait pas fait l'amour. Au coup de sonnette, il fonça à la porte. Cela ne pouvait être que Martha Adonis.

La jeune femme se glissa dans la chambre, les yeux brillants et, avant même que Malko ouvre la bouche, demanda :

— Est-ce que je suis assez belle à ton goût ?

Elle tourna lentement sur elle-même. Avec un pull de lainage rose, elle portait un pantalon de cuir noir, tout neuf, ajusté comme une seconde peau, qui mettait en valeur sa magnifique chute de reins. Avec un Zip séparant les fesses de la ceinture à l'entrejambes, comme les Américains le faisaient dans les années soixante.

— Tu aimes ? Je l'ai acheté aujourd'hui.

— Beaucoup ! fit Malko, sentant l'adrénaline se ruer dans ses artères à gros bouillons, sans qu'il sache si c'était la nouvelle tenue de Martha ou le succès de son enquête.

Il l'attira contre lui et, aussitôt, elle glissa une langue impérieuse dans sa bouche. Elle frémit à peine quand elle sentit Malko descendre le Zip du pantalon de cuir et prendre ses fesses à pleines mains. Pendant un moment, ils oscillèrent au milieu de la pièce, s'arrachant mutuellement leurs vêtements. Martha ne portait rien sous le pull rose. Entraînée par la furie de Malko, elle le défit, le prit à pleines mains, ravie de le voir si tendu.

— J'ai envie de te sucer, souffla-t-elle.

Ses yeux brillaient comme des étoiles.

— Non, fit Malko, pas maintenant.

Pourtant, il était raide comme un manche de pioche et la bouche de Martha aurait été une sensation divine. Mais il avait une meilleure idée.

Il repoussa Martha, la fit pivoter et saisissant la ceinture de son pantalon de cuir, le baissa sur ses hanches, dégageant la croupe et entraînant le string de la jeune femme. Puis, il poussa cette dernière au bord du lit et s'approcha. Les jambes entravées, elle ne pouvait guère bouger... Il tâtonna à peine et l'embrocha d'une seule poussée, cognant au fond de son sexe.

Martha Adonis poussa un cri sourd, emmanchée jusqu'à la garde, son beau pantalon de cuir à mi-cuisses. L'idée de se faire prendre de cette façon sauvage l'inonda en quelques secondes. Ses hanches commencèrent à se balancer de plus en plus vite. Malko allait et venait lentement, profitant de chaque seconde de ce simili-viol.

— Oh oui, c'est bon comme ça ! gémit Martha. Continue, tu vas me faire jouir.

Hélas, Malko n'obéit pas. Au lieu de la faire jouir, il se retira complètement, posa son sexe un peu plus haut sur l'ouverture plissée mauve des reins et, guidant son sexe d'une main, exerça une violente poussée.

Cela s'était fait en quelques secondes et la jeune femme n'avait pas eu le temps de réaliser. Sentant son sphincter forcé irrésistiblement, elle hurla.

— Non, je t'en prie, pas comme ça !

Malko fut tenté de lui rappeler que la sodomie était une tradition grecque, mais il n'avait pas la tête à ça. Déjà, le premier tiers de son membre avait disparu dans le conduit distendu. Martha Adonis ne pouvait plus se dégager. Ils saisit ses hanches minces et les tira vers lui de toutes ses forces. Martha poussa un nouveau hurlement au moment où le membre raide disparaissait totalement entre ses fesses. Malko demeura immobile, fiché au fond de ses reins, jouissant de l'exquise sensation. Un mélange de plaisir physique irradiant toutes les terminaisons nerveuses et de satisfaction mentale remontant à l'âge des cavernes. Courbée en avant, agenouillée au bord du lit, Martha Adonis, la croupe haute, était l'image même de la luxure, dans son pantalon de cuir rabattu sur ses cuisses. Il y avait quand même de bons moments dans l'existence, même si celle-ci était un peu courte.

Malko, bien planté en elle, se pencha à son oreille.

— Je vais me servir de toi ! murmura-t-il. Tu sens comme j'en ai envie ?

Martha ne pouvait pas ne pas le sentir... Il se retira avec lenteur et revint en elle le plus doucement possible. La jeune femme était tétanisée, tous ses muscles raidis. Elle en tremblait. C'était si excitant de se sentir serré à ce point qu'il faillit exploser sur-le-champ. Il se domina et continua son patient travail de forage. Peu à peu, les muqueuses se relâchèrent. Martha poussait parfois de petits gémissements, les mains crispées sur le couvre-lit.

Enfin, Malko sentit son sexe coulisser plus facilement. Les muscles secrets de la jeune femme s'étaient relâchés. Il n'attendait que cela pour se déchaîner. Il la prit comme un soudard, à grands coups de reins, lui arrachant des cris qui n'étaient pas toujours de douleur et, d'un ultime coup de boutoir, il se vida en elle en criant son plaisir, puis s'effondra sur son dos. Il aurait pu y avoir un tremblement de terre, il n'aurait pas quitté son terrier.

Le visage dans le couvre-lit, Martha Adonis mit quelques instants à retrouver son souffle puis lança d'un ton de reproche:

— C'est la première fois qu'on me fait ça. Pourquoi tu ne me l'as pas dit? J'aurais mis quelque chose.

— C'était une pulsion spontanée, jura Malko. Tu souhaitais me séduire avec ton pantalon de cuir noir.

— Oui, avoua-t-elle, mais je n'ai pas joui...

— Tu jouiras la prochaine fois, promit-il.

— Je ne veux pas, il n'y aura pas de prochaine fois, assura Martha Adonis, boudeuse, tandis qu'il se retirait de ses reins en douceur.

« Serment d'ivrogne », se dit Malko. Beaucoup de femmes étaient excitées à l'idée qu'on se serve d'elles mais ne l'auraient pas avoué, la tête sur le billot. C'était décidément une journée à marquer d'une pierre blanche.

Il décrocha le téléphone et appela le *room service*.

— Montez-moi une bouteille de Taittinger Comtes de Champagne Blanc de Blancs 1995, demanda-t-il.

Il fallait bien fêter la fin de l'innocence de Martha Adonis.

*
* *

Un soleil brillant rendait Athènes presque séduisante et Malko s'était levé tôt. La veille, après avoir terminé la bouteille de Taittinger, il avait emmené Martha dîner au Pirée. Et, dès leur retour au *Saint-Georges*, elle avait oublié son « serment d'ivrogne » pour se donner avec la même fougue. Maintenant, la récréation était terminée. Il descendit et mit le cap sur l'ambassade américaine. John Hill l'accueillit avec un sourire aussi radieux que le temps.

— Nous avons identifié Sadarnapoulos, annonça-t-il d'emblée. Il s'appelle Thomas Kazantzakis et nous avons une fiche sur lui. C'est un syndicaliste d'extrême gauche, catalogué comme trotskiste, mais il n'a jamais eu un rôle officiel important.

Encore un trotskiste... Le cœur du mouvement du 17 Novembre.

— Comment vous y êtes-vous pris ? demanda Malko.

— C'est le consul qui s'en est occupé. Il a prétendu qu'un véhicule de l'ambassade avait été heurté sans gravité par la voiture dont nous avons donné le numéro. *No sweat*.

— Ce Kazantzakis n'avait jamais été impliqué dans le 17 Novembre ?

— Jamais. Il est à la retraite. Bien sûr, connu de la police grecque pour ses opinions gauchistes, mais ici ce n'est pas vraiment un péché. Il n'a jamais appartenu au Pasok et on ne lui connaissait plus d'activité politique.

— Alors que c'est une des courroies de transmission de Lambros, souligna Malko, avec Stavropoulos. Désormais, je crois avoir reconstitué l'organisation clandestine du 17 Novembre.

— Vous avez accompli un travail fantastique, renchérit le chef de station. Il n'y a pratiquement plus de zones d'ombre.

— C'est vrai, reconnut Malko, mais est-ce que cela suffirait à emporter la conviction d'un tribunal grec ? Kostas Kavriki est un homme en vue, lié au Pasok, riche et puissant. Il doit avoir des dossiers sur beaucoup de gens... La lettre de Lasithiotakis est détaillée mais ce n'est pas une preuve. Il ne peut pas certifier que Lambros, même s'il a eu des liens avec le 17 Novembre, a donné des ordres pour des crimes précis.

— C'est exact, concéda l'Américain, mais ce que nous avons est déjà formidable.

— Il y a deux choses à faire, conclut Malko. D'abord, vous allez affecter une équipe de « baby-sitters » à Viviendos Lasithiotakis. Je ne pense pas que Lambros tente à nouveau quelque chose contre lui, mais on ne sait jamais. Il vaut mieux un témoin vivant que mort. Il faut lui donner une protection vingt-quatre heures sur vingt-quatre. C'est possible ?

— C'est possible, confirma le chef de station. Mais je n'en souffle mot à la police grecque... Et ensuite ?

— Sadarnapoulos. Ou plutôt Thomas Kazantzakis. Je vais essayer de le piéger. *Lui* pourrait parler. Il sera toujours temps de le balancer aux Grecs, si je n'arrive à rien.

— Vous avez une idée ?

— Oui, dit Malko. Je vous l'ai dit hier.

Peu à peu, tous les événements des derniers mois s'articulaient dans un enchaînement implacable. Rien n'était dû au hasard dans la « chute » du 17 Novembre. Celui qui tirait les ficelles – Lambros –, mis au courant par ses amis de la police ou de l'EYP, avait choisi de faire la part du feu. Thomas Kazantzakis connaissait les détails de l'opération.

*
* *

Il était onze heures moins dix quand Malko pénétra dans la planque de la rue Damareos. Rien n'avait bougé depuis la veille. Il avait garé la voiture assez loin, par prudence. Il s'installa sur le canapé, le Sig de Bruno Becker à portée de main, et s'arma de patience. Si son raisonnement était juste, il n'allait pas attendre longtemps...

Le téléphone sonna à onze heures dix et la sonnerie fit sursauter Malko. Il compta les sonneries : sept. Après quelques minutes de silence, cela recommença. Cinq sonneries cette fois. Le silence retomba. Malko était tendu comme un chasseur à l'affût, priant de toutes ses forces pour que l'homme vienne se jeter dans son piège. Une sonnerie stridente envoya une brutale décharge d'adrénaline dans ses artères. L'interphone. De nouveau, le silence retomba. D'interminables secondes, puis il entendit une clef tourner dans la serrure. D'un bond, il gagna la cuisine. La porte de l'appartement s'ouvrit puis se referma. Malko attendit encore quelques secondes, puis ouvrit doucement la porte de la cuisine et s'avança dans la pièce, le Sig de Bruno Becker au poing.

Un homme était au milieu de la pièce, vêtu d'un imperméable. Petit, avec des baskets. Malko dit en anglais :

— Ne bougez pas, monsieur Kazantzakis.

L'homme se retourna d'un bloc, les mains dans les poches de son imperméable. Malko vit son regard d'abord surpris, puis haineux. C'était bien celui qu'on appelait Sadarnapoulos.

CHAPITRE XIX

Malko et le visiteur se firent face quelques secondes sans un mot. Thomas Kazantzakis semblait transformé en statue de sel, mais ses traits demeuraient impassibles. Malko pouvait « sentir » son cerveau tourner à toute vitesse. Il tendit un peu plus son bras en direction du Grec, le menaçant du Sig.

— Ôtez vos mains de vos poches, monsieur Kazantzakis, ordonna-t-il.

Thomas Kazantzakis ne bougea pas d'un millimètre, son regard invisible derrière les verres fumés de ses lunettes. Malko comprit que les choses n'allaient pas être faciles. Il n'avait pas en face de lui un desperado à la dérive comme Bruno Becker, mais un professionnel de la lutte armée, un fanatique sans états d'âme. Son hypothèse se confirmait : Thomas Kazantzakis était venu dans cette planque pour liquider Bruno Becker. Il avait sonné et téléphoné pour s'assurer que le Suisse n'était pas là. C'était plus facile de l'attendre pour l'abattre par surprise. Donc, il était fatalement armé. Malko répéta son ordre, sans plus de succès. Et comprit la tactique de son adversaire. Ce dernier, coincé, forçait Malko à un duel. Sachant que le temps qu'il sorte son arme, Malko aurait largement le temps de le tuer. Et c'est probablement ce qu'il voulait. Malko tenta une dernière chance.

— Monsieur Kazantzakis, je sais tout de votre organisation. Je sais qui est Lambros, votre vieil ami Kostas Kavriki. Cela ne sert à rien de vous sacrifier.

Le Grec tituba légèrement, comme s'il avait reçu un coup de poing, mais se reprit aussitôt et croassa d'une voix cassée :

— Je ne sais pas de quoi vous parlez ! Allez raconter cela à vos amis de la CIA

— Donnez-moi votre arme, répéta Malko.

Thomas Kazantzakis ne répondit même pas. Pendant une fraction de seconde, ses traits se durcirent, son regard changea, puis, d'un geste naturel, il commença à sortir sa main droite de sa poche. Sans se presser. Son regard fixé sur la poitrine de Malko, là où il voulait viser. Malko attendit de voir apparaître l'acier noir d'une arme, pour presser la détente du Sig. Sachant que, s'il ne réagissait pas, Kazantzakis allait l'abattre et attendre ensuite Bruno Becker pour lui faire subir le même sort.

La détonation du 38 Spécial lui parut assourdissante. Thomas Kazantzakis tituba, rejeté en arrière, et sortit totalement la main de sa poche, crispée sur un pistolet automatique, un Walther PPK prolongé par un silencieux. Il n'eut pas le temps de tendre le bras. Malko venait de tirer une seconde fois. En pleine poitrine. Thomas Kazantzakis tomba d'un bloc, comme une marionnette dont on a coupé les fils. Ses lèvres bougèrent un peu, du sang apparut sous son imper, près du cou, il eut un bref sursaut et cessa de bouger. Malko éternua, ses narines piquées par l'odeur âcre de la cordite.

Il n'avait pas beaucoup de temps. Les deux détonations avaient pu alerter les autres occupants de l'immeuble.

D'abord, il essuya avec son mouchoir la crosse du Sig et le posa par terre. Quand la police le retrouverait, elle le relierait au meurtre de Dolorès Ribeiro et peut-être à d'autres. Il ôta de la main du mort le Walther PPK et le glissa dans sa ceinture. À tout hasard. Comme ça, Bruno Becker ne pourrait pas plaider la légitime défense. Ensuite, il fouilla rapidement le cadavre. Trouvant un trousseau de clefs, un portefeuille et un carnet vert. Des adresses, des téléphones et des notes. Hélas, en grec.

Deux minutes plus tard, il traversait le hall désert de

l'immeuble et sortait rue Damareos. Dans un état second. Il avait horreur de tuer, et chaque fois, cela lui faisait le même effet. Un dégoût à vomir. Thomas Kazantzakis s'était sciemment suicidé. Toujours pour protéger Lambros, comme on lui avait appris chez les trotskistes. Jusqu'à la dernière seconde, il avait été fidèle à ses idées. Sachant que ça allait lui coûter la vie. Comme les communistes jugés et condamnés par leurs pairs, du temps de Staline, qui continuaient à croire au Parti.

Quel gâchis que de telles qualités humaines soient gaspillées pour de mauvaises causes...

Malko prit le volant de sa voiture et chercha à se dégager le plus vite possible des petites rues de ce quartier populaire. Si personne n'avait entendu les coups de feu, il avait tout son temps. Dans le cas contraire, dès que la police aurait identifié le mort, le premier endroit qu'elle visiterait serait l'appartement de Thomas Kazantzakis à Vrilissia. Dès qu'il eut atteint l'avenue Messogion, il appuya sur l'accélérateur.

Souhaitant que la chance ne l'abandonne pas.

*
* *

Tendu, Malko explorait chaque recoin de l'appartement de Thomas Kazantzakis, s'attendant à chaque seconde à entendre une sirène de police. Il n'y avait pas beaucoup de cachettes possibles, ou alors il aurait fallu du temps pour les trouver... À part le carnet pris sur le cadavre de Kazantzakis, il ne trouvait rien. Peu de papiers, beaucoup de livres, des placards presque vides. L'appartement d'un célibataire. Côté papiers, il y avait des relevés bancaires bien rangés, des factures. Pas une lettre. Il décida de décrocher. Ne parlant pas le grec, il avait peu de chances de faire des découvertes bouleversantes. Même sa connaissance de l'alphabet n'était pas suffisante.

Il jeta un coup d'œil à sa Breitling Crosswind : presque

une heure de l'après-midi. Il redescendit sans croiser personne et récupéra sa voiture.

Une demi-heure plus tard, il pénétrait dans le bureau du chef de station de la CIA. Celui-ci afficha un soulagement immédiat.

— *Jesus-Christ!* J'étais inquiet! La radio vient d'annoncer qu'il y a eu un meurtre rue Damareos! Les voisins ont entendu des coups de feu et appelé la police. Jusqu'ici, on ne parle pas du 17 Novembre.

— Ça ne va pas tarder, dit Malko.

Il déposa sur la table le carnet vert.

John Hill lui jeta un regard en coin.

— Vous avez été obligé de l'abattre?

— Oui, avoua Malko. En réalité, il s'est suicidé...

Il raconta à l'Américain comment il avait piégé Kazantzakis venu abattre Bruno Becker. Le vieux trotskiste avait préféré se faire tuer plutôt que d'être arrêté. Coupant le dernier lien avec Lambros. Heureusement qu'il restait la confession de Viviendos Lasithiotakis et celle de Bruno Becker. Et peut-être découvriraient-ils d'autres éléments intéressants dans le carnet vert de Thomas Kazantzakis.

— Je crois que j'ai fini, conclut Malko. Nous avons identifié Lambros. Et détruit ce qui restait du 17 Novembre. Sauf si Lambros a encore des gens dans sa manche, mais j'en doute. Il n'a jamais été un opérationnel. Plutôt un cerveau.

John Hill lui jeta un long regard et soupira.

— Vous avez fait un boulot formidable! Mais nous ne sommes qu'à mi-chemin. Si nous avons la preuve irréfutable de la culpabilité de Lambros, il faut l'éliminer.

Malko eut un geste désinvolte.

— Vous avez des tas de gens pour cela, à la Division des Opérations. Je leur ai mâché le travail. Demain, je vais déjeuner chez Maria Istrati. Et lundi, je reprends l'avion pour l'Autriche. J'ai envie de profiter des derniers beaux jours.

*
* *

Kostas Kavriki regardait fixement ses poissons tropicaux glisser dans l'eau de l'aquarium, sans en éprouver aucun plaisir. Depuis une heure, il savait qu'il ne reverrait jamais son vieux complice Thomas Kazantzakis. Un homme qui lui avait été dévoué pendant des décennies et qui partageait son idéal. La police l'avait identifié grâce à ses empreintes digitales. Et comme on avait découvert son cadavre dans une planque encore inconnue du 17 Novembre, cela allait faire couler beaucoup d'encre.

Sans lui, le monde allait être différent, songea Kostas Kavriki. Sa vie était en train de basculer, de s'effacer comme on efface un tableau noir. Et devant, il n'y avait que du noir. Il éprouvait de la tristesse, de la rancœur et aussi un sentiment étrange de fatalité. S'il n'avait pas donné l'ordre, trois mois plus tôt, de prendre les devants sur l'opération que les Britanniques préparaient, en fournissant à Panos Gavras un détonateur trafiqué, il n'en serait pas là.

Son plan, à l'origine, était simple. Il savait que les Britanniques poussaient les Grecs à effectuer une vague d'arrestations. Ils avaient enfin identifié Stavropoulos et la plupart des autres. L'idée de Lambros avait été de canaliser cette catastrophe en faisant croire à un malheureux hasard. Les dégâts s'arrêteraient à l'équipe opérationnelle et l'essentiel serait préservé.

Seulement, dans ce cas de figure, Panos Gavras devait mourir... Or, il avait survécu et compris... Il se préparait à parler de Sadarnapoulos, avec assez d'éléments pour l'identifier. Car le vieux trotskiste avait commis une des rares erreurs de son existence en recrutant lui-même le jeune fils de pope... Lambros avait appris tout cela grâce à ses informateurs dans le milieu judiciaire et fait taire définitivement Panos Gavras. Ensuite, la machine s'était emballée... Et aujourd'hui, l'organisation du 17 Novembre n'existait plus. Kostas Kavriki l'aurait à la rigueur accepté. Mais il en voulait à mort à l'homme qui avait été l'artisan de sa perte : l'agent de la CIA qu'il n'avait jamais rencontré et qui s'était acharné à sa perte. Il devait se venger. Pas seulement pour préserver son avenir, parce qu'il en viendrait d'autres, mais pour marquer le coup. Il ignorait les détails de la mort de Thomas Kazantzakis mais soupçonnait son adversaire de l'avoir piégé.

Il risquait d'être le prochain sur la liste.

Sauf s'il frappait le premier. Il réfléchit longuement, passant en revue ceux sur qui ils pouvait encore compter. Il n'en restait qu'un. Une seule personne qui lui obéirait encore. Au nom du passé.

*
* *

Maria Istrati, en maillot une pièce argenté au décolleté profond, était magnifique. Bronzée, les épaules larges, une lourde poitrine moulée par le latex, des jambes interminables bien galbées. Assise sur le rebord de la grande piscine, les pieds dans l'eau, elle bavardait avec Malko de sujets sans importance. Lui ne pouvait s'empêcher de la détailler. Une splendide femelle, extrêmement désirable. Elle devait sentir l'intérêt qu'il lui portait car ses gestes étaient tous empreints d'une sensualité visiblement destinée à le troubler. Malko se demandait quelle était la vraie raison de son invitation. Le chauffeur était venu le chercher au *Saint-Georges* à onze heures pile et quand il était arrivé à la propriété, Maria Istrati était déjà dans la piscine. Il avait dans sa poche une copie de la lettre de Viviendos Lasithiotakis, mais ne lui en avait pas encore parlé.

Un maître d'hôtel en veste blanche s'approcha et annonça respectueusement :

— Madame est servie.

— J'ai fait préparer un repas léger, avertit la maîtresse de maison. On mange toujours trop.

Ils gagnèrent une table installée au bord du *pool-house*, protégée du soleil encore chaud par un grand parasol rectangulaire. Une bouteille de Taittinger Comtes de Champagne Blanc de Blancs refroidissait dans un seau à glace, à côté d'un plat de saumon mariné et d'une dorade froide, avec de petits légumes. Maria Istrati se drapa dans un paréo, ce qui la rendait encore plus sexy. Le maître d'hôtel fit sauter le bouchon de la bouteille de Taittinger et versa le liquide pétillant. Maria Istrati leva sa flûte et la choqua légèrement contre celle de Malko.

— Buvons à la vie ! proposa-t-elle.

Malko avait l'impression d'être passé dans une autre galaxie. Il voyait encore Thomas Kazantzakis s'écrouler comme un sac devant lui, il avait dans les tympans le fracas de la déflagration qui aurait dû le tuer, à Glifada. Ici, il était dans une oasis de luxe, de calme et de sensualité. Il s'aperçut que Maria Istrati le regardait avec insistance.

— À quoi pensez-vous ? demanda-t-elle.

— Beaucoup de choses sont arrivées depuis notre déjeuner au *Stars*, dit Malko.

— Ah bon ?

Maria Istrati avait attaqué son saumon qu'elle dégustait à toutes petites bouchées, comme un chat.

— J'ai retrouvé l'homme qui avait averti votre mari, annonça Malko. Il s'appelle Viviendos Lasithiotakis.

— Cela ne me dit rien, dit son hôtesse, sans s'arrêter de manger. Il vous a dit des choses intéressantes ?

— Oui. Il m'a dit qui était Lambros. Et pourquoi votre mari a été assassiné.

Maria Istrati posa ses couverts, soudain très pâle, les pupilles rétrécies.

— C'est vrai ? demanda-t-elle d'un ton incrédule. Vous ne me racontez pas d'histoires ?

— Non, affirma Malko. C'était bien à cause de l'usine d'armement. Et l'homme que vous aviez identifié sur la photo avec Stavropoulos comme étant Kostas Kavriki *est* bien Lambros. Celui qui tirait toutes les ficelles.

— Dites-moi tout, je veux tout savoir, réclama Maria Istrati. Cela fait des années que j'attends cet instant.

Elle fit un signe au maître d'hôtel qui se précipita et sortit la bouteille de Taittinger de son seau en cristal pour les resservir.

Malko commença son récit, sans rien omettre. Maria

Istrati était pendue à ses lèvres. Lorsqu'il eut terminé, elle demeura silencieuse un long moment, les yeux humides de larmes. Elle les essuya discrètement avec sa serviette et demanda :

— Que va-t-il arriver à Kostas Kavriki ?

— Rien vraisemblablement, avoua Malko avec un sourire sans joie. Nous ne possédons pas de preuves *judiciaires* contre lui. À part Alexandros Stavropoulos, qui risque de ne pas parler, tous nos témoins sont morts. Bruno Becker qui, lui, est vivant, ne connaissait pas Lambros.

— C'est injuste ! fit d'une voix vibrante de fureur Maria Istrati. Affreux et injuste.

— La vie est souvent injuste, souligna Malko.

— Pourquoi ne tuez-vous pas Kostas Kavriki comme vous avez tué Thomas Kazantzakis ? demanda-t-elle soudain.

À l'intensité de son regard, il comprit qu'elle était sérieuse, et ne voulut pas la laisser s'égarer.

— J'étais en état de légitime défense, précisa-t-il. Pour Kostas Kavriki, je pense que vous n'aurez pas à attendre longtemps : il est déjà très âgé.

L'argument ne sembla pas atteindre la veuve d'Alekos Istrati. Mais elle fit visiblement un gros effort sur elle-même et se remit à manger, arrosant son poisson de Taittinger servi sans relâche par le maître d'hôtel. Ils n'abordèrent plus le sujet du 17 Novembre jusqu'au café. Après l'avoir pris, elle proposa d'un ton plus léger :

— Voulez-vous que je vous fasse visiter la maison ?

Une réplique en à peine plus modeste du Petit Trianon de Versailles... Maria Istrati précéda Malko dans un escalier monumental desservant le premier étage, après lui avoir montré les pièces de réception du rez-de-chaussée. Ils contournèrent l'atrium et elle ouvrit une porte en bois sculpté, s'effaçant pour laisser entrer Malko. Il découvrit une chambre imposante, au plafond de quatre mètres de haut, enrichie de boiseries dorées, une magnifique commode Louis XV et surtout un lit immense où on aurait pu s'ébattre à vingt-cinq, recouvert d'une couverture en guanaco.

— C'est ma chambre, annonça Maria Istrati, après avoir refermé la porte.

Comme Malko ouvrait la bouche pour exprimer une admiration de bon ton, il vit le regard de son hôtesse changer d'expression. D'un geste calme, elle dénoua son paréo qui tomba à terre et fit un pas en avant.

— Tuez-le, dit-elle d'une voix contenue. Je vous en supplie, tuez-le.

En un clin d'œil, elle fut collée à lui de tout son corps, sa bouche écrasée contre la sienne. Ses bras s'étaient refermés sur la nuque de Malko, son ventre pressait impérieusement le sien. À travers le fin latex du maillot, il sentait la tiédeur de son corps. Maria Istrati desserra son étreinte le temps de faire glisser d'abord les bretelles de son maillot, puis de s'en débarrasser, en le faisant glisser le long de son corps.

Entièrement nue, à part ses mules, elle revint se coller à Malko, l'embrassa encore avec la même fougue, puis glissa la main dans son maillot, empoignant à pleine main le sexe déjà raidi.

— Baisez-moi, dit-elle. Maintenant.

Malko essaya de l'écarter, tout en étant excité par cette superbe femelle qui s'offrait.

— Je sais très bien pourquoi vous voulez faire l'amour avec moi, dit-il. Vous voulez me pousser à tuer Kostas Kavriki.

Le ventre soudé au sien, avec une expression presque méprisante, elle lui lança en plein visage :

— Ce n'est pas vrai. *De toute façon*, je vous ai invité ici pour faire l'amour avec vous. Et je me suis déjà donnée à des hommes avec infiniment moins de désir.

Malko avait beau savoir qu'elle mentait, il se dit que c'était idiot de refuser un tel cadeau. Mais il fallait reprendre la main, sexuellement. D'un geste volontairement brutal, il saisit à pleine main le sexe de Maria Istrati, la violant de ses doigts, et lui souffla :

— Moi aussi, j'ai envie de vous. Je vais vous baiser, mais cela ne m'engage à *rien*.

Il avait appuyé sur le dernier mot. Maria Istrati eut un

drôle de sourire, presque un rictus, et se laissa tomber sur l'épaisse moquette, entraînant Malko avec elle. Les jambes ouvertes, les reins creusés, elle le guida en elle, griffant ensuite ses reins pour qu'il l'embroche à fond. Puis, bien emmanchée, elle se mit à bouger sous lui, les mains nouées dans son dos, le bassin agité d'une houle de plus en plus rapide. À ce rythme, Malko ne mit pas longtemps à jouir. Quand elle le sentit se vider en elle, Maria Istrati se vissa encore plus à la cheville qui la transperçait. Malko réalisa qu'elle avait hurlé.

Les jambes de sa partenaire retombèrent, ses ongles cessèrent de s'enfoncer dans sa chair et elle lui dit, les yeux dans les yeux, sans élever la voix :

— Vous allez le tuer, n'est-ce pas ?

Il était encore au fond de son ventre. Maria Istrati avait de la suite dans les idées et payait d'avance. Comme il demeurait silencieux, elle ajouta :

— Mon mari était un homme bon et juste. Je l'aimais. Il a fait en sorte que j'aie une vie merveilleuse. Je me suis toujours juré de le venger. C'est une question d'honneur, vous comprenez.

— Je comprends, admit Malko, mais tant d'années se sont écoulées depuis le meurtre de votre mari…

— Je n'ai jamais eu de preuves, ni même d'indices, c'est la première fois que j'ai un nom et une certitude. Mais je ne vous en veux pas de refuser. Kostas Kavriki doit être très bien protégé. Ce serait dangereux de s'attaquer à lui, ajouta-t-elle perfidement.

Comme Malko ne réagissait pas, elle l'écarta et se remit debout. Après avoir ramassé son maillot et son paréo, elle lui adressa un sourire faussement angélique :

— Ne vous méprenez pas, j'ai fait l'amour avec vous parce que j'en avais envie. Depuis la première fois où je vous ai rencontré. J'ai senti dans la voiture que vous aviez très envie de moi et cela m'a excitée. Ne vous tracassez pas pour Kostas Kavriki. Je vous ai dit que j'avais reçu une invitation pour le mariage de sa fille. Je vais y aller et je le tuerai moi-même.

— À quoi bon ? s'insurgea Malko. Il est fini.

Maria Istrati lui jeta un regard incroyablement dur.

— Je ne veux pas qu'il meure dans son lit. Je veux qu'il voie la mort en face et qu'il sache pourquoi il meurt. Cela s'appelle la vengeance.

Tous les muscles de son visage s'étaient durcis. Une tragédienne grecque. Tout à coup, elle se calma et effleura le visage de Malko.

— Je prends une douche et je vous rejoins en bas.

C'était une comédienne-née. Diabolique. Malko remit son maillot et se glissa hors de la chambre.

*
* *

— C'est formidable ! s'extasia John Hill. Nous avons découvert dans le carnet de Thomas Kazantzakis *tous* les numéros de téléphone de Kostas Kavriki, y compris ceux d'une cabine téléphonique située près de son bureau. Certains ne sont pas encore déchiffrés. Je suis chargé de vous féliciter, de la part de Langley.

— Merci, dit Malko.

Finalement, il était resté chez Maria Istrati jusqu'au dimanche soir. Il avait refait l'amour avec elle, sans jamais reparler de Kostas Kavriki. Comme si elle voulait le convaincre qu'elle se donnait à lui uniquement pour satisfaire une pulsion sexuelle. Ce n'est que le dimanche soir qu'elle lui avait montré un carton d'invitation en grec.

— Voilà l'invitation au mariage de la fille de Kostas Kavriki. C'est samedi prochain. Vous me direz si vous souhaitez m'y accompagner.

Le tout d'un ton parfaitement naturel, comme s'il s'agissait d'un événement mondain banal.

— Je ne sais pas si je serai encore à Athènes, avait répondu Malko, avec une certaine froideur.

De retour au *Saint-Georges*, il avait trouvé plusieurs messages de John Hill le conviant à une réunion lundi matin à dix heures.

Il regarda ostensiblement sa Crosswind et lança au chef de station :

— Il faut que je m'occupe de mon billet d'avion.

L'Américain sursauta.

— Vous n'allez pas partir *aujourd'hui* ?

— Pourquoi pas ? Vous n'avez pas besoin de moi pour décrypter le carnet de Sadarnapoulos.

John Hill lui lança un long regard.

— Non, pas pour cela, dit-il d'un ton lourd de sous-entendus.

Malko rétorqua calmement :

— Je vous ai dit que je n'étais pas un tueur à gages.

— Restez encore quelques jours, supplia le chef de station. Au moins pour voir si les Grecs vont retrouver Bruno Becker. Et pour m'aider à rédiger mon compte rendu pour Langley. À propos, quelle a été la réaction de Maria Istrati ?

— Bonne, fit Malko. Elle nous est très reconnaissante de notre enquête. Elle m'a dit qu'elle allait pouvoir commencer son vrai travail de deuil.

En tuant l'homme qui avait ordonné l'assassinat de son mari. Mais Malko ne voulait pas donner de mauvaises idées à John Hill, il en avait assez naturellement. Malgré cela, il dit du bout des lèvres :

— Je reste encore deux ou trois jours. Appelez-moi si vous avez besoin de moi.

*
* *

Kostas Kavriki pénétra dans la galerie de peinture au numéro 28 de la rue Skoufa, en plein Kolonaki, après s'être fait déposer par son chauffeur. Le local semblait vide. Il appela et une grande femme blonde, un foulard noué autour de la gorge, en pull noir et jupe courte, surgit de l'arrière-boutique. Une belle femme dans la cinquantaine, avec un grand nez droit, une large bouche sensuelle et un visage énergique. Son regard s'éclaira en voyant son visiteur.

— Kostas! Quelle bonne surprise.

Elle courut vers lui et se pencha pour l'embrasser: il avait presque vingt centimètres de moins qu'elle.

— Les affaires marchent bien ? demanda-t-il.

— Ça va, fit-elle, j'ai de bons peintres en ce moment et la presse est gentille avec moi.

Extrêmement peu de gens savaient que Christina Ipanemou, galeriste connue à Athènes, s'appelait en réalité Sigrid Stroller-Ithaca et qu'elle avait été, trente ans plus tôt, membre de la *Rote Armee Fraktion* sous le nom d'Anna. Établie en Grèce depuis un quart de siècle, elle ne s'était jamais mariée, se contentant de nombreux amants qui ignoraient tout de son passé sulfureux.

— Je vais fermer et nous allons prendre le thé, proposa-t-elle à Kostas Kavriki.

Elle verrouilla la porte de la galerie et ils gagnèrent un petit salon de thé, un peu plus bas dans la rue. Lorsqu'ils furent installés, Kostas Kavriki demanda:

— Tu as suivi ce qui s'est passé?

— Oui, fit Anna, les yeux soudain remplis de tristesse. Ce pauvre Stavropoulos.

Depuis le meurtre d'Evangelos Mallios, elle n'avait plus participé aux « actions » du 17 Novembre. Pour elle, les comptes étaient réglés. Évidemment, elle avait suivi l'activité de l'organisation à travers la presse, mais elle était désormais dans un autre univers. Sans renier ses anciens camarades. Elle écouta Kostas Kavriki relater les détails de la chute de l'organisation. Commençant à se douter des motifs de sa visite. Aussi ne fut-elle pas surprise lorsqu'il annonça:

— Je suis venu te demander un service.

Sigrid Stroller-Ithaca lui adressa un sourire chaleureux.

Il n'y avait pas que l'idéologie. C'est Kostas Kavriki qui avait financé sa galerie.

*
* *

John Hill avait tenu à inviter Malko dans le meilleur restaurant de Microlimanos, ne sachant que faire pour le retenir à Athènes. On était mercredi soir et Malko avait décidé de partir vendredi pour l'Autriche. Depuis le début du repas, il avait remarqué une grande blonde en compagnie d'un laideron à lunettes, arrivées juste après eux. Une allure incontestable avec son port de tête altier, le foulard élégamment noué sur le côté de son cou, la robe grise bien coupée, moulant une poitrine importante. La cinquantaine sexy. John Hill suivit son regard et dit à voix basse.

— *Beautiful woman*...
— Superbe, renchérit Malko.

Comme si elle avait entendu ses propos, l'inconnue lui adressa un sourire à faire tomber les murs de Jéricho, découvrant des dents très blanches et régulières.

— Vous la connaissez? s'étonna John Hill.
— Non, fit Malko, elle doit nous trouver sympathiques.
— Nous! fit le chef de station. Je connais votre réputation...

Ils avaient fini de dîner mais John Hill avait tenu à commander un Defender « 5 ans d'âge » pour lui et une Stolychnaya pour Malko. John Hill lui avait appris que la police avait identifié le Sig qui avait tué Thomas Kazantzakis et qu'un mandat avait été lancé contre Bruno Becker.

Les deux femmes se levèrent, leur dîner terminé. En passant près de leur table, la blonde s'arrêta quelques instants et adressa un nouveau sourire à Malko, avant de lui demander en anglais :

— Martha Adonis ne travaille pas pour vous?

Surpris, Malko se leva.

— Non, dit-il, vous la connaissez?
— Oui. J'ai une galerie de peinture à Kolonaki et elle me sert parfois de vendeuse. Et je vous ai aperçu avec elle au *Saint-Georges*. Mon appartement est en réfection et je suis venue y habiter quelques jours. Bonsoir. Bonne fin de soirée.

Elle s'éloigna sur le quai et il la suivit des yeux. John

Hill se pencha vers lui.

— Elle vous drague!

— Mais non, prétendit Malko.

N'en pensant pas moins... Ils finirent à leur tour de dîner et prirent place dans la Ford blindée du chef de station. En remontant l'interminable avenue Singrou, ce dernier avança timidement :

— J'ai reçu une réponse à mon compte rendu, avec une appréciation extrêmement élogieuse à votre égard.

— J'espère que cela se fera sentir dans mes émoluments, fit Malko, pince-sans-rire, et que je pourrai aborder l'hiver sans angoisse. Vous n'avez pas idée des prix des artisans en Autriche...

John Hill sourit poliment et enchaîna, moralement sur la pointe des pieds :

— Le DG souhaiterait vivement que vous terminiez cette affaire... Il est lui-même sous pression de la part de la Maison-Blanche.

Ils étaient arrivés dans le centre et Malko en profita pour conseiller d'un ton léger :

— Je vous ai dit que je repartais d'Athènes vendredi. Ils n'ont qu'à distraire quelques « rugueux » de la campagne contre l'Irak pour venir « terminer » Lambros.

Le chef de station n'osa plus insister jusqu'à ce que Malko descende de voiture devant le *Saint-Georges*. Ce dernier pénétra dans le hall et la première chose qu'il vit sur sa droite, installée dans un canapé avec sa copine, fut la blonde galeriste du restaurant. De nouveau, elle lui adressa un petit signe encourageant et il s'approcha des deux femmes.

— Voulez-vous prendre un verre avec nous? demanda la blonde.

— Pourquoi pas? dit Malko, qui commençait à se dire qu'après Martha Adonis et Maria Istrati, cette superbe galeriste compléterait son équipée athénienne.

— Nous sommes au cognac, annonça la blonde avec un sourire, montrant la bouteille d'Otard XO laissée sur la table par le barman.

Pour ne pas être impoli, Malko se servit à son tour et, pendant quelques minutes, ils bavardèrent du sujet en vogue : les Jeux olympiques.

— Je vais louer mon appartement, annonça la galeriste et j'irai passer quelques semaines dans ma maison de Mykonos. On m'en offre une fortune.

Sa copine regarda ostensiblement sa montre et lui dit quelques mots en grec.

— Sofia veut nous quitter, annonça la galeriste, elle a sommeil.

Sofia était déjà debout et fila comme une souris, laissant Malko en tête à tête avec sa copine. Cela sentait le coup monté. Celle-ci sortit de son sac un paquet de Benson et son Zippo Swarowski orné d'une étoile en diamants que Malko lui prit des mains pour allumer sa cigarette. Soudain, alors qu'elle était de profil, il eut un flash. Il revit une photo anthropométrique vieille de trente ans : celle d'une jeune femme, les cheveux réunis en natte, au visage dur. Avec un sourire, il réunit soudain les cheveux blonds de sa voisine dans sa main et remarqua :

— Cette coiffure vous irait très bien.

— Ah bon ? fit, un peu surprise, la galeriste.

Un second déclic se fit dans la tête de Malko. Elle parlait anglais avec une pointe d'accent allemand. Et, en trente ans, son profil n'avait pas changé.

C'était Anna, la terroriste qui avait participé aux meurtres de Richard Welsh et d'Evangelos Mallios. Et, si elle avait dragué Malko, ce n'était pas pour faire l'amour avec lui, mais pour le tuer.

CHAPITRE XX

Sans rien laisser paraître de ses sentiments, il termina son cognac et dit à son tour :
— Je crois que je vais aller me coucher.
Elle se leva en même temps que lui.
— Moi aussi.
Il lui tint la porte de l'ascenseur et demanda, une fois dans la cabine :
— Quel étage ?
— Quatrième.
— Moi aussi, remarqua-t-il avec un sourire.
Sourire un peu forcé : il avait rendu le Beretta 92 à John Hill et le Walther PPK de Sadarnapoulos était dans le coffre de sa penderie. Ils se retrouvèrent ensemble sur le palier. De nouveau, la blonde galeriste lui expédia un regard brûlant.
— Vous m'offrez un dernier verre ?
Légèrement déhanchée, la bouche entrouverte, la poitrine en avant, elle était l'image même de la séduction.
— Avec plaisir ! Mais c'est tout petit chez moi.
Il ouvrit la porte et s'effaça. La galeriste pénétra dans la chambre, longeant le lit en direction du balcon. Malko savait que tout allait se jouer en quelques fractions de seconde. Arrivée à la fenêtre, elle se retourna d'un geste très naturel. Malko était déjà sur elle. Il saisit son poignet droit et le tordit violemment, au moment où elle sortait la main de son sac. Il eut le temps d'apercevoir l'acier noir d'un petit pistolet qui tomba à terre.

La galeriste se baissa pour le ramasser, mais Malko la bouscula et l'envoya valdinguer sur le fauteuil. En un éclair, il ramassa le pistolet, un petit Browning calibre 32, et le braqua sur elle.

— N'ayez pas peur, Anna, dit-il d'une voix calme en allemand, je ne vous veux pas de mal. C'est seulement pour vous éviter des gestes imprudents.

L'ancienne terroriste lui lança un regard éteint. En une seconde, elle avait vieilli de dix ans, ses traits s'étaient rétrécis, ses lèvres paraissaient s'être dégonflées, les coins de sa bouche tombaient. Il voyait jouer les muscles de ses mâchoires. Bizarrement, elle ressemblait davantage à la photo vieille de trente ans.

— Pourquoi vouliez-vous me tuer ? demanda-t-il.

Pas de réponse. Elle s'était tassée dans le fauteuil comme un fauve pris au piège, prêt à bondir à la première occasion. Comme elle demeurait muette, il enchaîna :

— Anna, je sais qui vous êtes : Sigrid Stroller-Ithaca. Je sais aussi *qui* vous a envoyée : Kostas Kavriki, que vous connaissez aussi sous le nom de Lambros. Et sans une très vieille photo de vous, je ne me serais pas méfié, car vous êtes toujours très désirable. Pourquoi, après toutes ces années de paix, reprenez-vous du service ?

Le regard de l'Allemande flamboya, et elle cracha brusquement :

— Pour débarrasser la terre des salauds de votre espèce ! Vous avez tout fait pour que les colonels restent au pouvoir. Et avec la complicité de ces pourris de sociaux-démocrates, vous vendez la Grèce aux États-Unis.

On était en plein délire.

— La dictature des colonels, c'est une vieille histoire, dit Malko.

— Pas pour moi ! lança Anna.

Elle se leva d'un bond et se mit à déboutonner fébrilement son chemisier. Malko vit apparaître un soutien-gorge blanc bien rempli, ne comprenant pas où elle voulait en venir. Anna passa une main dans son dos et le dégrafa, faisant ensuite glisser les bretelles. Le soutien-gorge tomba, découvrant un magnifique sein droit, et, à gauche, une sorte de plaque rouge, du tissu cicatriciel. Il n'y avait plus de sein. L'intérieur du bonnet gauche contenait une prothèse qui faisait illusion.

Malko sentit le cœur lui monter dans la gorge.

Il n'eut pas le temps de poser de question. Anna lui jeta comme une gifle :

— Voilà le travail de vos amis ! Le colonel Evangelos Mallios, un des bons amis de votre CIA, m'a coupé un sein avec un poignard de chasse, le 12 janvier 1973, le jour de mes vingt ans, parce que je ne voulais pas révéler le nom de mes camarades.

Elle s'arrêta brusquement, des larmes plein les yeux. Malko, atterré, baissa le pistolet.

— C'est horrible, fit-il d'une voix blanche. Horrible.

Sans un mot, elle ramassa son soutien-gorge et le remit, ainsi que son chemisier. Malko s'écarta.

— Vous pouvez partir, Anna. Je ne parlerai jamais à personne de votre visite. Mais ne vous mêlez plus de tout cela.

L'ancienne terroriste rafla son sac et passa devant lui, sans un regard. Il déchargea le pistolet et s'allongea sur le lit. Perturbé. Les choses n'étaient jamais simples... Il pensa à Lambros. Le vieux trotskiste faisait feu de tout bois. Le fait qu'il ait envoyé Anna, retirée de tout depuis longtemps, en disait long sur son désarroi. Et c'était toujours le même système. Il avait mis en balance la vie d'une femme qui avait déjà lourdement payé pour son engagement militant, sans se soucier de ce qui pouvait lui arriver. Il eut du mal à trouver le sommeil, restant les yeux ouverts une partie de la nuit.

Quand il s'endormit enfin, il avait retrouvé la paix de l'esprit car il savait désormais ce qu'il devait faire.

*
* *

Le sol de l'église Saint-Constantin était glissant comme une patinoire, à cause des milliers de grains de riz répandus lors des mariages qui avaient précédé celui de la fille de Kostas Kavriki. La petite église orthodoxe toute ronde se dressait en bordure de l'avenue Vassileos Georgiou, face à la mer, au nord de Glifada. Maria Istrati, coiffée d'une magnifique capeline et moulée dans une robe de soie imprimée noir et blanc, était restée avec Malko au fond de l'église bondée.

Dès le lendemain de sa rencontre avec Anna, il avait appelé la veuve d'Alekos Istrati pour lui annoncer d'un ton neutre que, finalement, il l'accompagnerait au mariage de la fille de Kostas Kavriki. Elle n'avait manifesté aucune émotion apparente, se contentant de dire :

— Dans ce cas, je viendrai vous prendre à l'hôtel avec le chauffeur à six heures et demie. Nous devons être à Glifada à sept heures. Après la cérémonie religieuse, nous irons directement de l'église au golf de Glifada où se tient la réception.

Malko avait passé trois jours sans faire grand-chose. Prétendant même, à partir du vendredi, avoir quitté Athènes. John Hill n'avait pas insisté pour le conduire à l'aéroport, Dieu merci. Malko ne voulait aucune interférence de la CIA dans son projet. Ce n'était pas un *executive order*, mais tout simplement, il réglait un compte personnel. Et tant mieux si cela arrangeait tout le monde... Lorsque Maria Istrati était venue le chercher une heure plus tôt, ils n'avaient pas échangé un mot.

Ensuite, ils avaient patienté devant l'église tandis que le mariage précédent se terminait, avec la foule des autres invités. La petite église était bondée et empestait l'encens. Maria se pencha à l'oreille de Malko.

— Le voilà.

Un homme de petite taille en costume sombre, avec une grosse verrue sur la joue droite, venait de rejoindre dans la nef les jeunes mariés et leurs témoins. Dans le rite orthodoxe, les témoins ont une importance particulière. Ce sont eux qui marient, et non le pope qui se contente de diriger la cérémonie. La nef était pleine de femmes élégantes et d'hommes en smoking. Malko remarqua immédiatement les quatre gorilles qui entouraient le père de la mariée. Boudinés dans des costumes sombres, un écouteur dans l'oreille, sûrement armés. Lambros prenait ses précautions.

Malko regardait attentivement l'homme qu'il traquait depuis son arrivée à Athènes. Se demandant si Lambros le connaissait physiquement. De toute façon, cette église était le dernier endroit où il pouvait s'attendre à croiser un agent de la CIA. À l'entrée de l'église, toutes les invitations étaient vérifiées. Le samedi, on mariait à la chaîne dans cette église chic. Malko ne quittait plus des yeux Kostas Kavriki. Penser que ce petit bonhomme insignifiant avait dirigé secrètement pendant un quart de siècle la plus redoutable organisation terroriste européenne ! Il se tenait bien droit derrière la mariée, accompagné de sa jeune et belle épouse un peu trop voyante.

Malko sentit la main de Maria prendre la sienne et la serrer très fort, l'appuyant contre sa cuisse. Ils ne s'étaient pas parlé depuis leur intermède brûlant du samedi précédent, à part leur brève conversation du mercredi matin.

Il sentit sous la soie le serpent d'une jarretelle. Maria Istrati voulait mettre toutes les chances de son côté. Kostas Kavriki semblait ne pas s'intéresser aux invités. Anna avait sûrement eu un contact avec lui, après sa tentative ratée, et donc il savait à quoi s'en tenir.

Pour l'instant, le vieux Grec n'avait d'yeux que pour sa fille... Les témoins échangeaient les couronnes posées sur la tête des futurs mariés, sous le regard attendri du pope. Les enfants de chœur commençant à s'agiter, un des témoins leur glissa discrètement des dragées pour les faire se tenir tranquille, comme au cirque on récompense les animaux dressés après un numéro réussi.

La cérémonie fut très courte. Tout juste une demi-heure. Puis les jeunes mariés sortirent sous une pluie de grains de riz. Malko et Maria Istrati attendirent que tout le monde soit parti pour quitter l'église. Les invités se dispersaient vers les voitures.

— Le golf de Glifada est à cinq minutes, dit Maria Istrati.

À l'entrée, des vigiles vérifiaient soigneusement les invitations. Le chauffeur les déposa devant l'entrée du club-house. Les tables étaient dressées en plein air sur une immense pelouse en contrebas, face à un gigantesque buffet et à un podium prévu pour les orchestres. C'était une fête somptueuse, un dîner de six cents invités, avec une nuée de serveurs. Près du club-house, un bar en plein air alignait des dizaines de bouteilles de Taittinger, de gin, de Defender, de Stolychnaya, d'Otard XO et bien entendu d'ouzo.

Les places n'étant pas assignées, Malko choisit une table distante d'une trentaine de mètres de celle de Kostas Kavriki, qui était déjà installé avec d'autres invités. Maria Istrati se pencha à son oreille :

— Vous voyez l'homme corpulent à côté de Kavriki, c'est le ministre de la Justice. Le Tout-Athènes est là ce soir.

Malko repéra les quatre gorilles de l'église, disposés stratégiquement autour de la table de leur patron. Celui-ci ne semblait pas inquiet. C'était le dernier endroit où il devait se sentir en danger... On commença à servir les hors-d'œuvre. Délicieux. Malko était assis entre Maria et une magnifique brune, une Iranienne mariée à un Grec. Les conversations allaient bon train. Pour les plats principaux, il fallait se rendre à un des buffets. Une fois dans la queue, Maria demanda à voix basse :

— Que comptez-vous faire ?

— Je ne sais pas encore, avoua Malko. Il est très surveillé. Il faut attendre la fin du dîner.

Elle lui jeta un regard froid et lui tendit son sac.

— Prenez-le.

Il obéit et sentit, sous la soie de la pochette du soir, la forme d'un petit pistolet. Maria Istrati lui reprit la pochette.

— Si vous ne faites rien *avant* la fin du dîner, avertit-elle, je me lèverai et j'irai le tuer à sa table. Je me suis entraînée toute la semaine. Il y a huit cartouches dans ce pistolet, je ne peux pas le rater.

— Ses gorilles risquent de vous abattre, objecta Malko.

— C'est mon problème, fit-elle froidement. Je n'ai pas peur de la mort, j'ai vécu avec la tristesse depuis tant d'années.

Avec son visage très pâle, aux traits marqués, elle ressemblait à une héroïne de tragédie grecque. Ils regagnèrent la table. Malko rageait intérieurement. Jamais il n'aurait pensé qu'elle vienne avec un pistolet. Il était coincé. Ou il la laissait se sacrifier ou *lui* se sacrifiait. Car il était sans illusion : les gorilles tireraient. Et, à quatre contre un... De toute façon, il n'allait pas déclencher une bataille rangée dans ce mariage.

Le dîner s'écoulait, on arrivait au dessert. Maria Istrati semblait de plus en plus nerveuse, jetant de fréquents coups d'œil à Malko. Celui-ci se pencha à son oreille et dit simplement :

— Au café, j'y vais.

Autant dire qu'il lui restait cinq minutes à vivre.

Kostas Kavriki se leva alors que les gens en étaient encore au dessert. Une chanteuse venait de monter sur le podium. Malko pensa d'abord qu'il applaudissait. Mais le vieux Grec repoussa sa chaise et s'éloigna vers le club-house. Un de ses gorilles se leva aussitôt, mais Kostas Kavriki, d'un geste impérieux, lui fit signe de se rasseoir.

Il se faufila entre les tables et Malko en déduisit qu'il allait tout simplement aux toilettes. Il était déjà debout. Une assiette à la main, il partit vers le buffet où on servait les pâtisseries. Il remonta la queue, posa son assiette vide et traversa en biais la pelouse qui dans cette partie n'était pas éclairée par les projecteurs. Kostas Kavriki avait déjà disparu dans le club-house. Au moment d'y arriver à son tour, Malko se retourna. Personne ne l'avait suivi. Il y pénétra et aperçut tout de suite, sur sa droite, le signe indiquant les toilettes pour hommes. Il suivit un petit couloir et passa une porte battante. À gauche, il y avait une rangée de lavabos et à droite des urinoirs. Kostas Kavriki lui tournait le dos, debout en face de l'un d'eux. Il se retourna au moment où Malko arrivait derrière lui. Leurs regards se croisèrent et, en une fraction de seconde, le vieux trotskiste comprit. Malko, sans un mot, tira de la ceinture de son smoking le PPK prolongé d'un silencieux récupéré sur le corps de Thomas Kazantzakis et appuya sur la détente. Trois fois. Les trois projectiles frappèrent Kostas Kavriki en pleine poitrine. Il recula, le regard déjà vitreux, et s'effondra dans l'urinoir.

Malko jeta le pistolet sur le corps, après avoir rapidement essuyé la crosse avec son mouchoir, et ressortit sans croiser personne. Une chanteuse occupait le podium et tous les regards des invités étaient tournés vers elle. Il traversa la pelouse dans la zone obscure, se fit servir un morceau de gâteau au chocolat au buffet et regagna sa table, l'assiette à la main.

Maria Istrati lui jeta un regard intense et il se pencha vers elle.

— Allez au buffet et arrangez-vous pour vider ce qu'il y a dans votre sac. Vous n'en aurez pas besoin.

Il se sentait étrangement calme, le pouls à peine plus rapide que d'habitude. Il regarda la chaise vide de Kostas Kavriki. Personne ne semblait avoir encore remarqué son absence.

Maria Istrati revint du buffet avec une assiette pleine de glaces et posa son sac ouvert sur la table. Elle avait pu se débarrasser du pistolet. Malko passait mentalement en revue ce qui pouvait arriver. Le seul risque était qu'on l'ait vu pénétrer dans le club-house à la suite de Kostas Kavriki. Mais même cela ne prouvait rien.

Soudain, son pouls grimpa d'un coup. Un maître d'hôtel traversait la pelouse en courant, venant du club-house. Il zigzagua entre les tables et vint se pencher à l'oreille d'un des quatre gorilles de Kostas Kraviki. Ce dernier se leva d'un bloc, jeta quelque chose à ses trois acolytes et tous quatre partirent en courant vers le club-house. Personne ne les remarqua car, au même moment, la chanteuse termina son tour de chant et les invités éclatèrent en applaudissements. Un orchestre prit la suite. Malko ne quittait pas des yeux la chaise vide de Kostas Kavriki. Trois tables plus loin, il vit soudain la mariée se lever et courir à son tour vers le club-house, son mari sur ses talons. Tout à coup, un homme en smoking arriva sur le podium, fit arrêter l'orchestre et s'empara d'un micro pour une courte annonce, qui déclencha une sorte de houle dans l'assistance. Maria se pencha à l'oreille de Malko.

— Il dit que Kostas Kavriki a été victime d'une agression. Personne ne doit quitter la soirée car la police va venir.

Leurs regards se croisèrent. Maria Istrati avait des larmes plein les yeux. Presque sans bouger les lèvres, elle dit en anglais :

— *I will never forget* [1]

*
* *

Il était une heure du matin. Les invités faisaient encore la queue à l'entrée du club-house, déclinant leur identité à trois policiers installés à une table. Toute la partie droite du bâtiment était isolée et gardée par des policiers.

Il n'y avait eu aucune annonce officielle mais on murmurait que l'organisateur de la soirée, Kostas Kavriki, avait été assassiné dans les toilettes du club-house par des inconnus. Une femme jurait avoir vu trois hommes s'enfuir. On reparlait des « exécutions » du 17 Novembre. Les policiers enregistraient les noms des invités, sans conviction. Il n'y avait à cette soirée que le gratin d'Athènes. Donc, les agresseurs n'avaient pu venir que de l'extérieur. Arrivée devant la table, Maria Istrati, hautaine, déclina son identité et présenta Malko comme un ami très cher, venu spécialement d'Autriche pour le mariage. Le policier tiqua sur son nom. Toute la Grèce savait que son mari avait été

---

[1] Je n'oublierai jamais

assassiné par le 17 Novembre. Il la salua respectueusement et leur fit signe de passer.

Le chauffeur leur ouvrit la portière de la Mercedes et se dirigea vers la sortie du golf, au milieu d'une innommable pagaille. Malko se laissa aller sur le siège moelleux. Vidé nerveusement. Quand ils furent arrivés dans le centre, Maria Istrati jeta un ordre bref à son chauffeur. Celui-ci, au lieu de monter vers Kolonaki, à gauche, continua tout droit, sur Vassilissis Sofias. En montant Messogion désert, Maria Istrati colla sa bouche à l'oreille de Malko et murmura d'une voix altérée par l'émotion :

— J'ai hâte d'être à la maison.

Désormais vous pouvez commander sur le Net :

SAS . BRIGADE MONDAINE
POLICE DES MŒURS. BLADE
JIMMY GUIEU . L'IMPLACABLE
FAITS DIVERS . COMMISSAIRE LEON
LES EROTIQUES
De Gérard de VILLIERS

LES NOUVEAUX EROTIQUES . SERIE X
LE CERCLE POCHE . THRILLER NOIR

en tapant

www.editionsgdv.com

A L'OUEST DE JERUSALEM

ALBANIE: MISSION IMPOSSIBLE

ALERTE PLUTONIUM

ARMAGEDON

ARNAQUE A BRUNEI

AU NOM D'ALLAH

AVENTURE EN SIERRA LEONE

BERLIN: CHECK-POINT CHARLIE

BOMBES SUR BELGRADE

TÉLÉCHARGEZ MAINTENANT LE SAS de votre choix

www.SASMalko.com

CAUCHEMAR EN COLOMBIE

CHASSE A L'HOMME AU PEROU

COMMANDO SUR TUNIS

COMPTE A REBOURS EN RHODESIE

SAS CONTRE C.I.A.

SAS CONTRE P.P.K.

COUP D'ETAT A TRIPOLI

Une exclusivité pour les lecteurs de SAS

Le briquet **zippo** CIA

UN SOUVENIR UNIQUE POUR LES COLLECTIONNEURS

UN BRIQUET **ZIPPO** GARANTI À VIE MADE IN USA

Prix unitaire: 30 € (port inclus)

Je souhaite commander: ☐ Briquets Zippo CIA

NOM ....PRÉNOM ....
ADRESSE ....
....
CODE POSTAL ....VILLE ....

Je joins un chèque de ....euros
à l'ordre de

Éditions Gérard de Villiers - 14, rue Léonce Reynaud
75116 PARIS

MURDER INC.

ENFIN EN « POCHE »

N° 1- SANG POUR SANG, Lisa Reardon
384 pages, 10,50 €

N° 2- LE BAL DES INERTES, Rick Harsch
256 pages, 7,90 €

N° 3 - EN CHUTE LIBRE, Clyde Phillips
496 pages, 10,50 €

N° 4 - BRIC A BRAQUE, Russel Greenan
352 pages, 10,50 € (parution février 2003)

Pour toute commande, envoyer votre chèque à
GECEP, 15 chemin des Courtilles
92600 ASNIERES
(en rajoutant les frais de port : 2,50 € par livre)

Composition
Marc Page

Achevé d'imprimer sur les presses de

BUSSIÈRE
GROUPE CPI

*à Saint-Amand-Montrond (Cher)
en décembre 2002*

Editions Gérard de Villiers - 14, rue Léonce Reynaud - 75116 Paris
Tél. : 01-40-70-95-57

— N° d'imp. : 27054. —
Dépôt légal : janvier 2003.

Imprimé en France